古典文獻研究輯刊

十四編

曾永義 主編

第12冊

《西遊記》的「風」敘事研究

蔡享宏著

國家圖書館出版品預行編目資料

《西遊記》的「風」敘事研究／蔡享宏 著 — 初版 — 新北市：
花木蘭文化出版社，2016〔民 105〕
目 2+172 面；19×26 公分
（古典文學研究輯刊 十四編；第 12 冊）
ISBN 978-986-404-812-0（精裝）
1. 西遊記 2. 研究考訂

820.8   105014956

ISBN-978-986-404-812-0

9 789864 048120

古典文學研究輯刊
十四編　第十二冊　　　　　　　ISBN：978-986-404-812-0

《西遊記》的「風」敘事研究

作　　者　蔡享宏
主　　編　曾永義
總 編 輯　杜潔祥
副總編輯　楊嘉樂
編　　輯　許郁翎、王筑　美術編輯　陳逸婷
出　　版　花木蘭文化出版社
社　　長　高小娟
聯絡地址　235 新北市中和區中安街七二號十三樓
　　　　　電話：02-2923-1455／傳真：02-2923-1452
網　　址　http://www.huamulan.tw 信箱 hml 810518@gmail.com
印　　刷　普羅文化出版廣告事業
初　　版　2016 年 9 月
全書字數　147643 字
定　　價　十四編 21 冊（精裝）新台幣 36,000 元

《西遊記》的「風」敘事研究

蔡享宏　著

作者簡介

蔡享宏，公元 1964 年生，臺灣嘉義人，祖籍福建莆田。先後畢業於國立嘉義師院語文教育學系、國立屏東師範學院國民教育研究所、及私立佛光大學中國文學與應用學系碩士在職專班，現任教於桃園市潛龍國民小學。作者平生茹素，喜好佛法、神話與文學，作者認為《西遊記》深具佛、道、玄等民間信仰研究的價值，是作者閱讀再三的書籍之一。本書是作者進修第二個碩士學位的研究著作，除了圓滿進修中文研究所的夢之外，也再次深化對《西遊記》的體認。

提　　要

　　《西遊記》故事沒有風，敘事動能便相形失色。本論採用文本細讀、分類統計與理論分析法，深究風在這部小說裡的風化、力學、諸子思想等豐富意涵，並以此檢視臺灣《西遊記》的藝術接受情形。

　　《西遊記》的風變化多端，「風動蟲生」以「因見風」帶領人物進出場；「以風化數」形塑剋應戰鬥；神諭飛帖以喻教化、以陰風彰顯正義、經營黑色喜劇。在故事的幾何敘事空間，風穿梭在《西遊記》的線穿結構，藉風讓故事空間表現分枝開葉、線性仿射和繡線形式。而人物變化都有隱喻，但不論形體如何改變，其實「妖精、菩薩」只是一念。

　　自然風象寫入小說裡，成為令人訝異的風力敘事。其敘事空間裡，阻流的屏風分隔對話場域；流動的風是貪欲與頓悟的交會；香腥冷熱的風，代表人物的神邪風格；順風快行，易樂極生悲；逆風殘虐，悟空驚為「大造化」；風阻斷糾纏、表現迎戰決心；旋風攝人，造成滯留；風升為動，風落則止。無風醞釀敘事能量，微風存在動靜之間、疾行快風掠過敘事情節，遇到狂毀之風大作，離散與戰鬥便相繼出現，風的自然敘事各有其速度、節奏和毀滅。

　　在天與聖的升降敘事結構裡，「齊天大聖」貶抑聖名；心性一旦圓滿，天與聖才歷劫歸位。儒家的信、禮、孝及善言，引風來闡發；道教符籙與食餌養生的迷信，由風破除；以風模糊禪修和氣命；醫書與道教煉養巧妙謀合；風病則凸顯心性修行和天人合一才是生命究竟。

　　以風研究檢視臺灣《西遊記》在京劇、歌仔戲、布袋戲、版畫、繪圖、雕刻等藝術接受情形。劇通與檢場提供陣風的道具和配樂音效，展現風的視聽美學。現代京劇和歌仔戲各將傳統武場、象徵和唱腔，融入現代舞蹈、戲劇、燈光、音樂等本土元素，廣受喜愛；布袋戲木偶仿真、受風動作和藍白長布的風威都十分生動，金光戲開臺灣布袋戲新局，結合雷射、煙霧、和傳統後場配樂，風靡一時。《西遊記》的版印、繪畫都有風敘事的動態線條；臺灣民間版畫各有其宗教教化寓意和神秘性；溥儒〈西遊畫冊〉有獨特的美感線條；雕刻與兒童繪本改寫是否符合原創和趣境，端賴創作者能否正確理解《西遊記》的風。

目次

第壹章　緒　論

　　風的流動影響大地。珍・德布里歐（Jan DeBlieu）說：「沒有其他的自然力，能像風這樣塑造出大地的千山萬水，撫育生存其間的萬物生靈；風對人類的歷史和心靈，產生無比深遠的影響。」〔註1〕大自然的風在作家筆下形塑成各類動態敘事，營造各種案頭山水，這些敘事裡蘊藏著許許多多有趣的隱喻和意象。

　　《西遊記》的各章回裡，有很多時機使用到風字或與風有關的情節。有時拿風來形容人物的飄忽不定；有時很簡單地提及各角色的御風而行；有時一陣風的來去，平鋪直敘地呈現情節、心思、或動向；有時風又做了某種人、事、物的預告；或者突然來一陣風，又造就了另一個敘事高潮，挑起讀者緊張的神經；甚者還隱含了許多敘事作用和言外之意。「風」在《西遊記》裡，其實佔有很重要的地位。〔註2〕

　　在《西遊記》的文本閱讀歷程，筆者參看相關的研究發現：人物的生動描寫備受關注；前人對版本與作者已經讓《西遊記》的出處研究紮下厚實的基礎；張潮、魯迅、胡適……等前人，也闡述了這部章回小說的定位；引用諸子思想緣由也有學者深入探討；甚者陰陽五行、道家修煉仙術……等內涵，

〔註1〕 珍・德布里歐著，呂文慧譯，《風——改造大地、生命與歷史的空氣流動》（Wind：How the Flow of Air Has Shaped Life Myth and the Land），臺北：商業周刊出版公司，2000年，頁5。

〔註2〕 梳理世德堂百回本《西遊記》的內容，統計其中使用到風的字詞句共有九百九十二次，尚未含括巽、氣、呼、吸、飄、蕩、飛、升、裊、揚、掃、舞、落、刮（颷）、紛、撩、攝、吼、颯、……等與風有關的詞字句。各回至少出現一次風字，最多高達五十三次。超過廿次的有十回之多。

也已經有所整理。各種面向的研究可謂森羅萬象，但是這部古典小說就有如一座寶山，有取之不盡的學術寶藏。筆者再淺嘗深掘，發現書裡的各個情節頻頻出現與風有關的描寫。心喜之餘，除了讚嘆這真是一部值得一再品味的小說之外，更深刻感受到小說的經營，如果能善用風，將使創作內容更加生動；而閱聽人如果能敏銳地以風敘事來察覺作者的寫作意圖和巧妙鋪陳，也將會對小說作品欣賞有更深一層的體認和領悟。

第一節　研究動機與目的

一、研究動機

風的流動意象是作家埋藏在文句裡的機關。作家筆下的風千變萬化，氣象萬千。小說的故事情節裡，如果沒有風作為拋接的包袱，常會讓內容僵化，無法展現其生動的氣韻。

中國四大奇書都有風的描寫。《三國演義》寫風，最膾炙人口的是「孔明借東風」，但在這段情節之前，還有一個謀略的前奏曲──「鳳雛妙計，鐵索連舟」，是很經典的風敘事：

> 是日西北風驟起，各船拽起風帆，衝波激浪，穩如平地。北軍在船上，踴躍施勇，刺鎗使刀，前後左右各軍，旗旛不雜。又有小船五十餘隻，往來巡警催督。操立於將臺之上，觀看調練，心中大喜，以為必勝之法；教且收住帆幔，各依次序回寨。〔註3〕

以「西北風起」引發讀者對風的感受印象，再以戰船的風帆、受風的波浪和旗幡齊飛等風的意象來鋪陳背景。西北風揭示初冬季節的時間點，戰船和精銳操練顯示出軍隊的威風，都藉風來闡發。

> 操升帳謂眾謀士曰：「若非天命助吾，安得鳳雛妙計？鐵索連舟，果然渡江如履平地。」程昱曰：「船皆連鎖，固是平穩；但彼若用火攻，難以迴避。不可不防。」操大笑……曰：「凡用火攻，必藉風力。方今隆冬之際，但有西風北風，安有東風南風耶？吾居於西北之上，彼兵皆在南岸，彼若用火，是燒自己之兵也，吾何懼哉？若是十月

〔註3〕明・羅貫中，《三國演義》，第四十八回，臺北：聯經出版公司，2007 年，頁390。

　　小春之時，吾早已隄備矣。」諸將皆拜伏曰：「丞相高見，眾人不及。」
〔註4〕

這段以西北風作為背景的敘事，展現曹營揮軍南下的勇猛氣勢，也凸顯曹操的獨見。整段對話是一種對風的疑慮；而曹操的闊論暢言季節風向的「常識」，就像一枝豎在西北大風中的旌旗，得意地迎風飄揚。三個人的對話裡，以水、火、風三個元素讓情節凝聚，進而為後來的赤壁之戰埋下精彩的伏筆。曹操的「勝喜」在事後的印證上顯得極其諷刺，風在這裡展現戰事的不確定感、預埋未來情節的伏筆、梟雄曹操的霸氣和「事與願違」的諷喻。

　　《三國演義》的戰事背景談及風，《水滸傳》也有精彩的風敘事：

> 一篇古風單道景陽岡武松打虎，但見：景陽岡頭風正狂，萬里陰雲
> 霾日光。焰焰滿川楓葉赤，紛紛遍地草芽黃。觸目晚霞掛林藪，侵
> 人冷霧滿穹蒼。〔註5〕

這段文字感興了「風」的情節氛圍，描寫黃昏暗落的山色，有火紅的楓葉和蒼黃的草原，「觸目晚霞掛林藪」是獨自一人遠望山林的視角；「侵人冷霧滿穹蒼」的「冷」字中，是武松孤獨的人生行路的寫照。

> 忽聞一聲霹靂響，山腰飛出獸中王。昂頭踴躍逞牙爪，谷口麋鹿皆
> 奔忙。山中狐兔潛蹤跡，澗內獐猿惊且慌。卞莊見後魂魄喪，存孝
> 遇時心膽強。清河壯士酒未醒，忽在岡頭偶相迎。上下尋人虎飢渴，
> 撞著狰獰來撲人。虎來撲人似山倒，人去迎虎如巖傾。臂腕落時墜
> 飛炮，爪牙爬處成泥坑。拳頭腳尖如雨點，淋漓兩手鮮紅染。穢污
> 腥風雨滿松林，散亂毛鬚墜山奄。近看千鈞勢未休，遠觀八面威風
> 斂。〔註6〕

這陣景陽岡上的狂風，帶來虎威與人虎相鬥的驚險畫面。在山風吹襲下，人驚酒醒，而這人稱山中王的猛虎狰獰掀撲，人虎相持的場景怎可無風？武松打虎的情節，從一陣風起進入緊湊和懸疑的發展，人虎搏鬥是很精彩的寫實劇。人和虎的威風與交戰，有著讀者忽略的孤獨戰鬥的意象。

〔註4〕《三國演義》，〈第四十八回 宴長江曹操賦詩，鎖戰船北軍用武〉，頁390。
〔註5〕明・施耐庵原著，盛巽昌補證，《水滸傳補證本》，第二十三回，上海：人民
　　　出版社，2010年，頁199。
〔註6〕《水滸傳補證本》第二十三回，頁199。人虎相遇（相喻）是作者的多階語言，
　　　一來隱喻武松的孤獨、與個性相搏；二來也暗示，即使歸返山林，做了「山
　　　中王」仍不免如景陽岡的猛虎一般，遇強搏鬥而亡的命運。

　　在景陽岡頭上的陰、狂、冷風中，武松屢遭陷害的生命際遇隱藏在這風裡，他的孤獨上山是生命中最形單影隻的「行路難」的寫照，沒有風敘事凸顯不出這種孤獨感；風裡的人虎搏鬥是眾所悉知的情節，但是武松拚命相搏的豈止猛虎？「獸中王」的雄威老虎，隱匿在山林之中，豈非對映了武松真實的人生？從風敘事的暗示，武松難道不是在跟自己的性格拚搏？《水滸傳》裡只要有風的敘事，緊接著的故事情節通常都精彩可期。

　　《三國演義》有戰事之雄風、《水滸傳》有人虎搏命的猛風，《金瓶梅》也有精彩的「風」敘事：

> 且說婆子提著個籃子，拏著一條十八兩秤，走到街上打酒買肉。那時正值五月初旬天氣，大雨時行。只見紅日當天，忽一塊濕雲處，大雨傾盆相似。但見：烏雲生四野，黑霧鎖長空。刷刺刺漫空障日飛來，一點點擊得芭蕉聲碎。狂風相助，侵天老檜掀翻；霹靂交加，泰華嵩喬震動。洗炎驅暑，潤澤田苗。洗炎驅暑，佳人貪其賞玩；潤澤田苗，行人忘其泥濘。正是：江淮河濟添新水，翠竹紅榴洗濯清。〔註7〕

這段文字寫在潘金蓮自己脫卸武大郎的喪服，濃妝豔抹在自家房中，設酒等候西門慶之後。待西門慶來到武家，她託王婆上街打酒買肉，以此轉化理應繼續描述的屋內情節及男女媾事。以一段看似毫無干係的「王婆打酒」做插敘。文中風雨交織的場景，「刷刺刺漫空障日飛來」是風襲烏雲而來的景象，暗示著潘金蓮昧著夫妻倫常，弒夫從奸，逆天淫行的隱情；「狂風相助，侵天老檜掀翻；霹靂交加，泰華嵩喬震動。」把風的催折力道描寫的淋漓盡致，又意味著人心底下的情欲襲倒天道的隱喻。這段文字如果沒有風，就難顯雨勢；而這陣狂風驟雨意味著光天化日的道德倫常制度下，隱匿著許多不欲人知的禮教崩毀。五月初旬是端午時節，暗示著忠貞的固有傳統思想，「漫空障日」隱含私密的情事正昧著倫常大道在進行著；用「洗炎驅暑，佳人貪玩；潤澤田苗，行人忘泥濘。正是：江淮河濟添新水，翠竹紅榴洗濯清。」透露了潘氏的「貪玩」情慾與西門慶的「忘濘」風流。更隱含人們的最底層慾望的沁濯和滿足。

〔註7〕明・笑笑生，《金瓶梅》〈第六回　西門慶買囑何九，王婆打酒遇雨〉，臺北：三民書局公司，1980年，頁46〜47。王婆手裡的十八兩秤也有其隱喻，雙九代表陽剛之極，而秤子又隱含著某種世間「公平」和兩相對應的事理，其中意涵耐人尋味。王婆上街遇風雨，有著人性悖逆天道的更深隱喻。

　　以風的插敘預告情節與接續效果，風在這裡拋接情節；屋內的激情則以屋外的陰霾，皴描市井驚人的風雨景致，淡轉屋裡纏綿的縱欲狎邪。

　　從三部奇書裡透見小說裡藉風表現情節妙處，讀者還可以發現《西遊記》的「風」更精彩，其使用次數之廣泛、技巧之靈活，已囊括了前三部小說的風敘事形式。

　　話說孫悟空習道有成，回到花果山，爲了幫猴猻們取得武器，駕雲來到傲來國界上空，唸動咒語，向巽地吸一口氣，呼地吹出一陣飛砂走石的狂風：

> 炮雲起處蕩乾坤，黑霧陰霾大地昏。江海波翻魚蟹怕，山林樹折虎
> 狼奔。諸般買賣無商旅，各樣生涯不見人。殿上君王歸內院，階前
> 文武轉衙門。千秋寶座都吹倒，五鳳高樓幌動根。〔註8〕

這陣風的寫實有力，夾帶著雷聲厚雲（炮雲）和遮天大霧。以海浪翻騰、樹折虎驚的洶洶態勢奔旋在天地之間，氣勢更勝景陽岡上的狂風。人群躲散，宮殿高樓爲之撼動，凌駕了曹操大軍的威風，《西遊記》的風更顯其震撼力。比較《金瓶梅》的「紅日當天，忽一塊濕雲處，大雨傾盆相似」，其實不如《西遊記》的「炮雲起處蕩乾坤，黑霧陰霾大地昏」這般磅礴。研究《西遊記》的風自有其代表性。

　　對於小說的流動敘事還有水敘事，這已有前人透徹研討。風與水有許多密切關連，研究「風」常會有「水」的元素介乎其間；風的窒息感異於水，疾風帶來懸空驚恐的瀕死威脅感更重，風的不確定性和驚駭感，有特殊的懸宕黑色意象；此外，水只是下趨，而風來去多蹤，具備上下四方，涵括人們對水的更多感受；《西遊記》對於水的敘事雖然精彩，但撰寫的篇幅不及風敘事多，其神秘感與懸念也不如風；最後，乘舟而行、水上漂、水底潛、……對人們而言，其實難度較少，但是御風而行、騰雲駕霧，在空中自在去來，這是當時人類未曾親歷的莫大夢想，這個飛行的夢想在《西遊記》裡全都成了可能，創作者與讀者（閱聽人）同時感受到這種期待、興奮、冒險與未來感。這些感受全在文本裡活現開來。研究《西遊記》的風，讓人感受到這種夢想實現的喜悅。

　　從各文學作品裡，個人發現風的敘事有許多重要地位；閱讀四大奇書發現，各書中都有「風」的精彩描寫，而《西遊記》的「風」已具代表性；對

〔註8〕 吳承恩，《西遊記》〈第三回　四海千山皆拱伏九幽十類盡除名〉，臺北：桂冠圖書公司，1991 年，頁 28。

於小說裡的流動意象，《西遊記》的「風」常與水、雲、霧、夢、光、影、……等相結合，產生許多虛實兼具的趣味，頗有敘事能量。研究《西遊記》的「風」，從中獲得未來欣賞小說的不同視角、發現不同的文學批評形式，將會帶給個人文學閱讀的新視界，這是本研究的動機所在。

二、研究目的

本研究旨在探討《西遊記》的「風」，嘗試瞭解書中關於風的學思寄喻、描寫形式、情節作用、意象表徵、及其現代接受的藝術表現等議題。

學者探討《西遊記》，對於版本、人物、情節等淵源，已有很深的著墨。但鮮少有人仔細看待《西遊記》的風有何變化，文學的「化」其實很重要，淺說的變化有之，生成造化的「風動蟲生」、教化、轉化、變化……等。結合風的元素，形成特殊的「風化」敘事尚未有真知灼見。《西遊記》的「風化」有其獨到的表現形式和意涵，本研究希望能進一步理解其中的思維與書寫的奧妙。

從自然科學的風象來思考文學的風敘事，風其實不止於氣體流動。風還有許多不同程度與種類的能量和作用存在於小說的敘事結構裡，諸如：「無風」的醞釀、風的搬移、風速的摧毀、風的轉向……等等形式，山水有情隨風化生，文學裡的風同樣塑造許多懸疑、快悅和憂愁，乃至於靈驗的占卜師袁守誠所說：「開談風雨汛，下筆鬼神驚」〔註9〕預告氣候、吉凶等訊息，各有其不同的符徵與符指。否定這些作用，取經故事動彈不得。風隱藏在文本裡的各種敘事技巧也是本研究的目的之一。

風的來去寄喻著某種敘事文化思想，《西遊記》鍾愛「風」的使用是否意味著小說作者的意識和潛意識裡，深受孔孟儒風、道教煉氣、佛禪空識、醫家風病等諸子思想所影響？這頗耐人尋味。

《西遊記》成書迄今數百年，臺灣地區除了在學術上有許多斐然的研究成果外，在各種藝術的接受形式已有本土的、現代的接受情況，以《西遊記》的「風」來窺探臺灣《西遊記》的藝術（或說民間藝術）接受形式，深具研究寓意。

據此，本研究擬定幾個未來待解答的問題：首先，《西遊記》有哪些「風化」敘事？「風動蟲生」的化生意涵、以「風」諷喻教化、轉化敘述情境和

〔註9〕《西遊記》〈第十回 老龍王拙計犯天條 魏丞相遺書託冥吏〉，頁114。

人物的形式變化、……等有哪些敘事特色？各情節如何促成不同的意境？

其次，《西遊記》的風有關力學的敘事形式有哪些？又有何寓意？屏風有何敘事作用？風的速度與位移是否涵攝自然科學與文學的多元表徵？

第三，小說裡描寫風，是否可窺探出其中寓含的聖、儒、道、禪、醫等文化思維與殊見？

最後，從《西遊記》的「風」研究中，是否對臺灣本土的《西遊記》現代戲曲、繪圖、版畫、雕刻、兒童繪本等藝術接受情形，有何足供評析和建議之處？這些有趣的研究問題，有待本研究持續深入探討。

第二節　文獻回顧

《西遊記》的相關研究豈止汗牛充棟，舉凡：教育、政治、管理、……等外部研究琳瑯滿目。單在小說藝術的研究範疇裡，就有許多不同的主題研究，遑論跨科際的研究成果。從小說文本研究，到戲劇、電影、動畫、……等延伸探討，每一種特殊面向的學術探討，讓《西遊記》的藝術價值更形豐富。在豐碩的研究背景和研究知識爆炸的氛圍裡，本論嘗試以「風」敘事重新看待《西遊記》這部小說，相信可以啟發個人在浩瀚的《西遊記》研究中，另闢一條蹊徑。

回顧國內外文獻，本論先從專書出發，瞭解《西遊記》研究梗概；次就「風」的敘事及意象進行文獻蒐集與分析，獲得理論的支點。從專書、期刊、博碩士學位論文等相關文獻，探尋歷來對《西遊記》的人物、形象、風格等相關研究；關於《西遊記》的體、氣、理、敘事時空與身體場域等研究文獻，筆者想藉此做進一步瞭解；此外，過去學者闡述的經典滲透、風的文化淵源等研究成果，有其不可忽略的重要性；關於在臺灣的《西遊記》，其視聽藝術的現代及本土接受情況，尚未有專題研究，相關文獻的風敘事令人倍感趣味。最後，從這些文獻探討的歷程中，進一步確立本研究的方法、向度和構架。

一、專書及相關專論

百回本《西遊記》的成書在明初漸趨完熟，清代評論《西遊記》多有獨到見解，愈到後來對《西遊記》的評價和考據，愈常見累積過去說法的堆疊，有創見者相形有限。

　　紀昀考據《西遊記》〔註10〕，認為書中所引「錦衣衛」、「司禮監」、「東城兵馬司」、「大學士」、「翰林院中書科」都是明代典制，斷定《西遊記》作者是明代人；胡適《西遊記考證》與魯迅《中國小說史略》再推論作者為吳承恩，但證據有限〔註11〕，後來的學者多引此說，暫訂作者為吳承恩，不過仍有爭議。對於《西遊記》的寫作旨趣，李卓吾（1527 年）評點認為是心性之學〔註12〕；而胡適則認為《西遊記》只是「出於遊戲」〔註13〕，無須牽強附會「微言大義」，學者丁平〔註14〕等認同這個說法，而周錫山則批評「魯迅否定清代評點本的觀點，暴露了魯迅自己學養的不足……此書是修道之書……《西遊記》確實是儒道佛三家合一的修道之書……」〔註15〕陳萬益〔註16〕，以及清代劉一明〈西遊原旨序〉、〈西遊原旨讀法〉〔註17〕等人的見解相似。

　　其實，文本第一回目，即開宗明義點明：「心性修持大道生」，在各回目也都有心地生滅的敘述，「只是出於遊戲」簡略了小說創作的要旨。另，胡適推測孫悟空的猴子角色可能來自印度，他從「拉麻傳」（Ramayana）裡找到猴子國大將軍哈奴曼（Hanuman），認為是猴王孫悟空的前身。這個說法沒有太多直接證據，更忽略歷代小說家和說書人創造人物形象的智慧。對於《西遊記》的人物，魯迅摘引胡適以下的說法，「作者稟性『復善諧劇』，故雖述變幻恍惚之事，亦每雜解頤之言，使神魔皆有人情，精魅亦通世故……」〔註18〕神魔皆有人情的見解精闢；「諧劇」、「解頤」確實是《西遊記》人物描繪的主

〔註10〕清・紀昀著，嚴文儒譯注，《閱微草堂筆記（中）》〈如是我聞三〉，臺北：三民書局公司，2006 年，頁 770～771。

〔註11〕周錫山認為魯、胡二人的證據不足，引發許多爭議。詳見：魯迅著，周錫山評註，《中國小說史略》，臺北：五南圖書公司，2009 年，頁 266。

〔註12〕詳見：明・吳承恩，李卓吾評點，杜京主編，《品讀西游——李卓吾評西游記》，（上中下冊），北京：光明日報出版社，2007 年。

〔註13〕詳見：胡適，〈西遊記考證〉一文，收錄在：吳承恩，《西遊記》臺北：桂冠圖書公司，1991 年，頁 1343～1352。

〔註14〕丁平，《中國文學史》，臺北：黎明文化公司，1984 年，頁 274。

〔註15〕同註2，頁 266。

〔註16〕詳見：王夢鷗等著，《中國文學的發展概述》，臺北：中華文化復興運動推行委員會，1982 年，頁 291～292。

〔註17〕詳見：朱一玄・劉毓忱編，《西遊記資料彙編》，天津：南開大學出版社，2002 年，頁 342～344。

〔註18〕魯迅著，《中國小說史略》，□□出版公司，頁 260。

要特徵。但在人物諧趣表徵的背景上，有許多「風」的精彩映襯，這部分還有其深意必須被關注。

錢念孫認為，《西遊記》是以浪漫主義手法，創造一個現實生活中根本不可能存在的神魔世界。分析孫悟空要求玉帝讓位，表現作者對明朝封建專制和社會黑暗的強烈不滿，也曲折反映群眾反抗壓迫，渴求革命的願望；而唐僧有西行決心，卻軟弱無能不辨真假，敵我不分，對那些一心要吃唐僧肉的妖魔，也想慈悲相待。他認為這師徒二人對比不同的性格，「是對封建儒士的迂腐無能和佛教信徒盲目虔誠，作了辛辣的諷刺，具有很強的現實意義。」[註19]；錢氏還認為豬八戒代表了作者對小私有者落後意識的善意批評；全書以幻想形式曲折反映封建社會的腐敗現實，歌頌人民蔑視神權，反抗壓迫，堅決同惡勢力抗爭到底的精神。[註20]

錢氏進一步推估吳承恩仕途不順遂、屢見社會黑暗，由是將不滿情緒轉為反抗與革命思想寄寓在《西遊記》之中；周中明、吳家榮等學者也有「反抗壓迫」的類似見解[註21]。「反抗壓迫」有之，但孫悟空具有革命意圖尚有爭議。「玉帝讓位」的情節有二個隱喻：一是表現一味貪高，過度追求的苦悶心理；二則寄喻帝位不長久，只有修行長生才能心性自在，得到究竟。烏雞國王復活的情節裡可以看出，孫悟空幫助國王重登王位，終究沒有「革命」稱帝的意圖。

其次，唐僧與孫悟空的對照或許有迂儒和迷信的可能，若以心性修持的要旨來思索寫作用意，便是佛教捨生慈悲對比神通道術的抉擇。唐僧捨生慈悲，即使被妖魔吃食，也不能在須臾間起「不仁」殺念；對照悟空的當機立斷和滅惡決心，以二種用意做判斷。這種「判教」[註22]的閱讀，有其宗教意識的體會，更是後來各章回情節，出現多次師徒二人爭執對話的真諦。風在這辯證的情節裡暗示著多變的各種念頭起伏和調解，但尚未有相關研究。

〔註19〕錢念孫著，《中國文學史演義增訂版（參）元明清篇》，新北市：正中書局，2007年，頁667～670。

〔註20〕同前註，頁667。

〔註21〕周中明、吳家榮著，《小說史話》，臺北：國家出版社，2004年，頁128。

〔註22〕「判教」引自佛教在譯解佛經時，學者對大小乘經典的內容、思想、解釋各有不同觀點闡發的現象，此處採引伸意義，是指研讀《西遊記》如果能以心學及宗教等意識基礎，將可避免謬解。

　　在《西遊記》的故事裡，常以「風」化解（調和）慈悲（唐僧）與智慧（悟空等神通）的矛盾與衝突，如：〈第十四回　心猿歸正六賊無蹤〉提到師徒二人山下遇六賊（眼看喜、耳聽怒、鼻嗅愛、舌嘗思、意見欲、身本憂）究竟是以慈悲容受？還是以智慧斷根？各有對治法門，如何以「風」作為調和的「觸媒」，是本論重要的研究面向。

　　李志宏〈失去樂園之後──孫悟空終成「鬥戰勝佛」的寓言闡釋〉，談孫悟空生命歷程的各種形勢變化及其內涵的話語建構等主題闡釋。作者有許多發現：一是佛祖鎮伏悟空反映作者保守的政治觀；二指悟空是既定宇宙人文秩序和思想文化系統相異而衝突的文化表徵；三是觀世音菩薩感召五行山下的孫悟空，願西行取經，借用「謫凡」神話結構──犯罪被謫、歷劫除罪、罪盡重返的深層結構形式，最後登昇成佛，重返樂園。文末引北宋邵雍《清夜吟》：「月到天心處，風來水面時。一般清意味，料得少人知。」勉勵後學者以儒、釋、道三教立論來求破譯《西遊記》原旨時，應立足於空的超越之上，才能真正知其意味。〔註23〕

　　作者精闢的見解和論述令人激賞，在宇宙人文與思想文化二種秩序的衝突過程，孫悟空常圍繞著「風」來化解；謫凡的神話結構與風的升降有很深刻的連結待討論。李氏的見解精闢，正如「風來水面」般有其「清意」，以「風」研究進一步的詮釋，將會對西遊原旨有更深入的體會。

　　袁行霈認為，《西遊記》主要特徵是尚「奇」貴「幻」，參照現實生活中政治、倫理、宗教等矛盾鬥爭，比附性地編織了神怪形象系列。他認為《西遊記》是長期積累和演化，採納魯迅的說法，指陳取經故事在元代漸趨定型，內涵豐富，有總體性寓意，也有局部性的象徵；在版本上，採納明萬曆二十年（1592年）金陵世德堂刊本《新刻出像官板大字西遊記》，二十卷一百回為主。袁氏認為，這部神魔小說在神幻和詼諧中蘊含哲理，這個哲理就是被明代個性思潮衝擊，改造過了的心學。通過塑造孫悟空的藝術形象來宣揚「明心見性」以及「三教合一」化的心學（求放心、致良知），維護封建社會秩序、張揚人的自我價值、和對人性美的追求。〔註24〕

〔註23〕李志宏，〈失去樂園之後──孫悟空終成「鬥戰勝佛」的寓言闡釋〉一文，收錄在蔡忠道主編，《中國小說戲曲國際學術研討會論文集》，臺北：里仁書局，2008年，頁239～290。

〔註24〕袁行霈，《中國文學史》（下冊），臺北：五南圖書公司，2003年，頁603～611。

　　袁氏對《西遊記》累積型創作的見解客觀，所言現實生活中的政治、倫理、宗教以及明代個性思潮是該書的文化視野，需予以關注；書中具有總體性寓意和局部性的象徵之說，有助於瞭解對《西遊記》原旨的各種主張，也提供理解《西遊記》「風」研究的方法和判準依據。

　　李悔吾分析《西遊記》的故事演變和成書較足採信，分三段過程：一是參考《舊唐書·方伎傳》、《大唐西域記》、《獨異志》、《大唐新話》，考據《西遊記》的第一個階段演變：從佛教的歷史故事到佛教的神話化故事；二是參考南宋《大唐三藏取經詩話》（說書人底本）、元人雜劇吳昌齡《唐三藏西天取經》、明代楊景賢《西遊記雜劇》、宋元話本《西遊記平話》有第二階段進入宋元話本和搬上戲劇舞台；最後，才由吳承恩加工、創造和寫定。〔註25〕

　　李氏研究啓發探討《西遊記》在臺灣的戲曲表演形式的研究方向，從說書、布袋戲、戲劇豐富了章回小說的內涵，後人復將這部小說的文學藝術形式轉化成繪圖（本）、動漫、電視電影、……等現代接受形式，豐碩了《西遊記》的藝術價值。

　　余國藩《余國藩西遊記論集》對《西遊記》做了許多考據與論證，他提及翻譯《西遊記》的過程，從詮解佛教和道教功夫中漸長知識，也逐漸改變自己原先的看法。他引樂譜上明白譜上或暗寓其中的音符，後者都得鉅細靡遺一一「奏出」，其批評眼力全拜翻譯之賜。〔註26〕作者所言提醒後續研究者關注《西遊記》譯本內容，以此充實理解文本的功夫，更須留意文化認知對理解《西遊記》的影響。

　　〔韓〕宋貞和做了東亞各國《西遊記》的現代接受研究。作者整理了1980年代以後，中、韓、日三個國家的大眾文化中《西遊記》的相關作品，對中國大陸的電視劇、電影、出版物、網絡超文本文學，韓國的漫畫、動畫、出版物，日本的電視劇、電影動畫漫畫和其他出版物為對象，進行系統整理。提及中國從傳統保守的角度推進《西遊記》的現代化，有其創新與傳承古典的保守立場，但在中國網絡上對《西遊記》的改編網絡小說則十分活躍；韓國則以反映自身本土文化作兒童文學的改寫；而日本大眾文化裡的《西遊記》則傾向三藏法師女性化、沙悟淨表現為河童。韓、日二國對《西遊記》的改

〔註25〕李悔吾著，《中國小說史》，臺北：洪葉文化公司，1995年，頁311～320。

〔註26〕詳見：余國藩、李奭學譯，《余國藩西遊記論集》，臺北：聯經出版公司，1989年，頁291～298。

編，與小說《西遊記》的內容和形式存在許多變化，這種變化源自對《西遊記》的熱愛。〔註27〕

宋氏的研究並未列舉台灣地區的《西遊記》大眾文化資料，啟發本論關注臺灣《西遊記》的本土化與現代接受議題。對於《西遊記》在臺灣的大眾文化及其現代接受情況研究應該被重視；《西遊記》的「風」如何被詮釋，更值得探究。

楊義〈《西遊記》：中國神話的大器晚成〉，從三教歸心、超宗教、個性神、與神魔觀念重構來解讀《西遊記》。三教歸心，是指儒、佛、道三教以心性問題作為「共同之源」，三教互滲而殊途同歸於心的天人合一論；再以陽明心學、全真內丹命術及禪宗與《心經》等超宗教神聖與教義漫漶，匯歸在具有人間性的《西遊記》小說之中。作者還認為，《西遊記》是中國神話文化一次劃時代的轉型，創世神話與自然力神話在此，轉換為描繪蟲魚鳥獸的百物神話。個性神如孫悟空、獅子、白象、風神、……等在神話境界裡融合人間趣味，而取經群體結構開啟主弱從強與對比及調和原則等形式表現，在個性神話中增添「哲理和心理」的複調。而神魔觀念的重構，表現在「神中有魔，魔中有神」的特殊敘事中，神話成了魔匣，妖魔與神仙也有不解之緣。〔註28〕

楊義的見解精闢，富有創見。三教互滲提供「風化」敘事研究的省思；超宗教與人間性的起落，在《西遊記》裡，多以「風」調和，足可深究；個性神的轉化，是《西遊記》「風神」的角色位階遞嬗；「風」的神魔變化，似可再深探。

李詩瑩寫〈近三十年《西遊記》人物研究概況〉〔註29〕資料蒐集詳實，是《西遊記》人物研究很好的引介。孫悟空等五眾人物與神佛妖魔的角色形象研究中，從內部研究中探尋文本脈絡含意所建構的故事人物形象，及其形象塑造的意義；從外部研究論文發現，西遊人物形象在歷史上的形象原型與轉變軌跡，顯現《西遊記》是世代累積型的作品特徵。李氏的論證形式足供

〔註27〕〔韓〕宋貞和，《《西游記》與東亞大眾文化——以中國、韓國、日本為中心》，南京：鳳凰出版社，2011年，頁198～199。

〔註28〕詳見：楊義，《中國古典小說十二講》，香港：三聯書店公司，2006年，頁85～110。

〔註29〕李詩瑩，〈近三十年《西遊記》人物研究概況〉，臺北：淡江大學中國文學研究所，收錄於《問學集》（年刊）第十七期，2010年，頁15～38。

參考，在人物研究之外，兼顧辯證歷代研究《西遊記》的作者之爭議，十分巧妙，深具學術研究的多重價值和意義。

　　朱任飛〈《莊子》「以風喻道」神話解析〉〔註30〕探討《莊子》一書中，風神與風的形象、性質和演變。遠古神話的風神是司掌管理者，在《莊子》書中，成了自然之風的描寫。〈大宗師〉、〈秋水〉、〈天運〉、〈齊物〉、……等篇都有風的描寫。風行是大道之狀、飄風是大道之力、天籟是大道之音、而靈魂的訴說與傾聽，可以心來諦聽道的聲音。得道之人與喻道之風能達到一種內在契合、內外渾一、內吸外御的無內無外狀態；鯤鵬寓言揭露風是重要的構成因素，風與道同樣深玄難測，大道無形而風無形可感。在〈秋水〉風與蛇的對話，展現風的化育。大道通過風實現神秘的雌雄感應及奇異難解的化生；又轉風的神性為道性，以飄風之力喻大道之力；通過風聲傳達大道的天地自然音樂；由〈人間世〉的「聽之以氣」、「聽止於耳」、「心止於符」闡述人與自我心靈的對話。朱氏又提及「列子御風」仍須回到地面，是未能真正體道的結果；「不知風乘我邪，我乘風乎」，則是對大道的企慕和嚮往。

　　作者對《莊子》的道和風的討論出現軸線混淆。以風闡發道的形式和意義，又以道闡述《莊子》的風，混淆稱名與釋名關係。關於風的化育、風行、飄風、天籟、以心聽道等見解，有天人合一的期許，寓含某種超越的思維。此說啟發本研究再探《莊子》對《西遊記》的關連性。對於風行、飄移和天籟發聲等形式，《西遊記》的文本有否再現，頗值得持續關注。

　　王晨宇《樂知學苑：西遊記》〔註31〕是瞭解《西遊記》的最佳敲門磚。這本書簡要地介紹版本演變、分述各情節內容、人物側寫，有作者獨到的見解，更有趣味橫生的統計數據，是臺灣《西遊記》本土化綜論的精彩專書。作者仔細計算孫悟空自王莽篡漢時被壓制在五行山下，至唐貞觀十三年，共計六百三十年之久。澄清了所謂五百年前大鬧天宮，遭壓制五百年的讀者謬誤印象，這頗具新意。此外，對於佛道關係、各種武器統計、相關歇後語也提出了許多個人的發現，是部創意十足的小品專論。

　　王氏的統計方法、五行關係簡介、以及相關雜劇介紹，對本研究初探《西

〔註30〕朱任飛，〈以風喻道〉，《《莊子》神話的破譯與解析》，長春市：東北師範大學出版社，1999年，頁108～123。
〔註31〕王晨宇，《樂知學苑：西遊記》，臺北：宏典文化出版公司，2011年，頁148～200。

遊記》的風敘事有頗多啓發。風本無形，藉五行動態展現風勢；升降情節讓
筆者體悟風敘事的升天與謫凡的重要；風敘事的儀式與精神含意是不可忽略
的二個重要的研究方向；從戲曲到小說，再從章回小說到戲劇、影視、漫畫
等藝術形式等廣泛立論，也展現這本專書頗具有臺灣本土化的創作價值存在。

二、博、碩士論文研究成果

（一）博士論文

鄭明娳《西遊記探源》以博士論文出版個人專著〔註32〕，作者蒐集《西
遊記》的版本源流、人物考據、以及故事情節的流變和匯聚有許多獨到的發
現。臺灣地區後來的博碩士論文似多依據鄭氏研究發展個人專論。該論對《西
遊記》的風研究有幾點啓發：其一，作者認爲神話是先民對未測事物之現象
的解釋、是初民知識的累積、發揮幻想最淋漓盡致的表現，透過神話窺見先
民宇宙觀、宗教思想、道德標準和民族歷史，《西遊記》充分反映這一切，將
其表現在開天闢地的描寫、五聖西行取經、玄奘英雄歷劫的追尋原型、……
等；其二，作者肯定《西遊記》是明代神魔小說之首，影響鄰國小說創作，
如越南的《西遊傳》、韓國金萬里的《九雲夢》，以及日本五十五種《西遊記》
譯本和風靡文學界的盛況，證明《西遊記》是世界文學的瑰寶。

鄭氏探討《西遊記》的版本、人物、情節等來源詳實，神話反映先民的
生命經驗和情思，其實也反映先民寄寓大自然現象的記實和詮釋，從《西遊
記》的「風」研究裡，似乎可以窺探這個寫作意圖，值得進一步探究；對於
《西遊記》影響鄰國的創作，是其接受取向議題，但鮮少針對臺灣地區對《西
遊記》的接受概況做探討，本論將再深入此一議題。

呂素端《《西遊記》敘事研究》〔註33〕從敘事學的視角分析《西遊記》的
主題思想，以大結構角度探討追求不朽和「求道返聖」的取經歷程，理解個
別結構之八十一難的「定型化循環」；再由語意統一性角度，尋繹「心性修鍊」；
從人物刻劃角度，探討人物追求不朽生命的歷程及其性格的「成長發展」；從

〔註32〕鄭明娳，《西遊記探源》（全一冊），臺北：里仁書店，2003 年。本論上冊係作
者於 1981 年臺灣師範大學中國文學研究所博士論文，專書版本保留博士論文
章節，第一、二章爲上冊，三、四、五章爲下冊。本論仍將其歸類在博碩士
論文探討之中。
〔註33〕呂素端，《《西遊記》敘事研究》，臺北：臺灣大學中國文學系博士論文，2002
年。

聚焦、時間及空間等敘事要素去發掘《西遊記》的敘事現象，作者從第三人稱說書人聚焦運用，以「全知聚焦」及「局限聚焦」模式，並藉由里蒙凱南聚焦理論，分析《西遊記》聚焦手法，梳理構成說書人聚焦模式的主導模式。以「鳥瞰聚焦」及「無所不知聚焦」手法，對應說書人鉅細靡遺說故事的特點；以「權威聚焦」手法，對應說書人介入評論；由「局限聚焦」模式分析，幫助認識「主導聚焦模式」之外的其他聚焦手法運用，顯現《西遊記》聚焦運用的豐富多變。

呂氏的敘事學視角具參考價值，敘事媒介及其意涵尚待深掘；聚焦敘事、全知或限知敘事、性格軸線與人物刻畫，啓發《西遊記》的風敘事研究有其重要鋪陳需被重視。如何以「風」持續評點意涵，值得再關注。

該研究以「橫向空間」的宇宙圖式探討文本世界；以「縱向空間」的宇宙圖式探討人物的成長。闡述《西遊記》的「空間刻劃」表現手法靈活，包括：「對比襯托」、「溯源式」、「道路相逢」、「災難性」、「妖精形象化」及「情節構成」及「五行相剋」空間排列手法。作者從縱向的「故事時間」層發現《西遊記》八十一難，以傳奇或神話時間為主調，加入多元時間形式來豐富八十一難的時間表現模式，包含了歷難的「圓形循環時間」、「垂直超升的時間」、「傳記成長時間」、「循環的自然時間」、「水平的歷史時間」，這些時間要素都圍繞傳奇或神話時間，共同組成一個多元且深具特色的時間模式。作者藉西方敘事理論來意識《西遊記》在時間刻度、跨度、速度、頻率及次序上的時間形式表現。

這種敘事時間的精闢分析，提供本論研究「風」的空間與時間模式很好的參考；對於風敘事的時間與空間移動，除了豐富八十一難的時間表現形式之外，速度、頻率、次序能持續注意「風」的描寫，將會更深入理解《西遊記》。

王櫻芬（2012 年）又發表《「身體場域」的「大地行旅」——以《西遊記》「西天之路」作探討》博士論文 [註34]，作者具體化「氣化流動的身體」，將《西遊記》作為空間圖像劇場，就「西天之路」對映身體場域，形塑一種氣化流動的「大地行旅」。唐僧徒眾的移動有如身體氣脈的流動，把氣的流貫演述成故事的戲劇模式，於此展開「文學‧醫療‧氣‧身體」的關徑，循接起古代神話「物活」世界觀。

〔註34〕 王櫻芬，《「身體場域」的「大地行旅」——以《西遊記》「西天之路」作探討》，
嘉義：中正大學中國文學系博士論文，2012 年。

「西天之路」，演述經絡體氣的流動和共振效應，頗有創見。作者所論及的「氣化流動」與「風」研究有雷同之處。不過氣化流動是自然場域，與身體場域對映的論證似乎脫離《西遊記》原有的佛悟、道修、和心學的本意，模糊了心性觀與體氣觀的界線。這豐厚的論述自成其本身的學術價值，卻也讓《西遊記》的讀者迷失了《西遊記》的原旨。文本意義與衍生意義雖是相得益彰，但不宜後者凌駕前者，做賓主易位敘述。啓發《西遊記》的「風」研究，對文本的敘事結構形式與旨意，應留意其衍生和比喻。

（二）碩士論文

許家俐《李白詩「風」意象之研究》〔註35〕認為，「風」意象包含季節暗示、時間變化、空間傳遞、和環境描繪等詩歌的創作背景。透過風意象可以瞭解詩歌的時空背景設計，知悉詩人感情的投射和情與境的交互作用。經由李白詩的附加語或聯合的名詞不同使用，呈現不同的風貌，李白詩風因此豐富多變。在意象組合中，李白詩以「風與女性」、「風與山水」、「風與音樂」等意象群，呈現「閨怨」、「行樂」、「遊仙」、「送別」、「思鄉」、「隱逸」六大主題。這些意象群豐富李白詩主題內涵，也造就其詩歌特色。李白詩的「風」意象展現當時代積極、樂觀的文化氛圍；表現李白的飄逸不羈的才性，予人率直明朗的感覺；其詩反對雕琢，提倡天眞與自然美，以清眞風格展現「風」的創作精神。

許氏專章解釋風意象，並以風意象的詮釋綜論李白詩風。以李白詩的風意象討論時空背景，莫如再深入其心理背景；在李白詩的作品與作者際遇關係有許多意圖謬誤的推論，是不足之處。進行《西遊記》的「風」研究，須兼顧風意象與敘事、創作背景的時空、檢視文化和心理因素都有其重要性。

林淑英，《東坡詞「風意象」研究》〔註36〕以風意象隱喻藉託蘇東坡的人生歷練、操守和強韌、剛毅的性格。作者以東坡詞裡出現的風意象來對照蘇軾坎坷多變的生涯，探尋其詞作中的風意象裡，寓含其內心情思和藝術表現，研究動機頗具問題意識。先談意象學的理論基礎，再述東坡詞的創作背景及其愁、喜、和思想內涵。最後提出蘇軾的詞具有婉約與超曠的風格之處。

〔註35〕許家俐，〈李白詩「風」意象之研究〉，彰化：彰化師範大學國文學系碩士論文，2009年。

〔註36〕林淑英，《東坡詞「風意象」研究》，彰化師範大學國文學系碩士論文，2005年。

　　林氏的論述出現意象、作者經歷、作品分析過度分離的論述，尚未將風意象與作者生涯、情思和意志作關連探究。婉約與超曠風格似乎與風意象並無緊密的關連性。探析《西遊記》的風，應掌握「風」的文本主軸，避免以孤立式的理論探討拼湊研究歷程。

　　陳宥任《西遊記敘事的「遊觀」探究——以《大唐三藏取經詩話》、《西遊記雜劇》、《西遊記》為主》〔註37〕以「遊觀」探討《西遊記》，以人為主體討論故事裡的空間挪移和空間意識。將「遊」喻為價值的追尋，在這個追尋價值的虛構文本的場景、人物的任意鋪排，遊觀的平行與交會二線索裡，產生觀物與觀心的對照和分化，發展出遊目與遊懷兩系統和意涵。從權力與修持力的變化探索文本的場域，對於靈山場域與聖俗界線頗有創見。

　　這種場域的力結構和聖俗界線的探討，啟發風研究，可再考量文本中各場域的風敘事內涵，以「風」詮釋場域間的關係，進一步探析《西遊記》的風寓含的證聖與謫凡、升降意象、和迷悟之間的探討。

三、期刊、學報等論文

　　王櫻芬（2009）〈踏在西天之路——《西遊記》女妖研究〉〔註38〕一文，以文本分析探討《西遊記》女妖。提及妖幻化為女身，進入慾望、社會、禮俗和性別的關係。女妖代表故事裡的特殊表徵和新身份，她們的生死記錄殊異生靈的想望和發展。在西天之路上，唐僧師徒與女妖們相遇在各種妖靈精怪的魔地場域。一反過去從人的眼際去看女妖，作者從女妖的視角反向看待女妖的存在意義，立論頗具新意。論述中提及「風」的敘事能量觀，很有創見。作者從妖靈精怪的魔地場域裡談及中國傳統的風水觀與女妖的活動空間；在談女妖的妖力法術時，說到：

　　　《西遊記》故事空間，拓出了不同物物生存發展的不斷精進過程，
　　　在這過程中，當掌握到風的特質，就像窺探到大地能量的轉換之鑰，
　　　就具有如風般，來去自如的能力。這能力除了行動上的快速便捷，
　　　能將身體轉成風般隨及（按：即）消失逃遁；另外，也可變身成其

〔註37〕陳宥任，《《西遊記》敘事的「遊觀」探究——以《大唐三藏取經詩話》、《西遊記雜劇》、《西遊記》為主》》，臺北：政治大學國文教學碩士在職專班碩士論文，2013年。

〔註38〕王櫻芬，〈踏在西天之路——《西遊記》女妖研究〉，收錄於《高雄師大學報》，高雄：國立高雄師範大學編印，2009年第26期，頁81～98。

他物的狀態。此變化能力，可溯及到中國文化背景中「氣化哲學」
思想中來探索。〔註39〕

作者所提：「掌握到風的特質，就像窺探到大地能量的轉換之鑰……」個人頗
有同感，也提醒筆者必須關注風的能量觀與其敘事關係；作者同時也關注到
風的變化與轉化，可惜該文並未能深入探究；至於氣化哲學思想也提供了筆
者研究風敘事的新方向。此外，作者談女妖，同時提及女妖的風、氣、體、
味等敘述，對於《西遊記》的風所引發的感官敘事還未作廣泛與深入探討。
這部分還有再深入研究的空間。

張介凡論〈高臺多悲風——論曹植詩歌風意象的內涵〉，作者認為：「曹
植詩歌有意識地頻繁運用勁疾與肅殺之氣的『風』意象營造意境，表達內心
強烈的思想感情和悲劇的人生境況。『驚風』的快疾寓時光易逝，『回飆』暗
指改變詩人命運和瘋狂迫害自己的權勢，『悲風』象徵摧毀詩人理想的險惡政
治環境與詩人內心的悲憤。曹植明確而深刻地運用這些『風』意象表情達意，
使其詩歌更是『骨氣奇高』，形成有別于其他建安詩人的一大特色。」〔註40〕

榮小措有相似論述，談及〈建安「三曹」詩中的風意象考述〉〔註41〕。
作者指出：「秋風意象早在《詩經》中即已出現，……三曹詩中的秋風意象，
既風神各異又都情景交融，成就突出。……風意象……均以心理的悲涼感受
命名，如悲風、涼風、寒風、淒風、東風等。」〔註42〕將風意象結合心理感
受做論述，文末提及意象組合，如：「風＋浮萍」、「風＋燭」、「風＋轉蓬」等，
各具其寓意。

作者以風意象發展許多專論，另一篇〈論漢代詩中的風意象〉更從風意
象來推論文學寫作風貌、風意象類型、審美內涵、表現手法、……等探討，
與前述作品內容相仿，不再贅述。榮氏的文獻顯示其個人對於「風」的意象
理解，但尚未從風意象擴展成風敘事的探討，還有發展空間。風的「勁疾」、
「肅殺之氣」、「驚風」、「回飆」、「悲風」等說法，啓發個人進行風敘事研究

〔註39〕 王櫻芬，〈踏在西天之路——《西遊記》女妖研究〉，收錄於《高雄師大學報》，
高雄：國立高雄師範大學編印，2009 年第 26 期，頁 86。

〔註40〕 摘自 http://d.g.wanfangdata.com.cnPeriodical_shidwx201011039.aspx 2013／5／
17 AM 08：26。

〔註41〕 榮小措，〈建安三曹的風意象考述〉，收錄於《蘭臺世界》，瀋陽：蘭臺世界雜
誌社，2011 年 9 月，頁 75～76。

〔註42〕 同前註，頁 76。

的同時，應當留意《西遊記》的作者群，他們的創作意境、情感、思想和現實環境的寓意。

謝明勳研究〈《西遊記》修心歷程詮釋——以孫悟空爲中心之考察〉[註43]，作者一反過去學者探討人物外在的形象表現，直透人物心理的研究頗爲精彩。從心地上來看待孫悟空的無心、有心、一心、二心、乃至於多心的心性改變，造就了人物的形象變化，創意十足。謝氏以人物的心性改變歷程論析《西遊記》的孫悟空這個角色，研究已有深度，在修心的生滅法辯證、六耳獼猴另組取經師徒的二心隱喻、〈心經〉的空色體用觀、以及書中以風動喻心的意涵等尚有深入探究的空間。

謝氏以西遊故事的修心要旨，闡述孫悟空從凡俗到神聖的超越歷程，但對其中的超越意義和陽明心學還可做更深入的論證；孫悟空的「石——猴——僧——佛」變化敘述都出現「風」，作者尚無此發現。

張瓊霙〈色戒——析論《西遊記》之唐僧〉談及唐僧的男色、長生不老、以及色劫的際遇，作者關注僧戒修行與其豔情色誘的情節，認爲「《西遊記》限縮了情感的可能而專定位在色的層面，不但減少感情糾葛，也明確《西遊記》是神魔小說而不是言情小說的性質。」[註44]是眞知灼見。不過，談論色與戒二者的對治，理欲的流動應有更深入的看待，唐僧與女妖的色戒之間，還關涉悟空（體悟諸法空相）、悟能（體認人性本能與超能）、悟淨（覺悟觀身不淨等四觀法門）等意義探析，乃至於徒弟解救唐僧的宗教與意志等二階詮釋，這會更貼近文本意圖。作者對「色」的詮釋僅限於情慾，尚未深究空色法相，而「戒」的修養和禪解考量也有進一步發展的空間。

對於《西遊記》人物研究，還有趙滋蕃從心理分析寫〈笑談豬八戒〉[註45]趣味中寓含深厚的學識涵養，是我輩治學境界的嚮往之作，他認爲豬悟能貪吃懶做好色、愛佔小便宜、鑿短拳、說風涼話，是性壓抑情結導致的投射轉化行爲，與智、勇、辯、力的孫悟空二人，同爲我民族集體潛意識的典型，「投射轉化的民族集體潛意識」正是風意象所展現的暗示之一，值得作爲研

[註43] 謝明勳，〈《西遊記》修心歷程詮釋：以孫悟空爲中心的考察〉，收錄於《東華漢學》第八期，2008 年 12 月，頁 37～62。

[註44] 張瓊霙，〈色戒——《西遊記》之唐僧〉，《虎尾科技大學學報》第三十一卷第一期，2012 年 9 月版，頁 99。

[註45] 趙滋蕃，〈笑談豬八戒〉，《中央日報》，1976 年 4 月 7 日。該文亦收錄在《西遊記》，臺北：桂冠圖書公司，1991 年 7 月，頁 1343～1352。

究的重要方向，後續深入探討。趙氏的見解與陳又新描寫〈呆子──民間故事的永恆主角〉〔註46〕談八戒之呆相似，陳氏更將豬八戒的惡作劇、食色性格、……等，引出許多民俗喜忌，八戒的「夯、呆、慧和惡作劇都是來自民間」〔註47〕，提醒筆者留意「威風」敘事與民間習俗的關連性。

李建國於〈《西遊記》藝術形象的多重組合〉提及孫悟空的自由主動特質，兼具動物性、神性和人性的自由表現連結。〔註48〕這個精闢的見解有如本我、自我、超我的心理分析論述，啓發本論留意人物的風格裡的個性隱喻部分。

楊晉龍〈經學對通俗文學的滲透──論《西遊記》的「引經據典」〉中，歸納分析儒家經典對《西遊記》的滲透狀況及其原因和效應，〔註49〕作者採細讀、統計等方法，歸納分析儒家經典和《西遊記》的互文情形。他發現，儒家經典滲透入通俗文學之後，產生一種嚴肅典正和通俗鄙俚二種文本的混合體。作者詳審《西遊記》的各個用語，考證其經典出處，確認引證的經典如：《詩經》、《論語》、《孟子》、《左傳》、《中庸》、……等等，又統計其引述的次數，頗有成果。楊氏的研究提供讀者瞭解《西遊記》確有儒家經典滲透的互文事實，其殊見啓發本論以「經典滲透」的方式探析《西遊記》的風，深究其敘事元素。

審視《西遊記》的思想滲透豈止儒家經典？老莊與丹符等道教之言、理氣心性之學、佛學、傳統醫學、……等思想「互文」其中，這部小說裡的風似乎牽引著諸子思想的證補情形。

吳冬梅〈風與逍遙、困頓──莊子對風的研究及其對風之意象的運用〉，說到事物對自身的超越，可以模仿風由小至大範式，藉助風的威力來達成。「列子不擅長借風而永陷『有待』，有自然之風，有人為之風，人為之風造成是非。『風』是自然的象徵，藉助風就是藉助自然；達到自然就是與自然融為一體。……刮風無意，萬物借風有情……」〔註50〕

〔註46〕陳又新，《傳統小說與小說傳統》〈呆子──民間故事的永恆主角〉，武昌：武漢大學出版社，2005年。

〔註47〕同前註，頁232。

〔註48〕李建國，〈《西遊記》藝術形象的多重組合〉，收錄於《明清小說研究》第二期，南京：江蘇省社會科學院文學研究所，1991年，頁21～34。

〔註49〕楊晉龍，〈經學對通俗文學的滲透──論《西遊記》的「引經據典」〉，收錄於《漢學研究》第28卷第3期，臺北：漢學研究中心，2010年，頁63～97。

〔註50〕吳冬梅，〈風與逍遙、困頓──莊子對風的研究及其對風之意象的應用〉，收錄於《社會科學戰線》2010年第10期，長春：吉林省社會科學院，頁42～44。

　　吳氏的論述有幾個重點值得參考：首先，事物自身的超越得到重視，但尚未深入探究；二、「借風」的觀點是很好的研究發現，但其形式和寓意尚未明確著墨；三、風的力學是風研究的重點之一，而作者尚未進一步討論；最後，自然與人爲之風確實可以在本論的研究過程中再論述。

　　許麗芳〈命定與超越：《西遊記》與《紅樓夢》中歷劫意識之異同〉〔註51〕從記敘與抒情探討敘事意識與情節結構的互涉；以贖罪和償情探究前緣分定和悟道歷程；復以缺憾和圓滿來看待自我修練和現實對應間的平衡。許氏發現，小說家從現實人事與故事材料來創作書寫，其中必然具有作者的思考與再創造。對於情節發展序列和因果關係，有其主觀虛構與判斷。他認爲歷劫是《西遊記》與《紅樓夢》情節發展基調與敘事主軸，歷劫意識影響小說的敘事策略與審美特徵，可以表現小說人物的生命模式。歷劫的磨難與衝突必然得到指引或解救，持續歷劫經歷或是得到提升與進化。作家的敘事意識和價值判斷，會與傳統價值取得安頓和融合。

　　许氏研究悟道歷程和自我修練，契合《西遊記》的旨趣。從歷劫意識來透視《西遊記》與《紅樓夢》的敘事結構很有創見，啓發《西遊記》的風研究，需留意風所引領的「劫數」情節、風的敘事結構和意涵間的互涉性，在劫難結構中，風敘事的定位、節奏性與敘事功能，這有必要再進一步深究。

　　張靜二研究《西遊記》的力與術相關主題〔註52〕，從君臣對待的互動視角來反思故事中主僕互動的型態、禮儀、和暗喻，揭示帝王學的意涵，見解頗有獨到之處。但不論是權力、智力、法力，或是體力、氣力、耳力、眼力，在《西遊記》的力場域裡，人物與風都有積極的敘述。閱讀張氏的相關研究，使個人對於風與場域的關係更覺得深具研究價值。

　　梳理層層堆疊的《西遊記》研究文獻後，明瞭幾個研究概念和方向：

　　首先，《西遊記》的逐步成書，歷經元末明初的小說成形，明、清二代增刪潤飾，逐步形成現今「世德堂」百回本的樣貌，累積了豐厚的文化底蘊。研究《西遊記》的風，不能忽略其深厚的文化內涵。

　　其次，關於《西遊記》的場域和身體氣流視角研究精闢，傾向內丹命術，

〔註51〕許麗芳，〈命定與超越：《西遊記》與《紅樓夢》中歷劫意識之異同〉，《漢學研究》，臺北：漢學研究中心，2005 年 12 月，頁 231～256。
〔註52〕張靜二，〈《西遊記》中的力與術〉，《漢學研究》第 11 卷第二期，臺北：漢學研究中心，1993 年 12 月，頁 217～235。

尚有心學與三教滲透可以再深入探究；藉著風的引線，故事結構持續被穿梭。這條引線牽動取經歷程的許多際遇，和追尋心性之學與永恆不朽的路途與方向。研究《西遊記》的「風」，這條引線是本論主軸所在。

此外，對於《西遊記》的人物研究，須兼顧形象與情意符指分析；風的神性與人間性、神魔位移、理性及感性的流動節奏、形式與意象尚有再探討的空間。

對於《西遊記》歷經各經典與諸子思想的滲透之後，是否也自成經典，影響後世文藝創作，深具研究價值；而「以風喻道」可能也是《西遊記》風的旨趣，但對於「道」的詮釋和文學意涵，自有「風」的形式和意涵，有必要在其並行與交會點上，留意其彼此的含攝關係。

最後，從《西遊記》的各種研究中，取其共通點足以淬煉各敘事意識和情節結構，風敘事在歷劫、悟道、超越……等敘事結構與意識中，應有其功能和定位，值得在未來的研究中進一步著墨。

第三節　研究方法與範圍

一、研究方法

在風的研究軸線下，本論以文本細讀方式開始，針對文本及其對風敘事的相關文獻作仔細閱讀。從中揣摩作者的創作思路，推估其意想，並理解其作品的創作形式和意圖的建構，擷取作者的言語經驗、感悟其言語的智慧和人格，探索其文筆下的感性與悟性，進而提升個人對風敘事的言語意識。

繼文本細讀之後，以分類統計法詳估小說中各種風的敘事比重；採用分析、批判與歸納法來進行個人與文本的對話；以對比研究探尋各文化思想對小說產生的經典與諸子思想的證補現象；從氣體流動的自然科學觀延伸審視與分析文學裡的風；再參酌詮釋學視角探討其表徵意義；進一步以資料分析呈現《西遊記》的風在臺灣本土化和現代化的藝術接受概況。

從這些理論視野審視風的敘事美學，理解與感受作者的情思與意志；從佈局謀篇、修辭手法和語言特色，細尋《西遊記》的「風」之有機結構及其二階語意。在客觀上，以科學檢證的方式探詢各學者的意圖共識；在主觀上，把握文本的價值取向，提出個人的相關鑑賞和論述。

二、研究範圍

（一）關於版本與作者

《西遊記》的作者考據有許多爭議，大抵有幾個說法：一說作者是丘處機〔註53〕，另一說是吳承恩〔註54〕。儘管後者說法被認可較多，但也仍有歧見。有更多的共識是《西遊記》是逐步成書的歷程，從唐代小說《唐太宗入冥記》、宋代講經話本《大唐三藏取經詩話》、元代吳昌齡《唐三藏西天取經》雜劇、元代《陳光蕊江流和尚》雜劇、元代楊顯之《劉泉進瓜》雜劇、元代《西遊記》平話、明初楊景賢《西遊記》雜劇等創作、增刪；又經各說書人、刊刻修訂、評點者、和歷來作家的加工、取捨和潤筆，逐步成書，百回小說形成前，已有相當程度的發展，吳承恩可能是百回本的最後編定者〔註55〕。

目前學界關注的《西遊記》版本有幾種：一是「華陽本」，包括：《刻官板全像西遊記》、《新鐫全像西遊記》以及《二刻官板唐三藏西遊記》；第二種版本為「李卓吾本」，其存本為內閣文庫藏的縮影微捲，收藏於日本宮內省書陵部，而巴黎國家圖書館及大英博物館，分別有殘本收藏，其眉批與總評與李卓吾本大致相同；第三種是「清刻節本」，有《新鐫出像古本西遊證道書目錄》託名丘處機、《西遊真詮》也附會作者丘處機、《西遊原旨》為甘肅劉一明編輯、《西遊記評註》評註者署名含晶子。

此外，尚有「清刻繁本」《新說西遊記》、「陽本」（陽至和書賈所出版）其《新鍥三藏出身全傳》為明代孤本，現存於牛津圖書館、「朱本」（朱鼎臣編輯）現存有北京圖書館善本書、以及美國國會圖書館藏。這些版本考據另有專著，是本研究軸線之外，無法深入著墨。僅就此說明《西遊記》的成書是世代累積而成，作者不能視為一人或一時之作。對於《西遊記》的創作意圖研究，理應重視的是，此書約自元末明初成書之後，開始了增刪潤飾，其時代的文化底蘊和當時代的社會意識面向應該被重視。

〔註53〕 胡適，〈西遊記考證〉，收錄於《西遊記》，頁1255。

〔註54〕 同前註，頁1275；另有董作賓考證吳承恩的生平，為歷來研究《西遊記》作者的參考依據。

〔註55〕 吳承恩，潘建國評註，《西游記》，北京：北京大學出版社，2011年7月，頁3。筆者尋思本研究主軸是風敘事，著重在文本的內部研究部分，並無交代《西遊記》的作者之必要性。但再細究發現，探討寫作意圖時，單一作者與「累積型」作品的作者群的創作意圖確有相當的差異，後者有民族潛意識的內涵之可能。

　　本研究所採用的文本主以世德堂刻印《西遊記》，參酌李卓吾評點《西遊記》〔註56〕及潘建國評註的《西遊記》〔註57〕。至於考據《西遊記》從《大唐三藏取經詩話》、《取經記》，到陽至和的《新鍥三藏出身全傳》、朱鼎臣編《唐三藏西遊傳》，……這已有豐厚的研究成果，不再贅述。〔註58〕

　　桂冠圖書公司出版的《西遊記》，是根據台北中央圖書館（現更名爲國家圖書館）就明刊本金陵世德堂「新刻出像官板大字西遊記」攝影膠捲，並參考清代六種刻本校訂和增補成書〔註59〕。除了百回本內容完整之外，具有許多風趣韻語和方言，豐富的形容描寫，是本研究採用此版本的原因。另外，在研究歷程中，旁徵李評本（李卓吾評點）《品讀西游》及今人潘建國評註的《西游記》〔註60〕，各有獨到評點，提供《西遊記》的「風」研究作參考。

（二）關於研究範圍

　　在研究範圍上，本論主要研究《西遊記》的「風」，屬於文學作品的內部研究者多，採用後設與新批評的精神，深究文本內容。對於過去外緣研究的學者所探討的版本演變、人物來源、乃至於在宗教上的許多議論，甚或討論是否三教合一等議題，或可與研究軸線相論證。《西遊記》的版本、作者、人物、宗教教義、甚或歷來對於佛、道、儒三教的爭議，無涉風研究的部分，也就不去深談。

　　對於風的研究，關乎地球科學、氣象學等自然科學研究頗多。本論有所參考，但聚焦在自然現象對文學書寫的延伸，以及其與神話關係來做探討，無法單以科學研究細談。《西遊記》的文化與思想內涵豐富，本論僅就與「風」的描寫有關的敘事來探討其內涵。

〔註56〕明・吳承恩，明・李卓吾評點，杜京主編，《品讀西游》，北京：光明日報出版社，2007年。

〔註57〕同前註，頁13。

〔註58〕對於版本考據的相關研究，詳見：鄭鎮鐸著，〈《西游記》的演化〉，收錄於梅新林、崔小敬編，《20世紀《西游記》研究》，北京：文化藝術出版社，2008年，頁34～59。此外，英・杜德橋著，〈《西游記》祖本考的再商榷〉亦有精闢論述，詳載於頁148～165。

〔註59〕《西遊記》，頁1247。

〔註60〕關於《西遊記》的名稱之「遊」字，大陸學者採用「游」字，臺、港、新等地皆使用「遊」字，本論酌用「遊」字，爲尊重書籍原文名稱，大陸地區版本保留其「游」字。

　　此外，坊間有許多的文學作品藉「風」爲名，但多半只是信手藉風字生情，大談個人的心情、故事、傳記、……等，並未善用風的意象或敘事。這些作品暫不列入本研究的討論範圍。研究蒐集與《西遊記》的風相關的本土文學與藝術作品，摘引與《西遊記》的風敘事相關內容進行接受性分析。希望能觸此類而旁通其他文藝作品進行探討。

　　關於《西遊記》的英、美、德、法、日、韓、新、馬、……等外國相關研究，尤其是日本學者的研究著述頗多，國內外文系學者與研究生也有不少成果，礙於時間與外語素養，留待後續研究補強。

　　最後，對於《西遊記》的風研究，當有其文化與思想淵源，但在範圍上將無法過度擴充或深層討論所涉及的過多哲學內涵。本研究的相關發現有其主、客觀維度待考量，可作爲個人日後對於其他文學作品的閱讀策略參考，個人獨特的讀者取向研究成果，將以實徵方式予以論證保留。

第四節　研究架構與章節安排

一、研究架構

　　任何研究都是發現問題與解決問題的歷程，本研究是在發現《西遊記》的文本裡有許多關於風的描寫後，對於《西遊記》採用「風」的用意產生懷疑開始。細讀文本及相關文獻之後，形成問題意識，採擷各種研究理論和方法來尋找答案，在研究架構上也以此過程來搭築全文鷹架，有以下的研究架構考量：

　　如同大自然的風，具有各種元素；《西遊記》的風也有各種敘事淵源。在首章研究動機與目的、方法和步驟、問題呈現以及文獻探討等之後，第二部分將探究風的「化」力，對於《西遊記》的風所化生、教化、轉化和變化，是故事裡較少被發掘的議題；第三部分將從風的物理特性和力學原理，延伸考量《西遊記》的風所產生的動力美學；第四部分，考量《西遊記》的風之敘事淵源，從聖、儒、道、禪、醫等各種面向，探究小說的風及其文化思想內涵。第五個探討重點，是透《西遊記》的「風」研究，檢視台灣《西遊記》的本土和現代藝術接受情形。

二、章節安排

針對本研究的資料蒐集、細讀、分析批判，在章節上有以下的安排：

第壹章緒論，說明本研究的動機與目的，擬列待答問題，作爲研究問題尋求解答的目標；說明研究方法，闡述個人所採的研究途徑；在研究範圍上，交代個人有限的時間與能力上，所能關注的議題範圍與取捨；並說明留待後續研究的方向。

第貳章討論風敘事裡的「化」力，包括：「風動蟲生」的化生詮釋、諷喻教化、敘事情境的轉化、角色形式的變化等面向，從風敘事的探究裡，理解風化的意涵，探尋《西遊記》的風敘事形式及其含意。

第參章留意風敘事的物理性，關注其冷熱對流、速率力學在文學作品中的美學展現。從自然科學的描寫，過渡到文學藝術的敘事表現，或是寫實與白描的精緻和美化，有其可觀之處。

第肆章探討《西遊記》的「風」與諸子思想的意涵。以前人的研究成果做基礎，進一步深究《西遊記》的「風」與聖、儒、道、禪、醫等思想證補現象。

第伍章，則藉由前述探究結果，分析《西遊記》在臺灣地區的本土化和現代化的接受情形，分就《西遊記》的地方戲曲、繪畫、版印、雕刻等藝術成果，以風敘事反思《西遊記》的本土與現代之藝術接受。

第陸章結論。總結本論各章節的研究成果，並提出後續研究的發展方向。

第貳章 《西遊記》的風化敘事

「風化」解作風俗教化，〔註1〕；任昉《文選》中的〈王文憲集序〉：「出為義興太守，風化之美，奏課為最。」〔註2〕自然科學的「風化」又指，岩石在原地的崩解或分解；又《說文》：「風動蟲生」，這個解釋隱含著風的化育作用。綜觀的風「化」，隱含著生、教、轉、變等形式意涵，各有其化解與超越的意涵。

藉由各種風化的描寫情節，讀者可以透見歷來增潤《西遊記》的說書人或話本創作者，如何以風化敘事帶動西天取經的故事，以其化生讓人物現形、以教諭化民成俗；以風讓境界與場域轉化、讓心象形式產生變化，進而闡述生滅變異的道理。西天取經的歷程也正是這個心性生滅、轉變和超越的歷程。整部《西遊記》的歷險故事，正是由風敘事來牽動許多西天取經的途中所遇見的「化」境。

第一節 「風動蟲生」的演繹

東漢‧許慎的《說文》提到：「風動蟲生。故蟲八日而化。」〔註3〕段玉

〔註1〕 東漢‧許慎著，清‧段玉裁注，《說文解字注 附段注補正》（臺北：蘭臺書局，1983年），頁684。至於「風之大數盡於八」應是來是易經卦象「☴」上下卦陰陽爻合計八劃，因此以八為巽卦風象之極數；蚊蠅從卵、幼蟲、結蛹、到成蟲，夏秋之際約四至七天，接近八的成數。

〔註2〕 梁‧蕭統編，唐‧李善注，《文選》（四），臺北：文津出版社，1987年，頁2076。

〔註3〕 同前註。

裁註解這個意思說：「此說從虫之意也。……八主風。風主蟲。故蟲八日化也。謂風之大數盡於八。故蟲八日而化。故風之字从虫。」〔註4〕這段說明顯示古人已經留意到風的流動影響生物生成的現象。《西遊記》對「風動蟲生」演繹，更是發揮的淋漓盡致。

一、風的化育敘事

　　《西遊記》的化育敘事是「風動蟲生」的第一個演繹，說到石猴化生的情節。古人寫在小說裡的生物形體蛻變、生成與起源，乃至於萬物與境界的生滅，他們自有一套有趣的、引人入勝的說詞。

　　故事的一開始說到石猴的生成，作者採用風的化育作引子，開啓風的第一種「化」的動能。從混沌初生，天清地濁開始，經過幾個「五千四百歲」，天往上升，地往下沈，地（人間）再經五千四百歲，凝結成水、火、山、石、土五形。從「曆曰：『天氣下降，地氣上升；天地交合，群物皆生。』」〔註5〕的話語開始，風承擔了化育萬物的媒合作用，小說的生命張力，從一陣風吹向東勝神州敖來國花果山，山上一塊仙石開始：

> 那座山，正當頂上有一塊仙石。其石有三丈六尺五寸高，有二丈四
> 尺圍圓。三丈六尺五寸高，按周天三百六十五度；二丈四尺圍圓，
> 按政曆二十四氣。上有九竅八孔，按九宮八卦。四面更無樹木遮陰，
> 左右倒有芝蘭相襯。〔註6〕

仙石的美好天賦與玄妙的自然環境，暗藏著先後天完美的河洛成數。它的特殊造型註記一年三百六十五周天數和廿四節氣，具備人類感應大自然的孔竅和《易經》九宮八卦圖騰，這種三元運會和政曆節氣，源自邵雍理學之數。在＜邵伯溫述皇極經世書論＞中提及：

> 《易》所謂天地之數也。三之四以會經運，列世數與歲甲子，下紀
> 帝堯至於五代歷年表，以見天下離合治亂之跡，以天時而驗人事者
> 也。……以人事而驗天時者也。〔註7〕

〔註4〕梁・蕭統編，唐・李善注，《文選》（四），臺北：文津出版社，1987年，頁2076。

〔註5〕《西遊記》第一回，頁2。

〔註6〕同前註，頁2。

〔註7〕宋・邵雍撰，《皇極經世書》，臺北：台灣中華書局，1982年，頁7。

而「芝蘭相襯」除了是瑞草相伴，也暗指「與善人居」的寓意〔註8〕，仙石就存在這一個特殊的空間。在這個優越的自然環境下，有了孕育生成的風來催化：

> 蓋自開闢以來，每受天眞地秀，日精月華，感之既久，遂有靈通之意。內育仙胞，一日迸裂，產一石卵，似圓球樣大。因見風，化作一個石猴，五官俱備，四肢皆全。〔註9〕

這段因風而生的石猴起源說十分簡潔，但也寓意深遠。除了交代仙石的形體來自周天、政曆、宮卦等巧妙組合之外，敘事中更透露了石猴是地的凝結五形之一，地濁「石」形孕育了石猴的「仙胞」，而風正是促成陰陽交合的主要動能。沒有風的催生，陰陽無法聚合，石頭永遠只是石頭；沒有風的化育，生命將是一片停滯死寂。一旦經過風的動態作用，仙石裡的仙胎迸裂（生育的動態），圓球般的石卵見風，化成五官俱全的石猴。〔註10〕而這石猴的每個起心動念，又造就了西遊記一百回的精彩故事。

「風」就在這裡，起了一個化育的「引子」，這個化育的動能常以「見風」作爲牽引讀者投入《西遊記》情節發展的敘事手法。以「風」的化育動態的引子來開始情節鋪陳，使文本成爲一個有機結構體，而「風」除了化育生命之外，緊接著成爲《西遊記》的故事有機體內的通脈氣血。《西遊記》沒有「風」來促使陰陽相濟，其生命也就枯竭了。

說文的「風動蟲生」在《西遊記》裡延續了古人的思維，認爲風是動態氣流現象，具有化育生命的媒介和暗喻。但是石猴生成的人物出場描寫僅此一次，在後來的情節所出現的其他人物，也是以「見風」手法呈現「風來生怪」的懸疑形式出場，卻無孫悟空「生成」的特殊形式。「因見風」表現出《西遊記》的第二種「風動蟲生」敘事手法。

當一陣風來，引出一個妖怪現形或是人物的揚長而去。「風」讓作家的敘事手法產生許多的動能。

〔註8〕 語出：羊春秋注譯，《新譯孔子家語》〈六本第十五〉，臺北：三民書局公司，1998年，頁240。原文爲：「……不知其地，視其草木。故曰：與善人居，如入芝蘭之室，久而不聞其香，即與之化矣……」。

〔註9〕 《西遊記》第一回，頁2。

〔註10〕 這段敘事有其前因後果的鋪陳，正因爲「天產石猴」是地的五形之一，石形產育，所以在菩提祖師點化悟空學習神通時，他選擇了「地」煞數七十二般的法術，而非天罡數三十六變化。在故事裡石孕而生、頑石點頭、以地煞爲術、……這些都貼著地（人間）的體氣來敘事，都有其因果相續。

二、「因見風」──「風來怪生」與「風去怪離」

　　《莊子‧齊物論》說「大塊噫氣，其名為風。」〔註11〕在大地的氣體流動中，風具有如人吹噫出氣的動態特性，又談到風穿梭在各種孔竅出現各種駭人聲響：

> 山林之畏佳，大木百圍之竅穴，似鼻，似口，似耳，似枅，似圈，似臼，似洼者，似污者；激者、謞者、叱者、吸者、叫者、譹者、宎者、咬者，前者唱于而隨者唱喁。〔註12〕

風陣陣吹過各種像鼻、口、耳、枅、圈、臼、洼等地形，發出嗚呼聲響，聽到這些驚人的風聲描寫，引入《西遊記》裡成了很典型的「風來怪生」的敘事手法。第十三回說到唐僧初出長安關外，抵達法門寺許下逢廟燒香，遇佛拜佛，遇塔掃塔的心願。與隨從三人一馬，途中失足跌落坑坎。

> 三藏心慌，從者膽戰。卻纔悚懼，又聞得裏面哮吼高呼，叫：「拿將來！拿將來！」只見狂風滾滾，擁出五六十個妖邪，將三藏、從者揪了上去。〔註13〕

哮、吼、呼的風聲因襲《莊子‧齊物論》所談的聲籟生成，「拿將來！拿將來！」就像前述的激、謞、叱、吸、叫、譹、宎、咬等，就發生在這些不同的風聲之後，「風來生怪」讓許多人物出現，情節也開始緊湊起來。第十三回以這種敘事手法帶出熊將軍和寅將軍；第十四回孫悟空人物重現情節時，以三藏揭下佛祖封帖金字，又作「因見風」敘事：

> 拜畢，上前將六個金字輕輕揭下。只聞得一陣香風，劈手把壓帖兒刮在空中，叫道：「吾乃監押大聖者。今日他的難滿，吾等回見如來，繳此封皮去也。」嚇得個三藏與伯欽一行人，望空禮拜。〔註14〕

孫悟空就在這個「因見風」的敘事手法中，重新回到《西遊記》的故事之中，走向西天取經的道路上。後來的九九八十一劫難裡，有許多人物出場的描寫，多採用這種「因見風」敘事手法現形。如：第十五回寫「一泓水響吼清風」，蛇盤山鷹愁澗小龍藉此出水吞掉白馬；第十六回觀音院寺僧縱火謀寶貝，風隨火勢，燄飛千餘丈，火逞風威，迸上九霄雲外，驚動山獸怪黑風洞妖精；第十八回描寫豬八戒現身，更有「微微蕩蕩，渺渺茫茫」

〔註11〕楊柳橋撰，《莊子譯詁》，臺北：書林出版公司，1995年，頁22。
〔註12〕《莊子譯詁》，頁22。
〔註13〕《西遊記》第十三回，頁154～155。
〔註14〕《西遊記》第十四回，頁167。

的「風來怪生」精彩敘事。風的急速，凋花折柳、倒樹催林、甚至翻江倒海，用風的無、微、快、狂的速度感來展現妖精的逐步逼近〔註15〕。在許多回目的妖精、神仙、觀音菩薩等人物的出場情節，「因見風」的敘事手法屢見不鮮。

最值得注意的是，「風來怪生」的敘事裡，怪從何而來是眼中敘的巧妙安排，與情節場景的佈局有密切關連。小龍出水，藉著山澗瀑布的景致，在風、峽、澗的不同視角場景裡，引出從水裡推波掀浪，竄出小龍，這是足以令讀者產生驚嚇感的出場。「水中出」的視角同樣出現在第二十二回八戒大戰流沙河，以及第四十三回黑河妖孽水陷擒僧等情節。在水面上的見風敘事，融合水與風的二種飄移感，產生上下交晃的視覺動感，就在這種炫目懸疑之中，妖精竄出更顯出令人驚嚇的臨場感受。

另有旋攝的視角，從地飛天的「風來怪生」情節，第五十四回末說到孫悟空用計離開西梁女國，當離去時，八戒發瘋扭嘴搖耳，灑潑弄醜嚇退女王隨從，在人群中閃出一個女子：

> 只見那路旁閃出一個女子，喝道：「唐御弟，哪裡走！我和你耍風月兒去來！」沙僧罵道：「賊輩無知！」掣寶杖劈頭就打。那女子弄陣旋風，嗚的一聲，把唐僧攝將去了，無影無蹤，不知下落何處。〔註16〕

從人群中「閃出」女子，是飛快速度的出場，令人驚悚的是「嗚的一聲，把唐僧攝將去了」，這陣風先穿梭在人群中，迅速地自人群中旋出風勢，將人攝去。第五十五回隨即接續前回的風攝情節，說：

> 孫大聖與豬八戒正要使法定那些婦女，忽聞得風響處，沙僧嚷鬧，急回頭時，不見了唐僧。行者道：「是甚人來搶師父去了？」沙僧道：「是一個女子，弄陣旋風，把師父攝了去也。」行者聞言，呼哨跳在雲端裡，用手搭涼篷，四下裡觀看，只見一陣灰塵，風滾滾，往西北上去了。急回頭叫道：「兄弟們，快駕雲同我趕師父去來！」八戒與沙僧，即把行囊挎在馬上，響一聲，都跳在半空裡去。〔註17〕

「人群中出」的出場形式，是在熟悉事物裡表現突兀的敘事手法。旋風攝人的「見風」敘事在這裡除了是人物「出場」外，還有快速「入場」的收場作

〔註15〕風的「無微快狂」等速度描寫，詳見本論第參章第四節，容後詳述。
〔註16〕《西遊記》第五十四回，頁687。
〔註17〕《西遊記》第五十五回，頁689。

用。這種戲劇效果，在「風來怪生」裡，又出現了「風去怪離」的恐怖離散和懸疑氣氛。第四十回聖嬰大王紅孩兒設計博取唐僧的同情，趨近唐僧師徒後，以「風去怪離」的敘事手法來描述攝走唐僧。故事說到：

> 好怪物，就在半空裡弄了一陣旋風，呼的一聲響亮，走石揚沙，誠然凶狠。……那怪已騁風頭，將唐僧攝去了，無蹤無影，不知攝向何方，無處跟尋。〔註18〕

怪物弄旋風，將唐僧吹攝離去。呼聲夾帶著走石飛沙，表現一段狂風意象。這陣風捲水成雲，走石揚沙，迷人眼目，以刮路拔樹的氣勢滾吼而來。連孫悟空都無法站穩，來不及護住唐僧。風去怪離的敘事手法，讓人感受到風的威力，也勾引起讀者對狂風吹襲大地的印象。紅孩兒與唐僧二個人物，就由這陣狂怪大風帶離現場。

三、「風動蟲生」的化數敘事

以「風動蟲生」的「因見風」來促成「風來怪生」和「風去怪離」敘事，表現人物的進出場，是《西遊記》慣常使用的風敘事手法。除此之外，「因風化數」的敘事手法也有多次出現在各情節之中。

「風動蟲生」的意象裡，還有風的吹動讓蟲蠅群飛的「因風化數」現象。在這種風動蟲生的化數敘事裡，孫悟空的毫毛變化最是典型。第三回說到悟空在傲來國上空，「使狂風，搬兵器」的敘述：

> 風起處，驚散了那傲來國君王，三街六市都慌得關門閉戶，無人敢走。悟空才按下雲頭。徑闖入朝門裡。直到兵器館、武庫中，打開門扇，看時，那裡面無數器械……一見甚喜道：「我一人能拿幾何？還使個分身法搬將去罷。」好猴王，即拔一把毫毛，入口嚼爛，噴將處去，唸動咒語，叫聲：「變！」變做千百個小猴，都亂搬亂搶；有力的拿五七件，力小的拿三二件，盡數搬個罄淨。徑踏雲頭，弄個攝法，喚轉狂風，帶領小猴，俱回本處。〔註19〕

由孫悟空的毫毛分身變化，隨風捻咒，變出千百化身當作助力。這是十分特殊的而且生動的「風動蟲生」敘事寫法，作者將古人對於「風來蟲飛」的視覺經驗做詳實的再現。以毫毛變化百千小猴的敘事手法與「灑豆成兵」的想

〔註18〕《西遊記》第四十回，頁 503。
〔註19〕《西遊記》第三回，頁 28。

像有異曲同工之妙，《封神演義》〔註20〕、《平妖傳》〔註21〕、《醒世姻緣》〔註22〕等相近時期的小說作品，都有類似的描寫。有時也同樣藉風的吹動，灑放各種豆籽變幻兵士去作戰。同樣地，孫悟空的毫毛變化也是應用在「巧奪」與作戰上。第四十四回唐僧師徒抵達車遲國救僧經過，孫悟空以毫毛救贈五百位苦力僧人；第七十二回盤絲洞蜘蛛精命令蜜、螞、蜂、班、蝨、蠟、蜻七般蟲蛭小妖，試圖阻擋孫悟空三徒向前。七個小妖和孫悟空，雙方就採用這種「因風化數」的法術相對峙。小妖這般變化：

> 八戒見了生嗔，本是跌惱了的性子，又見那伙蟲蛭小巧，就發狠舉鈀來築。那些怪見呆子兇猛，一個個現了本相，飛將起去，叫聲「變！」須臾間，一個變十個，十個變百個，百個變千個，千個變萬個，個個都變成無窮之數。只見：滿天飛抹蠟，遍地舞蜻蜓。蜜螞追頭額，蜂蜂扎眼睛。班毛前後咬，牛蝨上下叮。撲面漫漫黑，翛翛神鬼驚。

〔註23〕

這段風敘事頗有移鏡特色。生氣的豬八戒在地面上揮舞釘耙，七個小妖原本與八戒同在一個水平面爭鬥。採用第三人稱的視角將遠鏡頭焦點移向小妖們，從地面上紛飛起，就像「趕蒼蠅」似的場景，惹得許多昆蟲環繞飛舞，又像「擣蜂窩」般讓讀者感受這種受蟲害百煩的親歷感受。這種被群蟲攻擊的風意象，正是「因風化數」頗具寫實性的描述。而一、十、百、千、萬的不厭其煩描寫，或許是說書人延長說唱表演時間的技巧，但也可能來自說書現場教化文盲與兒童的需要。讓聽眾在此時學習到基礎算數，「因風化數」隱約有了說書人的通俗教化功能。這種教化功能，除了算數之外，還有對物種的認識。比如因應小妖們的無窮數變化，孫悟空的毫毛也以「因風化數」的神力，變幻出許多相剋應的許多鳥雀來：

〔註20〕 明·許仲琳著，《封神演義》〈第五十八回 子牙西岐逢呂岳〉中即有：「五行道術般般會，灑豆成兵件件精。」臺北：桂冠圖書公司，1984年，頁498。
〔註21〕 明·馮夢龍著，《平妖傳》，〈第三十一回 胡永兒賣泥蠟燭 王都排肆聖姑姑〉裡，聖姑姑亦有「剪草為馬，撒豆成兵」的本事。臺北：文化圖書公司，1978年，頁236。
〔註22〕 清·西周生著，《醒世姻緣傳》〈第八十九回 薛素姐謗夫造反 顧大嫂代眾降魔〉中，薛素姐請訟師寫狀誣告其夫狄陳希時曰：「又娶一個紅羅女為妻，剪草為馬，撒豆成兵，呼風喚雨，移斗換星，駕雲噴霧，無所不為。」臺北：聯經出版事業公司，1986年，頁1087。
〔註23〕 《西遊記》第七十二回，頁910。

> 好大聖，拔了一把毫毛，嚼得粉碎，噴將出去，即變做些黃、麻、
> 玳、白、雕、魚、鷂。八戒道：「師兄，又打甚麼市語，黃啊、麻啊
> 哩？」行者道：「你不知，黃是黃鷹，麻是麻鷹，玳是玳鷹，白是白
> 鷹，雕是雕鷹，魚是魚鷹，鷂是鷂鷹。那妖精的兒子是七樣蟲，我
> 的毫毛是七樣鷹。」鷹最能叼蟲，一嘴一個，爪打翅敲，須臾，打
> 得罄盡，滿空無跡，地積尺餘。〔註24〕

作者採用古人對大自然界的食物鏈觀察，或是物物相剋的感受和體悟，也許
還隱含著對於自然界鳥雀啄食昆蟲的視覺經驗。暗示著世間一物剋制一物，
沒有人可以全然毫無畏懼地任意妄為。引人想像空間的擬實場景是「須臾，
打得罄盡，滿空無跡，地積尺餘。」是較誇大的敘事手法，是以人類世界的
戰爭視角，類似「屍橫遍野」的寫照，是以風化數後，形容為數可觀的寫實
表現，這雖然是重複表示「以風化數」的數量驚人，但也是化生的千萬數量
以死亡者眾來收場，一生一死完成「因風化數」的收場作巧喻。

　　「風動蟲生」在《西遊記》的故事裡，首先出現石猴化生作為人物入場
的敘事，間接說明孫悟空這個角色的重要性與獨特性，也透露了未來以孫悟
空為主角的用意。而其他人物的出場就有了某種固定的敘事模式，成為《西
遊記》慣用的「因見風」來帶動讓觀眾聚焦的人物進出情節之中，「風來怪生」
寫來生動真實，「風去怪離」則形成驚悚的離散效應，令人產生「若有所失」
的情緒；最後，「以風化數」的以一化生百千萬分身，是《西遊記》風化生成
的精彩描寫，除了展現孫悟空七十二變的巧妙手法之外，還帶有群體相剋應
的戰鬥寫實，暗示著戰爭的無數死傷與「以風化數」的敘事結局。風的化育
生成帶動《西遊記》的各種人物出現與匿蹤消亡，每個人物又隱有特殊的教
化功能，文本展現出風化的另一種意涵，就是下一節所要說明的「以風教化」
的敘事手法。

第二節　風的教化敘事

　　《說文》：「化，教行也。教行於上。則化成於下。賈生曰。此五學者既
成於上。則百姓黎民化輯於下矣。老子曰。我無為而民自化。」〔註25〕說明

〔註24〕《西遊記》第七十二回，頁910。
〔註25〕《說文解字注》，頁388。

古「化」字的本意是教化的意思，《西遊記》的風有許多教化的敘事表現手法，以神諭、陰風表現其傳習與超越的意涵。

一、風的神諭敘事

在神諭（oracle）的形式中，人們透過一個中介者得到神明的旨意、預言未來、和各種警訊或勉勵。相傳古希臘的德爾菲神諭（Delphic oracle）是傳遞天聽的中心，女祭司皮提亞（Pythia）居住在此，傳達阿波羅（Apollo）的神旨。在古中國的傳說中，《乾坤萬年歌》、《馬前客》、《梅花詩》、《推背圖》、……等籤書，都屬神諭的一種。《西遊記》的神諭也常隱含有某種預告作用，神諭出現之前，「風」會扮演神秘的揭幕者角色。

第二十三回說到唐僧師徒四人離開流沙河，經過一片山野林間，投宿一戶寡婦人家。孫悟空的慧眼「見那半空中慶雲籠罩，瑞靄遮盈，情知定是佛仙點化，他卻不敢洩漏天機。」〔註26〕而豬八戒卻認假為真，整個夜裡迷戀色欲，一心想與寡婦女兒成親，直到天明妄消，才醒悟：

> 卻說三藏、行者、沙僧一覺睡醒，不覺得東方發白。忽睜睛抬頭觀看。哪裡得那大廈高堂，也不是雕樑畫棟，一個個都睡在松柏林中。……行者笑道：「昨日這家子娘女們，不知是哪裡菩薩，在此顯化我等，想是半夜裡去了，只苦了豬八戒受罪。」三藏聞言，合掌頂禮。又只見那後邊古柏樹上，飄飄蕩蕩的，掛著一張簡帖兒。沙僧急去取來與師父看時，卻是八句頌子云：黎山老母不思凡，南海菩薩請下山。普賢文殊皆是客，化成美女在林間。聖僧有德還無俗，八戒無禪更有凡。從此靜心須改過，若生怠慢路途難！〔註27〕

情節至此，揭示寡婦探婚其實是普賢菩薩與文殊菩薩的顯化試煉。諸佛菩薩試圖考驗唐三藏師徒的取經決心，也惕勵修行人對於色欲當前，切莫縱情享樂，淫失道心。從這段教化情節裡，孫行者早有知曉神通，自然不會起慾念關頭；三藏修行的意志堅定，也可以迴避色誘；沙悟淨單純心境，自然無波可漾。唯獨豬八戒的動物性格濃厚，迷惑在愛欲場域裡，心性蕩漾，苦苦追求，菩薩警惕他切勿「自縛了前程」〔註28〕。這段文字闡述了慾念當前的三

〔註26〕《西遊記》第二十三回，頁277。
〔註27〕同前註，頁285。
〔註28〕所謂「自縛了前程」是雙關用語，一指豬八戒遭綑綁在樹下，二則警惕他切莫因為色欲讓修行受困（綑綁之意）耽誤了西天取經的任務。

種迴避法門：得道全知的人透達慾望；意志堅定者拒絕色誘；而純「淨」本性者原無慾念可起。在「取經」修行的路上，作者提出了一個色戒的神諭教化和警惕。「古柏樹上，飄飄蕩蕩的，掛著一張簡帖兒」〔註29〕，「飄蕩」的風飛意象，有其神秘性；「一張簡帖」又所從何來呢？正是示現神諭的字句。就是這張掛在柏樹上隨風「飄蕩」的簡帖，作者以風飄帖來告誡心性修行的重要，警惕豬八戒落入凡間後，應該更加精勤於修行禪悟，並且預告「從此靜心須改過，若生怠慢路途難」的後續遭難。

神諭情節還有第二十一回悟空與黃風怪征戰受傷，護法伽藍變化成老人，以三花九子膏治癒孫悟空的眼疾，留下四句偈子的書帖：「莊居非是俗人居，護法伽藍點化廬。妙藥與君醫眼痛，盡心降怪莫躊躇。」〔註30〕飄盪在樹下；第七十四回出現一位「鬢蓬鬆，白髮飄搔；鬚稀朗，銀絲擺動」在風中飄逸的老者，現身警告唐僧師徒，前路妖怪專吃僧人的可怕；第三十二回，雲端飄飛的日值功曹化做樵夫，警惕唐僧師徒，留心蓮花洞二個兇狠的妖怪。

這些神諭情節都有風飛的情景，以風帶來告誡警惕的意味濃厚。這種隨風飄揚的意象有點化取經人，提防前方路途險惡的用意。風具有濃厚的諷喻教化意涵。

二、陰風的暗喻

《西遊記》有鬼魂訴冤與地獄的敘事，都以風來嵌入情節。已死亡的小說人物，理應失去說話的場域。在死亡之後，如果還要有說話的權力，除了藉助他者的回憶之外，就只能靠魂魄來做自主發聲。孤獨的魂魄，遊魂飄盪，藉機訴冤；成群的魂魄塑造陰曹地府的故事場域，讓世間的天理公道在死後的世界裡，得到正義的伸張、是非對錯得到明辨，最後含冤得雪，讓死者得以瞑目釋懷，而世人也得到了道德的補償與療癒。

（一）冤魂的陰風敘事

第九回提及涇河龍王，為了賭注爭勝逆犯天條，死罪難逃。他得到袁守誠的指點，託夢央求唐太宗救命：

〔註29〕《西遊記》第二十三回，頁285。
〔註30〕《西遊記》第二十一回，頁256。

> 龍王聞言，拜辭含淚而去。不覺紅日西沉，太陰星上，但見：……
> 風裊爐煙清道院，蝴蝶夢中人不見。月移花影上欄杆，星光亂。漏
> 聲換，不覺深沉夜已半。這涇河龍王也不回水府，只在空中，等到
> 子時前後，收了雲頭，斂了霧角，徑來皇宮門首。此時唐王正夢出
> 宮門之外，步月花陰，忽然龍王變作人相，上前跪拜。口叫：「陛下，
> 救我！救我！」……那太宗夢醒後，念念在心。〔註31〕

幽靜的夜晚，「風裊爐煙」是安祥景象，「蝴蝶夢中人不見」又似莊周夢蝶的
飄逸幽雅，以此掩飾了涇河龍王內心對性命垂危的焦急。他「收雲頭」、「斂
霧角」抵達皇宮。在微風中，涇河龍王謹慎的收雲斂霧，託夢拜謁了唐太宗。
夢、雲、霧以及爐煙風裊，都是以風襯托出虛幻氣氛。唐太宗在夢中接受了
涇河龍王的央請，這陣陰風起於龍王有求於唐王，因為有求於人，涇河龍王
收斂了威風，讓唐王感受他的誠懇。這時對唐王來說，雖然龍王陌生可怕，
但也因此略顯寬心。直到天庭的剮龍臺一刀剁下後，龍頭從天墜地，冤魂與
陰風才開始了死後索命的恐怖劇幕。

更生動的陰風敘事是，烏雞國王的冤魂到來。第三十七回說到唐僧坐在
寶林寺禪堂內，誦完佛經正要入睡，忽然：

> 門外撲剌剌一聲響喨，淅零零刮陣狂風。那長老恐吹滅了燈，慌忙
> 將褊衫袖子遮住，又見那燈或明或暗，便覺有些心驚膽戰。……耳
> 內嚶嚶聽著那窗外陰風颯颯。〔註32〕

這陣風先以「撲剌剌」、「淅零零」的聽覺描寫進入場景，再以明晦的光線表
現懸疑的氣氛。從聲音的耳中敘到隱現閃爍亮光的眼中敘，帶出一段極生動
的風敘事：

> 好風，真個那淅淅瀟瀟，飄飄蕩蕩。淅淅瀟瀟飛落葉，飄飄蕩蕩捲
> 浮雲。滿天星斗皆昏昧，遍地塵沙盡灑紛。一陣家猛，一陣家純。
> 純時松竹敲清韻，猛處江湖波浪渾。刮得那山鳥難棲聲哽哽，海魚
> 不定跳噴噴。東西館閣門窗脫，前後房廊神鬼矮。佛殿花瓶吹墜地，
> 琉璃搖落慧燈昏。香爐潮倒香灰迸，燭架歪斜燭焰橫。幢幡寶蓋都
> 搖折，鐘鼓樓臺撼動根。〔註33〕

〔註31〕 《西遊記》第九回，頁116～117。
〔註32〕 《西遊記》第三十七回，頁455。
〔註33〕 同前註，頁455。

風來去無形，藉助落葉、浮雲、塵沙、松竹、波浪、……風勢的快慢狂緩全都說的一清二楚。花瓶墮地、爐倒灰飛、燭架吹歪、燈落、幢拆、幡搖、樓台震撼，以風的摧毀，漸次表現其力量。這陣風來自大自然的神秘力，吹開一段幽冥冤魂受害的情節，展現《西遊記》特有的恐怖美學〔註 34〕，也讓天道公理彰顯於未來。

（二）地獄的陰風

《西遊記》裡談到地獄的情節有三處，首先是孫悟空睡夢中，遭二名勾死人勾魂至幽冥界；其次是唐太宗入地府與龍王三曹對案；第三次寫在二個孫悟空為了辨明真假，打入陰司森羅寶殿十殿閻羅處。情節尚未鋪陳到風敘事，勾死人的話語只說了一半，早被孫悟空打死；唐太宗進入地府，有多次描寫陰風慘澹；而二個齊天大聖則是滾風打鬥進入冥界，各有不同氛圍。

第十一回說到涇河龍王的冤魂，提著首級向唐太宗討命。為此太宗跟隨崔判官，進入地府與他三曹對案：

> 太宗……徑行數里，忽見一座高山，陰雲垂地，黑霧迷空。……太宗戰戰兢兢，相隨二人，……。耳畔不聞歡鳥噪，眼前惟見鬼妖行。陰風颯颯，黑霧漫漫。陰風颯颯，是神兵口內哨來煙；黑霧漫漫，是鬼祟暗中噴出氣。一望高低無景色，相看左右盡猖亡。……岸前皆魍魎，嶺下盡神魔。洞中收野鬼，澗底隱邪魂。山前山後，牛頭馬面亂喧呼；半掩半藏，餓鬼窮魂時對泣。催命的判官，急急忙忙傳信票；追魂的太尉，吆吆喝喝趕公文。急腳子旋風滾滾，勾司人黑霧紛紛。〔註35〕

陰雲黑霧由風吹散各處，瀰漫在地府空中。噴煙吹氣的鬼祟神兵令人心驚，野鬼、邪魂、牛頭、馬面、餓鬼、窮魂、判官、追魂太尉、……地府熱鬧場景猶如人間衙司；陰間官員匆促的奔走，又形塑了地府處理生死輪迴的忙碌景象。陰間的寒風，將人類想像而生的死後世界帶入真實感之中；在地獄的審判、輪迴、轉世、受刑罰、……等陰間想像裡，摻雜了佛、道等民間信仰和理解。順著地獄陰風的吹來，讓讀者看到人死後的世界還存在著更嚴屬的「最後的審

〔註34〕「恐怖美學」來自西方藝術觀點，意在藉著藝術手法複製恐怖感受，並且模糊化真實與虛幻的界線。如波西的《最後的審判》，讓人類想像中的地獄與末日審判展現其真實感。

〔註35〕《西遊記》第十一回，頁 128～129。

判」，以此教化世人，須得留心生前死後，勉人尊天理、崇孝道、莫虧暗室，並且持善修行，勿縱放妄爲。這些教化的用意，全融入《西遊記》的文本之內，藉由陰風吹拂，形塑恐怖的地府場域。而這層層的恐怖空間中，往往只有齊天大聖孫悟空能率性出入，隨時以戲謔和狂歡式的言語和氣勢來打破。

另一個地獄陰風敘事，寫在二個齊天大聖欲辨眞僞。本來就沒有生死拘束的孫悟空，向來不畏懼地府的恐怖。如今二個孫悟空的出現，他們邊打鬥，邊爭辯，一起躍入閻羅殿內，顚覆了原本因曹地府的嚴肅陰森。第五十八回寫到：

> 兩個行者又打嚷到陰山背後，唬得那滿山鬼戰戰兢兢，藏藏躲躲。有先跑的，撞入陰司門裡，報上森羅寶殿道：「大王，背陰山上，有兩個齊天大聖打得來也！」慌得那第一殿秦廣王傳報與二殿楚江王、……一殿轉一殿，霎時間，十王會齊，又著人飛報與地藏王。盡在森羅殿上，點聚陰兵，等擒眞假。……只聽得那強風滾滾，慘霧漫漫，二行者一翻一滾的，打至森羅殿下。〔註36〕

原本陰森恐怖的地獄陰風，因爲二個孫悟空的打嚷，成了類似「黑色喜劇」的場景。想像滿山鬼魂等著訴冤，依序待判轉世。地府裡原本不容侵擾的秩序和陰森恐怖的嚴肅規矩，曾經被一個孫悟空打破。此時竟然一次來了二個孫悟空，無怪乎十殿閻羅王全都戰兢列席森羅殿，連地藏王菩薩也不敢輕忽。十殿閻羅、地藏王和祂的坐騎——諦聽神獸與二個孫悟空陣列地府框架裡，而陰間神兵聚集在後。陰冷的地府擠滿了喧嘩的人物聚集，形成強烈的對立與交融。這種「黑色喜劇」的敘事手法，與後現代超現實的黑色幽默文風相比，毫不遜色。

三、風的教化

如前所述，教化是教導、化民成俗的意思。不論是神諭的提醒或陰風形塑地府對陽間善惡的賞罰審判，都具有其社會教育的功能，也引含了某種政治意義。而從教育的視角來看，教化最應被重視的是，知識的傳遞者與接收者間的傳習互動。在政治上，教化是希望百姓去惡向善，形成某種便於統治的道德意識，促成統治者認爲的善良風俗。

〔註36〕《西遊記》第五十八回，頁730。

　　教化百姓是歷代知識份子關注的政治議題。儒家修齊治平、道家無為，或是法家刑令、墨家兼愛……，都是以治理百姓，安定天下國家為理想。如何妥善治理百姓，教化百姓成為重要的議題。《西遊記》隱含著許多教化百姓的情節。第八回有段如來佛祖感嘆，人性善惡不一有待教化的情節：

> 如來講罷，對眾言曰：「我觀四大部洲，眾生善惡，各方不一；東勝神洲者，敬天禮地，心爽氣平；北鉅盧洲者，雖號殺生，只因餬口，性拙情疏，無多作踐；我西牛賀洲者，不貪不殺，養氣潛靈，隨無上真，人人固壽；但那南贍部洲者，貪淫樂禍，多殺多爭，正所謂口舌兇場，是非惡海。我今有三藏真經，可以勸人為善。」諸菩薩聞言，合掌皈依。〔註37〕

東土人民貪圖聲色，淫樂作禍，有許多殺伐征戰，成了口舌是非的「兇場惡海」。這些人間的種種罪惡都需要被教化，彰顯《西遊記》的故事動機，起於佛祖教化眾生的善因緣，也說明了西天取經的因由。〔註38〕藉著佛祖的話語，是採用一種神諭形式來揭示著書者的教化意圖，這個教化不拘儒、釋、道、醫等思想，但在修養心性，勸化為善。

　　第十一回說到唐王死後復生，經歷一趟地府之遊，天下稱慶。太宗傳旨大赦罪人：

> 太宗又傳旨赦天下罪人，又查獄中重犯。時有審官將刑部絞斬罪人，查有四百餘名呈上。太宗放赦回家，拜辭父母兄弟，託產與親戚子侄，明年今日赴曹，仍領應得之罪。眾犯謝恩而退。又出恤孤榜文，又查宮中老幼綵女共有三千人，出旨配軍。自此，內外俱善，有詩為證，詩曰：大國唐王恩德洪，道過堯舜萬民豐。死囚四百皆離獄，怨女三千放出宮。天下多官稱上壽，朝中眾宰賀元龍。善心一念天應佑，福蔭應傳十七宗。〔註39〕

從歐陽修〈縱囚論〉：「唐太宗之六年，錄大辟囚三百餘人，縱使還家，約其自歸以就死……太宗之為此，所以求此名也。」〔註40〕來看，當時可能確有

〔註37〕《西遊記》第八回，頁87。
〔註38〕此敘事類似佛經的書寫形式，在經文最先，都會有一段說經因緣的紀錄，在《六祖壇經》的內文中，也是以〈行由品第一〉開談經文因緣。通常這段因緣記錄也揭示了教化的起因和目的。
〔註39〕《西遊記》第十一回，頁134。
〔註40〕宋·歐陽修著，《歐陽修全集》上〈卷一·居士集（一）經旨·縱囚論〉，臺北：河洛圖書出版社，1975年，頁288。

其事。歐陽修認為唐太宗的縱囚之舉，只是矯情求名。但在《西遊記》裡，則十分讚揚這段史事。就《西遊記》的敘事緣由來看，唐太宗既然明瞭了人間為惡，死後還有地獄審判，在陽世間為帝王的唐太宗，自當為了勉勵百姓人間為善，發起慈悲心寬恕犯人，期待他們改過向善，應是十分合理的想法。為此，唐太宗還有一段補述：

> 太宗既放宮女、出死囚已畢，又出御制榜文，遍傳天下。榜曰：「乾
> 坤浩大，日月照鑒分明；宇宙寬洪，天地不容奸黨。使心用術，果
> 報只在今生；善布淺求，獲福休言後世。千般巧計，不如本分為人；
> 萬種強徒，怎似隨緣節儉。心行慈善，何須努力看經？意欲損人，
> 空讀如來一藏！」自此時，蓋天下無一人不行善者。〔註41〕

這段勉勵後人的文字，深具政治教化的意味。從天地恩惠說起，心術奸巧，報應隨形；佈施行善、減少欲求的人，後世福報綿延；本分做人、隨緣節儉、心行慈善，勝過讀誦許多藏經。文末似有些誇飾之語，「自此時，蓋天下無一人不行善者。」應是作者自忖一段嚮往的理想的大同世界。《西遊記》的風寓含有這種地獄因果教化的民間信仰背景。

第三節　風的轉化敘事

　　《西遊記》的「轉化」是敘事空間的改變。這種改變的過程，常以風來連接各敘事空間，或是藉著風敘事與其他的敘事空間作區隔。但不論是連接或區隔，二者敘事歷程中所出現的風，都是很重要的遞換元素。藉風展現的空間感受也十分可觀。

　　取經故事約經歷六十五的敘事空間，以長軸線接續。〔註42〕其中又從各敘事空間，藉點擴向南、東、北、東南等方位空間接續第二層或第三層轉化，藉風轉化的各層敘事空間，讓小說的場域在修行人間、水底世界、天庭仙境、地獄陰曹、妖精洞穴、靈山方寸、……等來回穿梭，讓各境界變化萬千。

〔註41〕《西遊記》第十一回，頁135。
〔註42〕自唐僧出長安城關外開始，途經鞏州城、熊山君山嶺、兩界山、蛇盤山、西
　　　　番哈嘧國、……等到達靈山大雄寶殿如來佛處，當作一條敘事軸線，共經過
　　　　約六十五個敘事空間。

一、風與敘事空間的幾何佈局和連接

敘事空間的幾何式佈局是簡化小說結構的設證，從《西遊記》的故事始末可以看出各種幾何式佈局方式。首先以西天取經的路線作軸線來佈點，故事的一開始，是以每個取經人的各修行因緣集結，成爲一個取經起點，再以西天取經路線做延伸，最後將佛祖居所的西天靈山雷音寺做爲終點。這軸線的中途，以各種劫難作擴點，作分枝開葉的敘事方式開展各個敘事空間。就像風擺動每一片葉子，西天取經的敘事空間的流脈也就因此通透靈活。

第十六、七回說到唐僧與孫悟空西行途中，借宿觀音禪院。由於悟空好勝，展現唐僧的錦襴袈裟，惹動觀音寺老和尚金池長老的貪念，想要縱火燒死唐僧，將錦襴袈裟據爲己有。一陣大火驚動南方黑風洞的熊怪，妖怪駕風來到觀音禪院上空，眼見錦襴放光，於是偷走袈裟回到黑風山去。敘事空間即從觀音禪院開始擴展，故事描寫了孫悟空飛上天庭，借用避火罩保護唐僧，將敘事空間延伸至天庭南天門；以避火罩分割烈火紛亂與唐僧安穩入眠的對比並列的場景。又以駕風追討南二十里外黑風山，討回袈裟。整個敘事空間又展向黑風山頂的打鬥情節；征伐不勝，再前往遠方南海普陀山觀音菩薩的潮音洞求助，最後才由菩薩收服熊羆怪回普陀山。這個分枝開葉的幾何式佈局，讓小說的線性敘事轉換成多維的敘事場域描寫。單就觀音禪寺縱火，風助火勢的情節描寫就極其精彩，也帶動敘事空間轉化的合理性：

> 好行者，一觔斗，跳上南天門裡，……借「辟火罩兒」，救他一救。……行者拿了，按著雲頭，徑到禪堂房脊上，罩住唐僧與白馬、行李。他卻去那後面老和尚住的方丈房上頭坐著，保護那袈裟。看那些人放起火來，他轉捻訣唸咒，望巽地上吸一口氣吹將去，一陣風起，把那人轉吹得烘烘亂發。好火！好火！但見那：黑煙漠漠，紅燄騰騰。……風隨火勢，燄飛有千丈餘高；火逞風威，灰迸上九霄雲外。……須臾間，風狂火盛，把一座觀音院，處處通紅。不期火起之時，驚動了一山獸怪。〔註43〕

整個敘事結構，從貪欲起因縱火，到孫悟空展現神通力遏阻禍事，再進入黑風怪偷走錦襴袈裟，出現打鬥與求助觀音菩薩的場域。風助火勢、筋斗雲飛、黑風怪駕風來去、……等敘事，以風來轉化敘事空間，無遠弗屆的神魔情節

〔註43〕《西遊記》第十六回，頁197～198。

也就隨之開展，開啓了更令人驚奇的閱聽視野。風與火的乘勢焰起，紅焰騰飛九霄雲外的壯觀場景，同樣在火燄山的情節再現，從火燄山到芭蕉洞，類似的敘事空間轉化描寫，都十分精彩。

第五十九回，說到唐僧師徒四人路阻火燄山前，詢問當地老者得知火燄山四時皆熱，有八百里火焰。只待鐵扇仙揮動芭蕉扇，讓那山熄火、生風、下雨，百姓得以藉此布種收割，得五穀養生。孫悟空聞言後，即縱身駕筋斗雲，前往翠雲山芭蕉洞，向羅剎女借取芭蕉扇。

第一個場景寫在芭蕉洞口，秀麗的風光：

> 山以石爲骨，石作土之精。煙霞含宿潤，苔蘚助新青。嵯峨勢聳欺蓬島，幽靜花香若海瀛。幾樹喬松棲野鶴，數株衰柳語山鶯。誠然是千年古跡，萬載仙蹤。碧梧鳴彩鳳，活水隱蒼龍。曲徑葦蘿垂掛，石梯籐葛攀籠。猿嘯翠巖忻月上，鳥啼高樹喜晴空。兩林竹蔭涼如雨，一徑花濃沒繡絨。時見白雲來遠岫，略無定體漫隨風。〔註44〕

以全知者敘事視角來細描這個故事空間，可見翠綠的松柳樹竹遍植的山林，山勢嵯峨彩鳳爭鳴，綠溪流白盤旋而下，白雲隨風的悠遠，垂柳、翠梧和綠竹展現出有如人間仙境的美景，十分清幽。用這種對空間的細膩描寫引領讀者進入虛擬的敘事空間，跟著孫行者取經借扇的腳步，進入與羅剎女相遇，和鐵扇公主爲子懷仇的衝突情節，隨即開啓一場打鬥。由靜生動的空間裡，故事空間由全知敘述者推移敘事時間，說到二人打鬥直到黃昏日落。羅剎女揮動芭蕉扇，起了一陣陰風，將孫悟空搧飛了幾千里遠：

> 那大聖飄飄蕩蕩，左沉不能落地，右墜不得存身，就如旋風翻敗葉，流水淌殘花，滾了一夜，直至天明，方才落在一座山上，雙手抱住一塊峰石。定性良久，仔細觀看，卻才認得是小須彌山。大聖長歎一聲道：「好利害婦人！怎麼就把老孫送到這裡來了？我當年曾記得在此處告求靈吉菩薩降黃風怪救我師父。那黃風嶺至此直南上有三千餘里，今在西路轉來，乃東南方隅，不知有幾萬里。等我下去問靈吉菩薩一個消息，好回舊路。」正躊躇間，又聽得鐘聲響亮，急下山坡，徑至禪院。〔註45〕

這段搧風的情節寫來十分生動精彩。孫悟空被搧飛千里，從原來的平衡進入

〔註44〕《西遊記》第五十九回，頁741。
〔註45〕同前註，頁743。

「敗葉殘花」的失衡狀態，再從失衡中引出另一個敘事空間來。情節從羅剎女取出芭蕉扇開始，出現失衡的描寫，孫悟空飄蕩的身體左沉右墜，以「旋風翻敗葉，流水淌殘花」進入風的動態敘事和藉助水意象做動態運鏡，這種引「風翻葉」的視覺感受和「流水淌花」的明喻，是風的動態敘述極致寫照。在失衡過程之後「方才落在一座山上，雙手抱住一塊峰石。定性良久，仔細觀看，卻才認得是小須彌山。」〔註46〕

這時，敘事者又從孫悟空的獨白來補述敘事空間所轉變的位置和結構。從東方大唐國境出發，西行至黃風嶺；又自黃風嶺持續西行至火燄山，是一條直線敘事軸，採用幾何點的平移概念鋪陳；從火燄山往西南一千四百五十里進入翠雲山芭蕉洞，形成視覺上的線性角度；孫悟空被搧飛到小須彌山後，以靈吉菩薩的禪院做線性敘事外的第三個敘事位置點，以這個相對位置點來連結與衡量各敘事空間的「仿射」距離〔註47〕，如黃風嶺（三千餘里）與翠雲山（幾萬里）的距離。這種敘事空間的佈局，展現了西天取經的大環境架構，從這個遼闊的敘事空間中，可以讓讀者「吐故納新」〔註48〕，除了回顧與體會西天取經的遙遠路途和辛苦之外，還能遙想進入小須彌山，靈吉菩薩處的清雅悠遠的佳境。

出現新的平衡敘寫，引領讀者跟隨主人公孫悟空的腳步，踏入小須彌山，求助靈吉菩薩，又開始了另一個新的敘事空間。

小說裡的失衡、持衡和平衡的敘事過程，讓閱聽人的感官出現了許多懸宕意象，成功的描繪出風的平衡美學。就在失衡的衝突最後，將敘事空間順利轉場，進入另一個平衡狀態，讓情節得到適當的休止或停頓，風在這裡引領閱聽人跟隨孫悟空一起進入新的情節。創作者以嶺斷雲連的方式，藉風接續故事的各情節高峰，毫無刻意造作痕跡，風在此做了一個很好的空間轉化的中介。

得到靈吉菩薩的幫助，口中含著定風丹，孫悟空也就不比前翻畏風，任鐵扇公主如何搧搖芭蕉扇，他巍然不動，全不受影響。在戰鬥中，孫悟空又

〔註46〕《西遊記》第五十九回，頁743。

〔註47〕「仿射」，是幾何學的向量概念，以兩點相減得到的幾何向量，表現幾何空間維度的多少。

〔註48〕「吐故納新」語見《莊子》，郭熙引來說明山水靈氣的薰陶，可以引人進入超凡境界。《西遊記》的敘事空間轉化，也有此「三遠」視覺效果，也展現西天取經與妖魔爭鬥的煩惱之外，遠處的須彌山靈吉菩薩處，尚有清雅境界存在。

變做蟭蟟蟲，趁羅剎女喝茶時，進入她的腹內。敘事空間在火燄山、芭蕉洞、須彌山等大敘事空間的佈局後，轉成以羅剎女的身外和體內的局部空間改變。蟭蟟蟲的飛入，是以昆蟲風飛的形式，接續敘事空間變化的另一種描寫。

二、以風分隔敘事空間

除了接續不同的故事空間之外，風還有分隔敘事空間的作用。連綴不斷的冗長書寫得到暫歇或終了，《西遊記》的歷劫故事正是如此。

第九十九回說到唐僧師徒取得經書，八大金剛護送他們返回中土。途中返經通天河，又遇到老黿協助渡河，牠埋怨唐僧忘了受託之事〔註49〕，就將身一幌，呼喇的淬下水去，把唐僧四眾連馬並經，全都落下水去。從師徒渡河的場景開始，通天河上的敘事空間是水面景象，令讀者想像經書過水的險境。渡河情節中先提到老黿馱著唐僧師徒渡河，蹬波踏浪，平穩前進至通天河東岸。最後，老黿晃身將唐僧與白馬五眾淬下水中。此時，「行者笑巍巍顯大神通，把唐僧扶駕出水，登彼東岸。」〔註50〕這一個經書過水的險境敘事，很快地又由一陣風的描寫阻斷：

> 師徒方登岸整理，忽又一陣狂風，天色昏暗，雷煙俱作，走石飛沙。
> 但見那：一陣風，乾坤播蕩；一聲雷，振動山川。一個閃，鑽雲飛
> 火；一天霧，大地遮漫。風氣呼號，雷聲激烈。閃掣紅綃，霧迷星
> 月。風鼓的塵沙撲面，雷驚的虎豹藏形，閃幌的飛禽叫噪，霧漫的
> 樹木無蹤。那風攪得個通天河波浪翻騰，那雷振得個通天河魚龍喪
> 膽，那閃照得個通天河徹底光明，那霧蓋得個通天河岸崖昏慘。好
> 風！頹山烈石松篁倒。好雷！驚蟄傷人威勢豪。好閃！流天照野金
> 蛇走。好霧！混混漫空蔽九霄。〔註51〕

這陣狂風讓天色暗下，以飛砂走石的態勢播蕩天地，風、雷、閃電交織俱作，雲霧遮漫天空。風吹如鼓聲，雷響驚走虎豹，足見其威勢。運鏡手法自天空景象到地面塵沙；從河裡的「魚龍喪膽」到雷電照亮通天河底。以大自然的風帶動雷、電、雲、霧的氣象萬千做細描鋪陳，用以比喻陰魔作祟。

〔註49〕 這裡是指取經途中，唐僧路阻通天河，所幸老黿載運過河的經歷。千年修行
　　　　的老黿懇請唐僧遇見佛祖，代他詢問壽天，何時得脫本殼，獲得人身等事，
　　　　這段情節寫在第四十九回中。
〔註50〕 《西遊記》第九十九回，頁1230。
〔註51〕 同前註，頁1230～1231。

就在通天河的波浪遭風翻騰、魚龍躲藏、山石古松傾倒等現象，終止這個敘事空間的情節，暗喻九九劫數的終了與圓滿完成。以風作為敘事空間的結束，這種敘事手法還出現在第九十九回末，唐僧師徒夜離陳家莊：

> 將及三更，三藏悄悄的叫道：「悟空，這裡人家識得我們道成事完了。自古道，真人不露相，露相不真人。恐為久淹，失了大事。」行者道：「師父說的有理，我們趁此深夜，人皆熟睡，寂寂的去了罷。」八戒卻也知覺，沙僧盡自分明，白馬也能會意。遂此起了身，輕輕的抬上馱垛，挑著擔，從廊廡駄出。到於山門，只見門上有鎖。行者又使個解鎖法，開了二門、大門，找路望東而去。只聽得半空中有八大金剛叫道：「逃走的，跟我來！」那長老聞得香風蕩蕩，起在空中。〔註52〕

這陣香風起自八大金剛，這陣香風吹起唐僧師徒和白馬，望東土飛去。師徒從受莊家敬拜、半夜議定離去之後，敘事空間有了轉換的開始，情節快速轉化的方法正是藉助一陣風來轉場。到第一百回，八大金剛使第二陣香風，將師徒一行人送至東土大唐，描述了經書取回，榮歸朝廷的情節。待完成謁見太宗之後，八大金剛又再驅使一陣香風，結束長安城的空間敘事；將長老四眾，連馬五口，引回靈山佛祖處繳旨受職。

二、敘事空間及其視角轉化

《西遊記》的風，讓故事裡的敘事空間有了不同形式的轉化。還值得注意的是，不同的視角讓敘事空間轉化的過程中，風的敘事形式和意涵也有其差異性。以全知者敘述視角來轉化敘事空間，風有其被動形式；以人物限知敘述的視角來轉移敘事空間，風又成了懸疑、不可控制的主宰體。

（一）全知者的敘事空間轉化與風敘事

以全知者敘述視角來說，「對事件發生地進行細緻描述，其主要的目的在於為故事事件串造一個真實的環境，引導讀者進入虛構的故事世界。」〔註53〕這時全知敘述者並不會提及自己敘述行為的話語空間，而是把讀者直接引入故事的敘事空間中，讓讀者置身在一種身歷其境的閱讀狀態中。在敘述行為

〔註52〕《西遊記》第一百回，頁 1234。
〔註53〕申丹、王麗亞著，《西方敘事學：經典與後經典》，北京：北京大學出版社，2011 年，頁 129。

的發生地和敘述的故事空間之間，會產生某種寓意結構，風敘事所揭示的正是這種氣候與人文的寓意結構。

第四十八回提及，通天河怪靈感大王採納了鱖婆的建言，施法將河水結冰設計捉食唐僧。靈感大王即施法術，當晚朔風帶來飄雪，通天河立即冰凍了起來。有一段全知敘述者作為敘事視角的風雪侵臨的場景描寫：

> 彤雲密布，朔風凜凜號空；慘霧重浸，大雪紛紛蓋地。真個是六出花，片片飛瓊；千林樹，株株帶玉。須臾積粉，頃刻成鹽。白鸚歌失素，皓鶴羽毛同。平添吳楚千江水，壓倒東南幾樹梅。卻便似戰退玉龍三百萬，果然如敗鱗殘甲滿天飛。哪裡得東郭履，袁安臥，孫康映讀；更不見子猷舟，王恭氅，蘇武餐氈。但只是幾家村舍如銀砌，萬里江山似玉團。好雪！柳絮漫橋，梨花蓋舍。柳絮漫橋，橋邊漁叟掛蓑衣；梨花蓋舍，舍下野翁煨柮。客子難沽酒，蒼頭苦覓梅。灑灑瀟瀟裁蝶翅，飄飄蕩蕩剪鵝衣。團團滾滾隨風勢，迭迭層層道路迷。陣陣寒威穿小幕，颼颼冷氣透幽幃。豐年祥瑞從天降，堪賀人間好事宜。〔註54〕

以朔風重霧作為細描風雪景物為起點，再將雪花紛飛、落地積層的視覺感受做清晰的刻畫。「東郭履」出自《史記》〔註55〕，暗示鞋底侵冷；「袁安臥」語見《後漢書·袁安傳》，比喻天冷睡不安穩；以「聚螢映雪」〔註56〕形容雪的白光反射的現象。冷的感受有如親臨；柳絮、梨花、鵝毛都是視覺移動的飄飛意象，帶領讀者進入小說描寫的冬寒空間。風是因為氣候的驟變而產生的現象，只是物質描寫的一部份。全知者用朔風、瀟灑裁蝶、飄盪鵝毛、團滾風勢等刻畫風雪景象，風雖然失去其神秘的主宰性，卻帶來敘事空間的溫度感受。而這種強調季節溫度感受的敘事用意又從唐僧的疑問，表現出家鄉與異地的空間印象對比：

〔註54〕《西遊記》第四十八回，頁604。
〔註55〕詳見：漢·司馬遷著，宋·裴駰集解，唐·司馬貞索隱，唐·張守節正義，《史記》卷一百二十六〈滑稽列傳第六十六〉。收錄於首都師範大學文獻研究所編著，《四庫家藏》「史部三五」，濟南：山東畫報，2004年，頁1662。原文為：「東郭先生久待詔公車，貧困飢寒，衣敝，履不完。行雪中，履有上無下，足盡踐地。」指東郭先生貧困，鞋子有面無底，在雪地上行走，腳掌全踩在地面上。
〔註56〕成語「聚螢映雪」出自唐·李延壽，《北史（百衲本二十四史）》〈列傳第七十六·隱逸〉，臺北：台灣商務印書館，1981年，頁1190。

> 長老問道：「老施主，貴處時令，不知可分春夏秋冬？」陳老笑道：
> 「此間雖是僻地，但只風俗人物與上國不同，至於諸凡穀苗牲畜，
> 都是同天共日，豈有不分四時之理？」三藏道：「既分四時，怎麼如
> 今就有這般大雪，這般寒冷？」陳老道：「此時雖是七月，昨日已交
> 白露，就是八月節了。我這裡常年八月間就有霜雪。」三藏道：「甚
> 比我東土不同，我那裡交冬節方有之。」〔註57〕

這種全知敘事視角的描寫，將地區氣候的差異性表現得十分清晰。居處在異
鄉的唐僧，遇到風雪侵襲的季節，更引起他懷念故鄉的心情。東土大唐的冬
天景象應無甚差別，遊子思鄉的愁緒隱然而生。

正因為這個懷鄉愁緒，惹得唐僧更急於前往西天，取得經書返回中土故
里。於是，才有後來的勉強渡河的情節。小說的敘事空間描寫，與故事情節
的密合度，在此表現的合情合理，全無一絲縫隙。

（二）限知者的敘事空間轉化與風敘事

以小說人物的限知者敘述視角來談，是要「用人物視角來揭示人物對某
個特定空間的心理感受。」〔註58〕敘述者從人物的視角出發，建構故事空間
的方位結構。

第二十八回，孫悟空被唐僧逐趕，將回到花果山，途經東洋大海。以孫
悟空的視角描寫了一段東洋大海的敘事空間：

> 望見東洋大海，道：「我不走此路者，已五百年矣！」只見那海水：
> 煙波蕩蕩，巨浪悠悠。煙波蕩蕩接天河，巨浪悠悠通地脈。潮來洶
> 湧，水浸灣環。潮來洶湧，猶如霹靂吼三春；水浸灣環，卻似狂風
> 吹九夏。乘龍福老，往來必定皺眉行；跨鶴仙童，反復果然憂慮過。
> 近岸無村社，傍水少漁舟。浪捲千年雪，風生六月秋。野禽憑出沒，
> 沙鳥任沉浮，眼前無釣客，耳畔只聞鷗。海底游魚樂，天邊過雁愁。
> 那行者將身一縱，跳過了東洋大海，早至花果山。〔註59〕

從孫悟空的人物視角來推移敘事空間，自屍魔戲弄的叢山峻嶺間，到東洋大
海上空，再推向故事一開始的花果山的東勝神洲世界。這些敘事空間的移動
裡，孫悟空的心理感受有三個變化層次。首先是在白虎嶺遭唐僧逐趕的被拋

〔註57〕《西遊記》第四十八回，頁605。
〔註58〕《西方敘事學：經典與後經典》，頁133。
〔註59〕《西遊記》第二十八回，頁339。

棄的委屈心理；其次是在東洋大海上，眼見舊時景物依舊的昔日感；最後則是重整花果山的雄心。這種心情的轉變，全藉助人物視角的敘事空間來推移。「潮來洶湧，猶如霹靂吼三春」暗示著孫悟空憤怒的情緒；「水浸灣環，卻似狂風吹九夏」是飄零無依的孤獨感；「皺眉行」、「憂鬱過」是難過的象徵；「風生六月秋」是藉風抒發愁緒的描寫。

「我不走此路者，已五百年矣！」一句話讓昔日感再現。隱約提示五百年前，孫悟空為了追求長生不老仙術，從東勝神洲泛舟渡海經過東洋大海，進入南贍部洲；再轉向西牛賀洲方寸靈山修成長生不老仙術；學成之後，經菩提老祖逐回，他才又經過東洋大海回到花果山；幾經天庭作亂、遭佛祖困於五行山下，又聽從觀音菩薩的勸誡，與唐僧西天取經。整個敘事時間的反思，在孫悟空五次途經東洋大海的上空中重現〔註60〕。這個昔日感的再現，是孫悟空的記憶拼圖，也以風來組合這些拼圖，形成小說的大敘事空間。除了讓讀者順勢追憶過去的情節之外，也隱喻人物的感嘆和落寞的心情，更揭示了對世間師徒（或說是君臣）忠誠相待的困難和失望。

四、「繡線」式的敘事空間結構

藉風轉化敘事空間還有一種「繡線」敘事結構，是穿針引線的反覆敘事形式，有其針法交織而成的故事情節。即從一個點連續來回地連接許多點形成織繡花團的敘事手法。

《西遊記》使用這種方式十分頻繁，第五十回起提及唐僧師徒遭遇金兜洞獨角兕大王的劫難，孫悟空轉往各地求助。從金兜山的敘事空間作點，到各處求助，作敘事空間的來回織線。自悟空的金箍棒遭獨角兕大王的金圈套走後，先後抵達上界天庭南天門、靈霄寶殿、彤華宮、北天門、西天如來雷音寺、三十三天外離恨天兜率宮等六處討取救兵。

這一蕊六瓣的繡線式敘事空間結構，道盡天庭各神仙場域裡的許多傳說人物，首見南天門的守護神明廣目天王、馬、趙、溫、關四大元帥；又遇到

〔註60〕 統計孫悟空有五次經過東洋大海，第一次出海習道，猴王駕竹筏渡海；第二次自須菩提老祖處修道完成返回花果山；第三次是為救活人參果樹，從五莊觀出發，三島求方途經東洋大海；第四次悟空遭白骨夫人屍魔戲弄，唐三藏驅逐行者返回花果山；第五次受到豬八戒的「義激」，自花果山前往寶象國解救唐僧。

張道陵、葛仙翁、許旌陽、邱弘濟四天師、南斗六司、北斗七元，才進入靈霄寶殿晉見玉皇天尊。透過韓丈人真君一個查點天庭諸神的動作，描寫出的天庭眾神明計約七十五位諸神，卻無下凡出走的神祉。最後才決定由李天王父子下界擒魔，但結果並不順遂。

一物剋一物是《西遊記》多次的敘事情節，但所謂的物物相剋還有另一層的理解。意即《西遊記》小說的每一個場域裡，都存在著一個掌控全局的人物，以「獨尊」的氣勢縱橫在這個場域之中。花果山水簾洞的孫悟空、涇河龍王、唐朝太宗皇帝、黑風山熊羆大王、黃風嶺黃風大王、雲棧洞的豬剛鬣、……等等，都如獨角兕大王盤據金兜山金兜洞的場域一般。在各個敘事空間場域裡，他們在自己的勢力範圍內，各顯威風，直到剋應的人物到來之前，都是一方之霸。隱喻著許多入境問俗的經驗法則和「天外有天，人外有人」的中國傳統處世哲學。儘管取經僧團頗類似「鄭和下西洋」般，宣揚「佛」威。但不論誰何，忽略了各場域的權力擁有者，終究會損及自身利益。

《西遊記》這種繡線式敘事手法，藉風遊走各方，穿引羅列許多敘事空間。也同時暗示許多傳統的處世哲學：藉重每個「他者」的助力，方能順利促進成功的腳步。在心性修持的暗喻上，貪念我執一旦興起，滿天仙聖也無能為力，真能度化的，唯有「悟空」。風帶著這個暗示，吹向每個敘事空間，形塑小說的整體。

第四節　風與人物形式變化

《西遊記》的人物形式變化有許多巧妙的變身情節。變身的場景常置身在風中。藉風吹襲所產生的形式變化敘事，可能來自作家觀察風飄之物的不同面貌，人物形式的描寫就此有豐富的變異性，這些變異中又有其特殊的隱喻。

東西方的人物變形敘事各有其寓意。西方名著《變形記》〔註61〕寄喻人性、倫理、尊嚴、孤獨感和危機意識等存有意義和死亡。而《西遊記》的人物變形也有其隱喻。

人們忽略《西遊記》的變形隱喻，可能是受到戲謔情節所掩蓋；也或許是情節理出現的變形，被視為戰鬥伎倆的屬性；還是來自於各人物變形具有

〔註61〕卡夫卡（Franz kafka）原著，紫石作坊編譯，《蛻變：卡夫卡小說傑作選》，臺北：麥田出版社，2005年。

可還原的特性，因此也就容易被忽略簡中的變形隱喻。不論如何，《西遊記》的人物變化不會只是單純的變形敍事，從孫悟空、觀音菩薩、豬八戒、……等許多人物的形式變化，至少意味著修行路上的諸法空相的各種考驗，有如宗炳所說的「以形媚道」〔註62〕一般，有其寓意隱藏其中。

一、風與孫悟空的變化

誠如前述，多數讀者觀看《西遊記》的人物變形，僅欣賞到孫悟空與妖魔戰鬥中的戲謔與求勝情節。不過，統計《西遊記》全書裡的人物變形敍事，筆者發現孫悟空的人物變化有幾個特色：

（一）風中追逐的多樣式變形及其寓意

孫悟空的人物變形種類很多，關於植物或物品的變化有六種；變成鳥類共有十九種；變化成蟲類計有十五種；變成其他動物，如：兔、鼠、鯪鯉、螃蟹、魚、蛇、蝙蝠等有八種；化身成爲其他人物，如唐僧、赤腳大仙、高翠蘭、寶象國公主、金池長老、巴山虎小妖、總鑽風小妖、……等等有二十二個角色。還有其他分身變成千百個孫悟空，以及化身爲三頭六臂和巨大身軀等的體相改變等，共約七十二種左右。與故事裡孫悟空自稱學會天罡數七十二變化相仿。

這些變化，因時因地的不同，各有其不同的隱喻。

修練得道後的孫悟空，第一次變化是應三星洞師兄弟要求。他迎風唸訣，變做一棵松樹，情節寓意「山中有直樹，世上無直人」〔註63〕，孫悟空的神通是迎合人群的精巧「魔術」，尚且不知道世俗人性的機巧可怕。因此，隨即出現菩提老祖的斥責，認爲悟空的賣弄終將惹禍上身，於是驅趕他離開，回到花果山。〔註64〕

〔註62〕陳傳習著，《中國繪畫理論史》，臺北：三民書局，2013 年，頁 22。原句出自宗炳〈畫山水序〉。

〔註63〕詳見：《增廣昔時賢文》。收錄於《注音三字經》，臺南：世一文化公司，1994 年，頁 422。

〔註64〕菩提老祖的指責有幾個層次：首先，賣弄功夫時，發現別人的功夫更好，則心生嫉妒遭禍；第二，自己的功夫比對方高，必然遭遇對方索求；第三層是畏禍傳授給對方，造虐天地惹禍上身；第四層是不傳授給對方又將會遭到加害。山中「松樹」雖直，世上人心則曲折難測。人物的變化在此，緊扣著故事的暗喻。連結之巧妙，嘆爲觀止。

　　除了松樹之外，孫悟空所變化而成的植物或物品，計有：蟠桃、紅桃、仙丹、土地廟兒，以及銷金包袱等共六種。多數與道教或民間信仰有關。松柏意味著青翠長壽、蟠桃或紅桃代表喜氣、仙丹暗示養生、土地廟兒則意味著神靈的普遍常在，而銷金包袱也非輕賤之物。引用這些稀奇的植物、養生美食、信仰祠廟，可能是說書人走村串鄉說唱討吉利的用詞。從說書人的語境裡，理解《西遊記》的故事內容，似有應乎節令喜慶，表演者討吉利和博取聽眾歡喜的可能性。

　　其次，在大鬧天庭、盤絲洞七個小妖鬥法、以及火燄山與牛魔王爭鬥過程等情節裡，孫悟空、二郎神和牛魔王，變身成許多鳥類，如：雀鷹、海鶴、魚鷹、朱頂灰鶴、麻雀、鷂老、花鴇、天鵝、黃鷹、白鶴、海東青、烏鳳、丹鳳、麻鷹、玳鷹、白鷹、雕鷹、鶊鷹、啄木蟲兒等十九種。以這些鳥類名稱展現作者（或說書人）的博學多聞，在「多識蟲魚鳥獸名」〔註65〕的目的上，增加了《西遊記》小說的價值感。在這些鳥類名稱出現的同時，也意味著風中的追逐戲熱鬧開始。

　　在這些風中追逐的戲碼裡，有作者觀察自然生態的心得、物物相剋和心性改變的道理隱藏其中，如：二郎神追逐孫悟空，猴王的變化順序是：麻雀、大鷂老、魚、水蛇、花鴇、土地公廟、灌口二郎神；而二郎神緊跟著隨之追逐變化成雀鷹、大海鶴、魚鷹、朱綉頂灰鶴。〔註66〕此時，孫悟空的變化並不分貴賤，鳥雀、魚、蛇、小廟、乃至更低賤的花鴇，都以成功逃脫或取勝為主；而二郎神的變化則較顯尊貴，鷹、鶴等鳥類都有其威儀和富貴象徵。這場追逐戲又複製到孫悟空追逐牛魔王的場景，採用的鳥類等動物則有些不同。牛魔王變身為：天鵝、黃鷹、白鶴、香獐、花斑大豹、人熊、大白牛，都是同類族群中，體型較大的動物；行者則依序變成海東青、烏鳳、丹鳳、餓虎、金眼猱猊、賴象、以及身高萬丈的孫悟空，繼續追逐、打鬥。〔註67〕對比前後的追逐戲裡的變形敘事，隱約可見到地理環境關連下的生物群落的不同。火燄山的深山內陸環境，多體型較大的獐、豹、熊、牛等動物；而花

〔註65〕語見魏・何晏集解，宋・邢昺疏，《論語注疏》〈陽貨第十七〉。收錄於《四庫家藏》「經部二七」，頁227～228。原文為：「子曰：『小子何莫學夫《詩》？《詩》可以興，可以觀，可以群，可以怨。邇之事父，遠之事君，多識鳥獸草木之名。」

〔註66〕《西遊記》第六回，頁69～72。

〔註67〕《西遊記》第六十一回，頁766～767。

果山一帶似乎水域較多,南方湖河較多的地理環境,魚鶴水蛇也就常見。但也或許是寫作《西遊記》的前後作者(說書人)彼此生活背景有所不同所致,前後描寫的戰鬥形式上與人物變化,出現了差異性。前者表現的是孫悟空的狡猾多變,化身成為土地廟和觀音塑像,又飛奔到灌口二郎神廟假扮二郎神,變化形式是混淆敵我形貌;後者牛魔王的變身,則是雙方賭鬥變成更強的動物來與對方戰鬥。敘事手法顯然有所不同。另一個考慮是,孫悟空在西天取經的半途已有所領悟,因此變幻化身的動物也有了貴賤認知層次上的改變,不再只是競鬥求勝。

不論如何,閱聽人確實能從這些多樣性變形敘事中,學習到許多日常生活所見所聞的知識。因此,在《西遊記》被歸類為神魔小說之餘,其生活啟蒙的教化作用更不能被忽視;從孫悟空的變化也可以看出他在修行前後的轉變;以變身的各種動物又可以看出寫作風格的差異,間接證明《西遊記》的作者應非一人創作而成的作品。

此外,這些變身的追逐戲常透過全知敘事者的視角,採用運動鏡頭的快速移動運鏡手法來描寫,就像是被風吹翻頁的百科全書一般,增益了讀者許多生活常識吸收的效果。

(二)風飛的蟲類變化及其意涵

再就孫悟空變化而成的蟲類來看,計有:蜜蜂、花腳蚊蟲、蟭蟟蟲兒〔註68〕、有翅螞蟻、蒼蠅兒(麻蒼蠅兒、痴蒼蠅兒)、黃皮屹蚤、七吋蜈蚣、促織兒、豬虱子、蛾、蝴蝶、螻蟻兒〔註69〕、火焰蟲兒、猛蟲兒等十四種。各變形中,有十次出現蟭蟟蟲兒;蒼蠅兒出現七次;變成蜜蜂則有四次。

這些蟲類多半出現在春、夏之際,在小說的閱讀理解上,這些蟲類的出現與讀者的季節生活印象息息相關,配合這些故事的敘事時間,也有許多與風有關的描寫。如:第十五回末:

> 光陰迅速,又值早春時候。但見山林錦翠色,草木發青芽;梅英落
> 盡,柳眼初開。師徒們行玩春光,又見太陽西墜。三藏勒馬遙觀,
> 山凹裡有樓臺影影,殿閣沉沉。三藏道:「悟空,你看那裡是甚麼去

〔註68〕 「蟭蟟蟲兒」,宋・沈括撰,《夢溪筆談》第二十四〈雜志一〉:「蟭蟟之小而綠色者,北人謂之蟪,即」《詩》所謂『蟪首蛾眉』者也」。收錄於《四庫家藏》「子部九六」,頁129。蟪是一種頭闊而方的青綠色小蟬。

〔註69〕 查閱「螻蟻」係二種昆蟲,螻蛄和螞蟻。《西遊記》的螻蟻應指「螻蛄」。

處？」行者抬頭看了道：「不是殿宇，定是寺院。我們趕起些，那裡借宿去。」〔註70〕

山林錦翠的早春時節，唐僧與悟空借宿觀音禪寺，情節的經過接續到第十六回。

故事說到因住持金池長老的貪念而起殺機，設計陷害唐僧師徒二人。孫悟空變成一隻「囂囂薄翅會乘風」〔註71〕的蜜蜂兒，飛去探看觀音禪寺的眾僧搬柴運草，準備縱火情形。「早春時候」的敘事時間裡，蜜蜂兒成了最合理的變身；蜜蜂暗示著勤勞自持的社會底層矇昧的百姓眾生，不知為何忙碌，最後淪為役使犯罪的幫兇；而類似風起蟲飛或是迎風飛起的蟲類，顯然也是「風動蟲生」的意象再現。

四季的自然環境對應人物變化的軌跡，孫悟空變化成蟲類也多在春、夏的敘事時間當中，也多數與打探消息、一探究竟的企圖有關，只有變成七吋蜈蚣是例外。〔註72〕乘風而飛的蜜蜂與偷窺的猴性相喻而生，蟭蟟蟲的蟬形飛舞和蒼蠅、痴蒼蠅、麻蒼蠅等的糾纏，也與彌猴偷食行為中，百般設法得果的詼諧動作相似。這種變形似乎也在凸顯出孫悟空歡喜逗趣和究竟敵情的認真個性。

（三）孫悟空的迎風變形與對位敘事

通常偵探小說或推理小說，都會採用某種程度的「設身處地」、敵我對位作為敘事手法的表現。《西遊記》則常以變身成其他人物或對方的形體，來闡述妖精一方的故事情節，這種敘事手法常出現在《三國演義》的敵情評估上，所謂的「知己知彼」的功夫在小說的敘事表現上，則是全知敘述者企圖完整說明雙方的情節發展而用，形成所謂的對位敘事。

第五回，孫悟空變做赤腳大仙前往蟠桃會〔註73〕是在表達孫悟空之外的其他赴會仙人的情形一偶；第十七回，他迎風變做金池長老，察看黑風洞裡的錦襴袈裟下落〔註74〕，又以孫悟空的視角，寫出黑風洞的另一方情節；第

〔註70〕《西遊記》第十五回，頁189。
〔註71〕《西遊記》第十六回，頁197。
〔註72〕「七吋蜈蚣」出現在第四十六回，唐僧與虎力大仙比賽坐禪。孫悟空變身反擊虎妖，反制他以臭蟲對唐僧的襲擊，變化成七吋蜈蚣蜇咬虎妖，挫敗對方的詭計。
〔註73〕《西遊記》第五回，頁53。這裡暗示孫悟空的尊傲氣與愛熱鬧性格，一方面希望受到尊重邀請；另一方面又企盼與眾仙齊聚戲耍。
〔註74〕《西遊記》第十七回，頁209。

十八回爲了收妖，他變做高老莊么女兒高翠蘭，靜候豬剛鬣的到來〔註75〕，用高翠蘭的視角說明受朱剛鬣糾纏與束縛的爲難；又變成寶象國公主、蓬萊山老眞人、巴山虎、倚海龍、九尾狐狸、牛魔王、雲水全眞道士、陳關保、有來有去小妖、小和尙、小鑽風小妖、……等，在情節用意上表現了打探戰鬥的另一方消息，或是引誘對方上當、消弭對方的戒心，達到收服對方的目的，甚至以此模糊敵我界線，讓對方敵我難分、惹得妖精心煩意亂之際，從中獲得勝算。在敘事手法上，則以變形敘事表現凸顯雙方各自的情節發展。在故事的敘事層面上，則藉著「迎風捻訣，變化形貌」來銜接了敘事時間——取經遭遇和敘事空間——妖精場域。

二、風化裡的妖精變形與貶抑女性的暗喻

各章回出現的妖精，也有許多的身形變化。變形目的則很單純，多數妖精變形，意在奪取唐三藏，或是吃了他長生不老，或是欲想與他共結連理，完成男女歡愛。

總計《西遊記》裡的妖精變形中，屍魔白骨夫人、黃袍老怪、猛虎先鋒、金角銀角二魔、聖嬰大王紅孩兒、黑水河怪、獨角大王、黃眉大王、盤絲洞七個蜘蛛精女妖、百眼魔君黃花觀道士、獅駝山三老魔……等十八個妖精是爲了捉食唐僧得長生不老。但也不乏爲求與唐僧結連理，企圖得到男歡女愛的。

第五十四回寫到唐僧師徒將離開西梁女國，一行人走到西關城外，路旁忽然閃出一個女子，弄陣旋風把唐僧攝將去。風響處，徒弟們已經不見唐僧蹤影。孫大聖施兄弟三人騰空踏雲，追著那陣旋風，來到一座高山壁廂，轉過石屏，石門刻鏤六字寫著「毒敵山琵琶洞」。作者將毒蝎子妖精和女性串連，塑造了女人阻礙修行的惡毒形象，用意鮮明。

第八十回講到唐僧師徒離開比丘國，途經幾處黑松林，救了一名妖精變化的女子隨行。女怪雖然遭行者識破，卻能巧計得逞，讓唐僧發慈悲心救她，因而隨行借宿鎭海禪林寺。不料女妖經夜媚誘寺裡的僧人，被吃了六個和尙。行者因此變做小和尙，開始設法捉妖。風中變化的女妖，有段生動的描寫：

> 二更時分，殘月才升，只聽見呼呼的一陣風響。好風：黑霧遮天暗，
> 愁雲照地昏。四方如潑墨，一派靛妝渾。先刮時揚塵播土，次後來

倒樹摧林。揚塵播土星光現，倒樹摧林月色昏。只刮得嫦娥緊抱娑
羅樹，玉兔團團找藥盆。九曜星官皆閉戶，四海龍王盡掩門。廟裡
城隍覓小鬼，空中仙子怎騰雲？地府閻羅尋馬面，判官亂跑趕頭巾。
刮動崑崙頂上石，捲得江湖波浪混。那風才然過處，猛聞得蘭麝香
熏，環珮聲響，即欠身抬頭觀看，呀！卻是一個美貌佳人，逕上佛
殿。

二更殘月，風帶來濃霧遮天。塵土飛揚，倒樹摧林，足見這陣風來的異常。
微渺星光、月色昏暗的夜晚，嫦娥、玉兔緊張；星官、龍王害怕；甚至驚動
地府閻羅諸鬼神，藉此表現出驚心動魄的恐怖氣氛；再以山石滾動、波浪翻
混形容風的狂強。風過之後，女妖才在薰香嗅覺和環珮聲響現身。全段文字
以光線視覺、薰香嗅聞和清脆的環珮聲響清楚描繪出女妖的出現。直到情節
後續，才讓讀者知道這位女妖的真正身份，是陷空山無底洞白鼠精，號地湧
夫人作怪所致。

　　這段情節先是以風展現地湧夫人誘食和尚的恐怖氣氛；又在八十二回
中，以「千般嬌態，萬種風情」來形容地湧夫人的嫵媚形象。這一回中，地
湧夫人為討好唐僧，作了許多努力。她除了設計呼風，攝來唐僧進入無底洞
外，又派二個女妖精到洞外汲取陰陽交媾的好水、準備素菜素果筵席、陪三
藏花園散心、……無奈唐僧取經意志堅定，不為所動。

　　毒蠍子精和地湧夫人的變形，都是美貌女子。這些有風韻的美人全都是
西天取經修行的最大障礙；善良慈祥的女性則以老嫗、老婦人、攜子婦人等
具有母性形象者來表現。從《西遊記》的妖精變形中，明顯地表達了女性與
妖精幾乎是一體兩面，都是破壞人們修行的恐怖障礙。就連多目怪黃花觀全
真道士煉丹，也忌見「陰人」〔註76〕。事實上，煉丹修行、西天取經全在自
我心念，取經人如果自己意志不堅定，與女性又何干係？整部《西遊記》對
女性而言，何其無辜。

三、風中變化與「妖精菩薩」的變形隱喻

　　寫在《西遊記》第十八回，有一段「妖精菩薩」的論證，是人物變形的
典型隱喻，也透露了西天取經遭逢劫難的要旨。

〔註76〕「陰人」，除了女性之外，太監等去勢者、身體虛弱者、修練邪術者，……等
　　　　亦稱之。

　　故事說到，孫悟空前往黑風洞討回被竊的錦襴袈裟。無奈黑風洞熊羆怪驍勇善戰，悟空無法取勝，只好前往普陀山潮音洞求助觀世音菩薩。孫悟空向菩薩獻出計策，請菩薩變做凌虛仙子前往祝賀，悟空則變做仙丹，引誘熊羆怪吃下肚後，從妖怪腹中計較，藉此收服黑風熊怪。這時，觀音菩薩施展法力：

> 爾時菩薩乃以廣大慈悲，無邊法力，億萬化身，以心會意，以意會身，恍惚之間，變作凌虛仙子：鶴氅仙風颯，飄飄欲步虛。蒼顏松柏老，秀色古今無。去去還無住，如如自有殊。總來歸一法，只是隔邪軀。行者看道：「妙啊！妙啊！還是妖精菩薩，還是菩薩妖精？」菩薩笑道：「悟空，菩薩、妖精，總是一念；若論本來，皆屬無有。」行者心下頓悟，轉身卻就變做一粒仙丹。〔註77〕

「鶴氅仙風颯，飄飄欲步虛」是風中變化的凌虛子飄搖身影的描寫，有別於孫悟空的法術，觀音菩薩「以心會意，以意會身」，是以心領神會，感應孫悟空腦海裡的凌虛子相貌，再以這個感應持續變幻成凌虛子的模樣。因此，心性的本來面目是一個不變的本體，繼之說：「總來歸一法，只是隔邪軀」正是打破外相，直指心性的重要。最值得注意的是孫悟空的戲言：「妙啊！妙啊！還是妖精菩薩，還是菩薩妖精？」此時，表面上是指菩薩變做妖精的形貌，混淆了世人眼光，不知如何判斷正邪。實則暗示，菩薩變成妖精，或妖精變成菩薩其實無法以凡胎肉眼觀察得知。

　　更值得玩味的是菩薩的言語雙關：「悟空，菩薩、妖精，總是一念；若論本來，皆屬無有。」有二個語意詮釋，一是菩薩的口語，先喚孫悟空的名字，提醒行者，菩薩與妖精只是外在形貌的不同，起心動念是善即是菩薩，念生一惡即是妖精。因此，參悟本來面目，即無分別；另一個語意解釋是將「悟空」當作語句連接，說明了一旦人們了悟空性，所見的菩薩或妖精都是虛妄的眾生相，如金剛經所說：「眾生，眾生者，如來說非眾生，是名眾生。」〔註78〕的道理，在一念之間，諸法空相顯現之時，也就沒有生滅變異等有無的作想。所以才在這段文字的結尾提及「行者心下頓悟」，點明了西天取經的要旨，全在心性修持的了悟上下功夫。

　　整部《西遊記》的人物變化，在迎風翻飛中完成，塑造許多不同面目，

〔註77〕《西遊記》第十七回，頁214。
〔註78〕語見江味農居士校正，《金剛經校正本》，臺中：青蓮出版社，2001年，頁49。

可說是一種「神形」的寓意和辯證。外在形體雖然隨風變化萬千，妖靈精怪不斷，其實只是一念究竟，便得頓悟箇中無甚差別。《西遊記》的風存在著這種心性思辯的意涵。

　　《西遊記》裡的隨風變形，就孫悟空而言是喜劇意象，展現的是心澄意明之時，無數變化歸驅於本來面目；而《變形記》的推銷員變成昆蟲，則屬悲劇鋪陳，毫無脫身復原的一天。西方變形是對於世間倫理與人性尊嚴的無數考驗，趨向無奈、痛苦，直到死亡，深刻描寫出存在主義的虛無感。二者對於生命的詮釋各有其迥異的面向。

第參章 《西遊記》的風力敘事及其意象

　　風是大自然的莫名力量,這個力量表現在文學裡,有了許多表徵意象。
從風的物理性轉化到文學敘事,保留著人們對於風的不同印象、經驗和註記。
自然的風塑造世界萬象,它的流動與光影揉合成風景,形塑生命場域的離合,
透露出各種情感氛圍;從風的速度和力學等自然敘事,又可見到風在各種動
態中,展現情節的位移與時間的強烈感受。風將這些自然的表徵意象寫入《西
遊記》小說之中,待每個讀者深入感受其意涵。

　　大自然界的風有其流動的空間、速度、力量、成因、區域和影響,《西遊
記》裡的風也是如此。本章是從風的各種自然現象出發,深入考量風的流動、
風阻、風力和風速等各種現象,轉化到文學敘事的情形。筆者關注《西遊記》
作者對大自然環境的風,以其流動所促成的空間感受;在人們居住的住家宅
院內,屏風具有風阻的概念,隱含著風與文學敘事空間的另一種敘事形式;
此外,窺探大自然的風速和驚人的力量,屢屢讓故事情節起伏,更讓讀者神
經緊繃;在人們的潛意識裡,對於風的神秘和疑慮,還兼容有許多神秘的古
老傳說,讓小說產生許多懸念,都是本章想要討論的部分。

第一節　《西遊記》的風及其流動空間

　　大地的風有它流動的空間,行星風系的流動空間遍佈較廣;季節的風系
與冷熱對流則有大小不同的區域性;至於人物的移動成風,流動區域更小。
這些流動空間或區域的大小,表現在文學作品裡也各有其精彩之處。

一、風的流動與《西遊記》的大敘事空間

由風帶動的《西遊記》大敘事空間，交代整部小說的世界觀。第一回講天地形成，「天清地濁」，乾坤兩分。天上地下，宇宙觀與倫理觀結合爲一談。在盤古開闢之後，大地完形，分四大洲界：「盤古開闢，三皇治世，五帝定倫，世界之間，遂分爲四大部洲：曰東勝神洲，曰西牛賀洲，曰南贍部洲，曰北鉅蘆洲。」〔註1〕這四大洲也象徵小說的敘事空間裡的四個主要方位和區域，但北鉅蘆洲在《西遊記》故事裡鮮見。除了佛祖之語外，並未再提起北方洲名。

故事的敘事空間開始於東勝神州傲來國界，花果山上的仙石。因風化生石猴，啓動故事的開端；繼之以「志於道」的起心動念，駕筏出海，隨風前往南贍部洲，學習人世間的語言、行止，風的流動帶領讀者進入一種人間行路的塵俗意象，並提出世人執迷功名利祿的感嘆；然後，又再一陣季風的引動，猴王最後抵達西牛賀洲靈臺方寸山斜月三星洞，受學菩提老祖門下，勵學得道，修成神仙。

這段情節以風的流動，交代孫悟空的出世和修道成仙的因緣；也揭示故事的大舞台就在這三大洲的場域之中。小說作者常以孫悟空的自詡或回憶言語，將修道成仙的故事作一個追憶式的概述，讓閱聽人順利進入聆聽說書的情境裡。如第二回說：

> 眾猴稱揚不盡道：「大王去到哪方，不意學得這般手段！」悟空又道：
> 「我當年別汝等，隨波逐流，飄過東洋大海，逕至南贍部洲，學成
> 人像，著此衣，穿此履，擺擺搖搖，雲遊八九年餘，更不曾有道；
> 又渡西洋大海，到西牛賀洲地界，存取多時，幸遇一老祖，傳了我
> 與天同壽的眞功果，不死長生的大法門。」眾猴稱賀。都道：「萬劫
> 難逢也！」〔註2〕

飄過東洋大海是隨風渡海，「學成人樣」影射孫悟空在南贍部洲接受「風俗」禮儀；「遇老祖」之說確實也聽從菩提老祖的話，不敢妄稱師名〔註3〕；「與天同壽」、「不死長生」的道術已成，但也隱伏故事並未完結，暗藏心性修持的

〔註1〕 《西遊記》第一回，頁2。整部《西遊記》的故事，都發生在這四大洲內。唯北俱蘆洲是未被深入描寫到的地境。

〔註2〕 《西遊記》第二回，頁23。

〔註3〕 「不敢稱師名」是孫悟空應允菩提祖師的警告，情節詳見：《西遊記》第二回，頁20。

寫作要旨。《西遊記》的大敘事空間，藉孫悟空的話作了交代，但其暗示性則值得再深掘。

從東勝神州花果山的仙石化生，是生命初始的敘事空間，表現的是原始生命的繁衍、獸性放縱的蠻昧、無知也無憂慮的場域，發展出爭勝稱王的敘事情節，全都在這個空間裡發生。猴王求取名位，一心想作齊天大聖，發生在花果山；取經途中遭逐而回，孫悟空重整山頭，捻咒刮風大殺獵戶，也在花果山；二心競鬥出現二個孫悟空，也從花果山現身；⋯⋯東勝神洲的花果山成了孫悟空個人蠻昧行兇、道心起落的意象空間。

第二個敘事空間在南贍部洲，從釋迦牟尼佛眼觀法界中，說起南贍部洲的空間意義和取經因緣。佛祖這樣描述南贍部洲：「貪淫樂禍，多殺多爭，正所謂口舌兇場，是非惡海。」〔註4〕佛祖對這個敘事空間的描述並不多，但卻是西天取經的因緣起點。

南贍部洲貪淫樂禍，多殺多爭的說詞，影射唐太宗前後歷代帝王之家，爭奪權位，殺伐造孽。故事採以涇河龍王與唐太宗在地府三曹對案，凸顯這些殺戮冤業的永久存在，徒增各種因果輪迴之苦。這許許多多的冤魂厲鬼，聚集在陰曹地獄，等待並接受閻羅王的審判。引此，創作者提出以大乘佛經，度化冤魂眾生的需求。這才有太宗託囑三藏法師，前往西行取經的因緣。至於貪淫樂禍的描述，案例則寫在第九回江流和尚的故事。從陳光蕊赴任逢災，遭到渡口梢子劉洪、李彪二人殺害，妻子及官祿遭奪，事件歷經十八年之久，待陳光蕊之子玄奘成年後，事實終於被揭露，自此含冤得雪。似此劫難，多因貪欲殺戮不勝枚舉，南贍部洲這種淫禍爭殺、口舌是非的兇場描寫，彰顯了倫理道德的規範已顯不足，以及佛、道心性修持的重要。間接透露，猴王並沒有在南贍部洲停留，稱王為帝，為了長生不死，他繼續隨風渡海，前往西牛賀洲訪仙尋道。

西牛賀洲是小說裡的一個浩大的靈山仙境。小說第六十八回唐僧師徒抵達朱紫國，就已經進入西牛賀洲，西天取經早已進入這個修行空間。卻因為心性修行尚未圓滿，不能取得經藏，得見如來。唐僧處處憂疑西天遙遙無期，整個西牛賀洲的曲折迂迴，展現的是心性修行的不斷地提醒和試煉。這個提醒，自孫悟空與唐僧的許多對話和《心經》的再現。如第八十回，唐僧憂患到達西天遙遙無期：

〔註4〕《西遊記》第八回，頁87。

> 老師父緩觀山景，忽聞啼鳥之聲，又起思鄉之念。……行者道：「師
> 父，你常以思鄉爲念，全不似個出家人。放心且走，莫要多憂，古
> 人云，欲求生富貴，須下死工夫。」三藏道：「徒弟，雖然說的有理，
> 但不知西天路還在哪裏哩！」……沙僧道：「莫胡談！只管跟著大哥
> 走，只把工夫捱他，終須有個到之之日。」〔註5〕

唐僧對西天無期的憂疑，由孫悟空的言語打破。「放心且走，莫要多憂，古人
云，欲求生富貴，須下死工夫。」這裡的「死功夫」便是一心向佛的揭示；
而沙僧的話更顯雙關：「只管跟著大哥走，只把工夫捱他，終須有個到之之日。」
不正是透解「悟空」的道理，也就能直抵西天，取得了經書。這個「悟空」
的道理與《般若心經》的提醒，也出現在第九十三回的師徒對話：

> 忽一日，見座高山，唐僧又悚懼道：「徒弟，那前面山嶺峻峭，是必
> 小心！」行者笑道：「這邊路上將近佛地，斷乎無甚妖邪，師父放懷
> 勿慮。」唐僧道：「徒弟，雖然佛地不遠。但前日那寺僧說，到天竺
> 國都下有二千里，還不知是有多少路哩。」行者道：「師父，你好是
> 又把烏巢禪師《心經》忘記了也？」三藏道：「《般若心經》是我隨
> 身衣缽。自那烏巢禪師教後，哪一日不唸，哪一時得忘？顛倒也唸
> 得來，怎會忘得！」行者道：「師父只是唸得，不曾求那師父解得。」
> 三藏說：「猴頭！怎又說我不曾解得！你解得麼？」行者道：「我解
> 得，我解得。」自此，三藏、行者再不作聲。〔註6〕

環繞在西牛賀洲的風，是尚未覺悟的迷妄之風，因此還有許多的阻難橫在取
經人與西天佛祖之間。

以風帶動的《西遊記》三大敘事空間，暗喻蠻昧、癡迷於功名利祿與求
福造禍、和學道修行的三個階段，理解《西遊記》的風所展現的多元意義，
也就更能彰顯閱讀者鑑賞小說的重要。

二、冷熱對流的風與《西遊記》的交感敘事

如前所說的冷熱金針，已經仔細描述了風的冷熱。這裡的冷熱成風，還
有對流形式的風值得探究。

〔註5〕《西遊記》第八十回，頁 1002。
〔註6〕《西遊記》第九十三回，頁 1155～1156。

自然界的冷熱對流成風，寫在第十六回「觀音院僧謀寶貝」，是風與火共構的精彩敘事：

> 黑煙漠漠，紅燄騰騰。黑煙漠漠，長空一見一天星；紅燄騰騰，大地有光千里赤。起初時，灼灼金蛇；次後來，威威血馬。南方三氣逞英雄，回祿大神施法力。燥乾柴燒烈火性，說甚麼燧人鑽木；熱油門前飄綵燄，賽過了老祖開爐。正是那無情火發，怎禁這有意行兇；不去弭災，反行助虐。風隨火勢，燄飛有千丈餘高；火逞風威，灰迸上九霄雲外。〔註7〕

這段風的敘事寫在金池長老聽信徒兒建議，想要縱火燒死唐僧與悟空師徒二人，再獨佔錦襴袈裟。火帶動黑煙熱氣、紅焰千里，以金蛇、赤馬來形容飛噴的火勢；「南方三氣」、回祿大神都是火的概念，藉風使力，讓火焰衝上九霄雲外。觀音院的這種熱氣衝升，引發四周冷空氣的對流遞補，驚動附近三十里外的黑風山熊羆怪，也就十分合理了。不過，這裡的風和火其實頗有冷熱的暗示性。暗地興起的貪欲是陣陣陰冷的風，引動熱躁烈火，加上悟空的神威，將觀音禪院燒化成灰燼。冷熱調治的過程，貪念執著的金池長老羞愧自盡，而黑風山洞裡的熊羆怪則由觀音菩薩收服。眾生的貪欲如風，造禍成災，一發不可收拾。

孫悟空捻動咒語送風助長火勢，表面用意是教訓金池長老的貪念「弄火」；實際上是暗示貪的起心動念處處暗藏，而且禍害無窮。這需得觀音菩薩的「尋聲救苦」，眾生了悟空性，方能止息風與火的烈焰情節。一段感嘆金池長老自盡的詩詞，說明俗世的長壽和謀略智慧，其實都是「壁裡安柱」，不能長久：

> 堪嘆老衲性愚蒙，枉作人間一壽翁。
>
> 欲得袈裟傳遠世，豈知佛寶不凡同！
>
> 但將容易為長久，定是蕭條取敗功，
>
> 廣智廣謀成甚用？損人利己一場空！〔註8〕

金池長老壽長二百七十歲，執著貪念的慾望猶在，從這個貪念興起的佔有欲，讓他釀成火毀觀音寺院和遺失錦襴袈裟的災禍，警惕世人的意味濃厚。

在觀音禪院，孫悟空搧風助長火勢；但在火燄山所舉起的芭蕉扇，則將

〔註7〕《西遊記》第十六回，頁198。
〔註8〕同前註。

大火煽息，有了不同的冷熱調治的形式。冷熱對流的風吹在火燄山的情節裡，神怪故事就像「媽祖與大道公鬥法」的故事一般，成了各躁熱地方期待類似芭蕉扇的涼風細雨的到來，寄喻地方氣候特色的解釋。〔註9〕故事歷經幾番征戰，孫悟空終於借到芭蕉扇，有一段煽息火焰的情節：

> 孫大聖執著扇子，行近山邊，盡氣力揮了一扇，那火焰山平平息焰，
> 寂寂除光；行者喜喜歡歡，又扇一扇，只聞得息息瀟瀟，清風微動；
> 第三扇，滿天雲漠漠，細雨落霏霏。〔註10〕

芭蕉扇在此煽動的風，並非助長火勢、催促冷熱對流順暢的乾燥之風。而是「風生水起」，帶動濕氣雲霧的冷風。這是藉著「芭蕉」物種的生長特性，暗示芭蕉扇搧出來的風，是夾帶濃厚水氣的濕風。古人引此充滿水氣的風滅火，仍認為是風來火滅。一搧火焰平息；再搧清風微動，涼爽隨之而來；三搧雲至雨落，證實了這是一場濕潤大地的風。就在芭蕉扇帶來的清涼之風，熄滅了火燄山的三百里烈焰的過程中，完結了孫悟空大鬧天庭的「餘禍」，以及他與紅孩兒的雙親（牛魔王和鐵扇公主）的恩怨。

　　前後二種冷熱對流的風，不論是暗示貪欲釀禍或是寄喻成另一種地方性的民間傳說，都是心性交感的敘事。若要調御貪欲和止息躁進的熱火，唯有藉助佛法悟空。《西遊記》裡對於了悟「空」性的意象有多次敘述，寫在收服妖怪之後，都有一段放火燒盡一切，並將小妖們「盡皆打死」〔註11〕，不免令人對孫悟空三位師兄弟，產生太過殘忍的懷疑。不過，若以心性修行來詮釋，卻是一種風過無痕的寫照，在修行的道路上，斷絕邪念、慾望、癡迷和妄想等惡念頭的視角來看，則沒有不妥。

　　風的冷熱對流在《西遊記》裡，又有了調治貪欲所起的躁性，以及由了悟心性和惡念止觀的寓意。

〔註 9〕 媽祖婆與大道公同為宋代福建閩南地區人，相傳大道公追求媽祖婆遭拒，惱羞成怒。因此，每逢媽祖誕辰出巡之日（農曆三月廿三日）大道公施法降雨，要淋濕媽祖婆臉上的脂粉；媽祖婆也不甘示弱，每逢大道公生日（農曆三月十五日）則還以顏色，颳起大風來吹歪大道公的帽子和鬍子。這段民間傳說故事，以神明的生辰日紀錄季節氣候的特徵，有趣而且令人印象深刻。神怪小說《西遊記》的寫作，或許有類似的意圖隱藏其中。

〔註10〕 《西遊記》第六十一回，頁 771。

〔註11〕 如：第十八回孫悟空將黑風洞堆柴起火，燒成紅風洞；第十九回豬八戒斷念從師，一把火將雲棧洞燒成破瓦窯；第五十二回孫大聖與眾天王進入金兜洞，又將百十個小妖盡皆打死；⋯⋯似此情節不勝枚舉。

三、風的移動與人物風格的隱現

　　《西遊記》對於人物的移動成風有幾處精彩的描寫，包括：仙風、陰風、旋風、威風、腥風、香風等，這些來自人物移動所形成的風，表現出各個人物的各種不同「風格」。

　　第二十四回，清風明月二個道童出場，有這等神仙道士的風姿：

　　　　道服自然襟遶霧，羽衣偏是袖飄風。環絛緊束龍頭結，芒履輕纏蠶
　　　　口絨。半采異常非俗輩，正是那清風明月二仙童。〔註12〕

「羽衣」形容穿著飄逸，寬敞的衣袖飄風更是一種神仙自在的意象。二位仙童開啓山門，以仙風道骨的風采近身迎接唐僧師徒。這段敘事已有風的移動意象，而仙童更以「清風」為名，表達更進一步的清靜幽雅。

　　第四十八回，通天河靈感大王降臨祭壇，想要吃食童男童女，現形前的一陣外冷內溫的陰風：

　　　　正說間，只聽得呼呼風響。八戒道：「不好了！風響是那話兒來
　　　　了！」……頃刻間，廟門外來了一個妖邪，你看他怎生模樣：金甲
　　　　金盔燦爛新，腰纏寶帶繞紅雲。眼如晚出明星皎，牙似重排鋸齒分。
　　　　足下煙霞飄蕩蕩，身邊霧靄暖熏熏。行時陣陣陰風冷，立處層層煞
　　　　氣溫。卻似捲簾扶駕將，猶如鎮寺大門神。〔註13〕

「足下煙霞飄蕩蕩，身邊霧靄暖熏熏」是風裡煙霧瀰漫的狀態；「行時陣陣陰風冷，立處層層煞氣溫」是妖怪現行的特殊氛圍。更特殊的是這陣風裡，隱藏著特殊的冷熱描寫。煙霞飄蕩是冷，霧靄暖燻是熱；行時陰風是冷，立處煞氣卻溫。這近身處有著二種不同溫度的氣流並存著，隱含著半神半邪的特殊身份淵源。果然，後敘道出通天河妖怪根源，是來自落伽山普陀巖，紫竹林的蓮花池裡的一條金魚。

　　有仙風、陰風等帶來飄移的人物風格，還有腥風、旋風和威風席捲而至。第二十回，唐僧與行者、八戒三人來到黃風嶺。忽逢一陣腥風飄來，悟空說了一段抓風法：

　　　　好大聖，讓過風頭，把那風尾抓過來聞了一聞，有些腥氣。道：「果
　　　　然不是好風！這風的味道不是虎風，定是怪風。斷乎有些蹺蹊。」
　　　　說不了，只見那山坡下，剪尾跑蹄，跳出一隻斑斕猛虎。〔註14〕

〔註12〕《西遊記》第二十四回，頁 292～293。
〔註13〕《西遊記》第四十八回，頁 601～602。
〔註14〕《西遊記》第二十回，頁 244。

這是從孫行者的鼻中敘嗅出黃風怪的前路先鋒虎怪，虎將軍出現前，以旋風大作，展現神威：

> 巍巍蕩蕩颯飄飄，渺渺茫茫出碧霄。過嶺只聞千樹吼，入林但見萬竿搖。岸邊擺柳連根動，園內吹花帶葉飄。收網漁舟皆緊纜，落蓬客艇盡拋錨。途半征夫迷失路，山中樵子擔難挑。仙果林間猴子散，奇花叢內鹿兒逃。崖前檜柏顆顆倒，澗下松篁葉葉凋。播土揚塵沙迸迸，翻江攪海浪濤濤。〔註15〕

這陣旋風巍蕩飄渺，風聲如吼，以漁夫、梢子、路人、瞧夫、猴群、山鹿的緊張焦慮形容強風緊急的氛圍；再以樹倒、塵揚、滔滔江浪表現風勢。全藉來說明虎怪出現的懾人氣勢。

還有奇異的香風帶來神威，第九十八回說到燃燈古佛憐憫東土眾僧愚迷，不能透解無字真經，吩咐白雄尊者前往點化，尊者立即駕起一陣香風：

> 白雄尊者，即駕狂風，滾離了雷音寺山門之外，大作神威。那陣好風，真個是：佛前勇士，不比巽二風神。……鐘聲遠送三千里，經韻輕飛萬壑高。崖下奇花殘美色，路旁瑤草偃鮮苗。彩鸞難舞翅，白鹿躲山崖。蕩蕩異香漫宇宙，清清風氣徹雲霄。〔註16〕

這陣香風吹起，展現佛威。尊者駕風輕渡高山深壑，吹撫過奇花異草，鳥飛鹿走無驚，香氣盈滿，雲彩清氣自然。神性風威與取經途中遭遇的妖怪邪風迥然不同。

從風的流動場域中，可見創作者揭示小說的大敘事空間，存在四大洲界的世界觀，從這個世界觀中闡述天地生成、人物的蠻昧到悟道昇華，從中透露每一個空間的存在意義。就在這些深具修行意涵的空間裡，對應西天取經的三個心路歷程。其次以冷熱對流的風敘事區域裡，可以讓讀者窺見創作者以風火喻道，貪欲與空性的對峙和調治，以「悟空」之名降服其心。而創作者藉著風的冷熱對流的地方性，塑造神怪情節，似乎隱有創造民間氣候傳說的寫作意圖。最後，縮小風的流動範圍，可以看到風的流動表現人物的風格，包括仙風、陰風、旋風、威風、腥風與香風等各種風格。風的流動空間表現了各種不同的敘事意義。

〔註15〕《西遊記》第二十回，頁244。
〔註16〕《西遊記》第九十八回，頁1221。

第二節 屏風的風阻空間意象

流動的風，貫串整部《西遊記》的敘事；風的吹襲引動故事的方向，而每一陣風的停止或轉向，都是文學敘事裡的契機。在《西遊記》裡，屏風和石屏是風阻的概念，屏風能讓風止息、轉向；石屏則是風止之處，讓風的流動有所歇息，二者隱約成了敘事空間的分割、停頓、併陳和對比等潛伏之筆。

在風水學上，常採用屏風布置居處空間，改變陽宅格局；傳統地理師勘輿山脈地形，觀察消砂納水、尋龍點穴也特別留意石屏風止的吉凶。結合山勢的來龍去脈以及流水環抱綿延，風的流動一旦遇到轉向與止息處，就有藏風聚氣的玄機，人與天地的和諧處境隱藏在其中。大自然界的生機隨風散播，花種植披也在風轉或風止之處落地萌發，孕育許多生命的生成。在大自然環境裡，總是因為聚氣納水的風帶來處處生機，讓大地草綠花紅，色彩繽紛。中國古代早有這種風生水起的思維，大則村落莊院，聚集成鄉鎮；小處則以屏風佈局陽宅空間，大處見石屏山勢與流水有情，尋龍點穴造就村莊城市；小處則在室內格局布置畫簾、畫屏和藝術屏風，風阻的奧妙都蘊藏在風的動靜之中。

靜止的屏風是風阻意識的空間擺設，能產生不同的視覺感受和空間動態，文學裡的屏風也是如此。在《西遊記》的文本裡，屏風與山崖石屏不止是風阻的空間意象。作家對於屏風或石屏的空間感受，往往在讀者不經意中，塑造特殊的敘事空間安排，讓故事出現併陳和對比的場景，形成平行發展的雙軸線情節，透過屏風的雙重或多重空間陳列，令讀者同時對比二種或多種情節的同步發展，甚至企圖引發讀者的「窺欲」心理。

一、屏風及其敘事空間的分割和停頓

「屏風」除了具有風阻的功能之外，更是我國特殊的藝術表現作品之一，在中國傳統藝術研究中有其重要的地位。歷代君王的王位寶座背後，常會有屏風的空間布置，用不同藝術表現的屏風，來展現其帝王的富貴之氣和威儀；王宮貴族的宅院，也常用屏風來表現其高貴氣息。屏風除了阻擋疾風突襲，避免強風吹皺襲損君王的衣冠穿著之外，屏風的山水、花鳥和動植物的彩繪等藝術表現，也透露王公貴族或文人們的文化素養與喜好。

富貴人家仿擬君王，常以屏風展現富足與不凡的氣勢；就是平民居家住宅環境，也常以不同形式的屏風做為室內空間分割的擺設。以屏風分割空間

的形式，運用在文學作品裡，往往是眼中敘裡的明昧安排和佈局技巧。《西遊記》出現幾次屏風的描寫，也表現出其中蘊含的特殊空間意象。

第二十三回寫到唐僧師徒西行途中，在黃昏時刻走進一片松林，望見一座宅院，便想化齋借宿。這時出現一位婦人開門迎接，引唐僧師徒走進宅院，進入廳堂之內接受招待，有一段初現屏風二字的敘事：

> 那屏風後，忽有一個丫髻垂絲的女童，托著黃金盤、白玉盞，香茶噴暖氣，異果散幽香。那人綽彩袖，春筍纖長；擎玉盞，傳茶上奉。對他們一一拜了。茶畢，又吩咐辦齋。〔註17〕

隔開前幾回遭難爭鬥，與跋山涉水的辛苦，西天取經的苦難停頓在一個和緩的、柔性的敘事空間裡。當寡婦招待唐僧師徒進入廳堂後，是一個恬靜的休憩空間。人物各就其位之後，開始寒暄對話。此時，屏風的位置應在寡婦的背後。除了彰顯寡婦的富貴氣息外，這裡的屏風將室內格局作了清楚的分割，幽隱不為人知的屏風背後是一個暗處；公開明亮的屏風前的場景成了裡暗外明的二個空間。這個空間擺設讓「丫髻垂絲的女童」等人物出場，有了「乍現」的特殊戲劇效果。

從屏風之後轉向屏風之前，出現金盤、白玉盞光彩奪目的器物，表現眼中敘的耀眼亮感；再以香茶、暖氣、幽香異果呈現鼻中敘的嗅覺敘述。這屏風前明白映現舒緩的氣流、亮眼的光描和撲鼻的茶果香氣，而室外山寒夜冷的吹風至此，轉成了舒適溫暖的室內空間場域，屏風帶來了風阻的和緩效果。

展現在屏風前的明亮背後，也暗喻屏風後的另一個叵測居心。一個個令人撲鼻香味、耀眼的金玉杯盤，從屏風後轉向屏風前；又有身穿彩繡而且纖指美麗的丫嬛，聽從主人的吩咐伺候著，隨時從屏風的後面隨著主人的心意出現面前。令人懷疑屏風之後的「富足」或是藏有各種更大的引誘，等待唐僧師徒親自進入發掘。屋外的風吹不進來，屋內的風在屏前靜止，但人心的悚動不安正在展演著魔幻般的想像和誘惑。就此，才開啟寡婦希望納婿，協助管理與繼承龐大家業的魅誘言語，開始與唐僧的出家修行的決心產生強烈的對比情節。就在屏風前與屏風後的空間游移之時，考驗著取經人的意志。而慾望與容易受誘的人物角色代表——豬八戒，則成功地扮演了容易受誘惑的人性心理，對比寫實的巧妙手法，令人嘆為觀止。

〔註17〕《西遊記》第二十三回，頁278。

二、風阻及其空間併陳與對比

承接上述的情節，共出現三次「屏風」敘事，第二次是這樣敘述：

> 那婦人見他們推辭不肯，急抽身轉進屏風，撲的把腰門關上。師徒
> 們撇在外面，茶飯全無，再沒人出。八戒心中焦燥，埋怨唐僧道：「師
> 父忒不會幹事，把話通說殺了。你好道還活著些腳兒，只含糊答應，
> 哄他些齋飯吃了，今晚落得一宵快活，明日肯與不肯，在乎你我了。
> 似這般關門不出，我們這清灰冷灶，一夜怎過！」〔註18〕

這裡的屏風成了人物進出場的通口，寡婦憤而離席，「抽身轉進屏風」做了一個簡單迅速的出場動作，表現婦人被拒絕的憤怒，情節氣氛至此僵持。這才帶出唐僧師徒的不同心思、情意和對話。而屏風的風阻除了在視覺上有前後內外的阻隔作用之外，又呈現一個心理的隱形屏風，橫在僧俗迴異的生命意志之間。屏風後的企圖與媚誘尚未明朗；屏風前的出家僧眾又出現另一個隱形的屏風，橫在唐僧與豬八戒師徒二人之間，甚至是一師三徒四種不同立場，明顯區分出師徒心思的不同。這種生命志趣的迴異，寫在哲學裡，就如論語格言，善惡分明，邏輯清晰，句句針砭；寫在文學作品裡，則巧妙暗喻、濛昧中透露許多真性感受，以及各種情境覺受的千萬般翻騰。

這段屏風情節雖有眾生喧嘩，卻並未有何狂歡；在屏風的分割概念下，讀者自能看清每個角色的立場不同。屏風分割室內場景，也分割出許多不同的心念場域。焦躁心動的八戒、意志堅定的唐僧、心眼皆明的悟空、和單純思緒的沙悟淨，每一個人物，都在婦人轉進屏風之後，表達了各自的立場。

從唐僧師徒進入宅屋之後，屏風開始了風阻與分割敘事空間和心理空間的作用。這個空間分割的敘事手法，讓小說場景有了裡外與明暗的分別。明的前場景是唐僧師徒，暗的屏風之後還有未被發掘的隱情；做空間分割的同時，又彰顯僧與俗的差異，更明顯對比婦人情愛和安定的女性訴求，與唐僧出家的求道志趣和生活態度，二者差異鮮明的對話，隱約透露塵俗的慾念與出家修行的不同生命意志和抉擇。

三、屏風場景與人物變化的轉軸和遮擋

屏風還可作為敘事空間變化的轉軸。就像門扇的翻轉一樣，屏風的裡外

〔註18〕《西遊記》第二十三回，頁280～283。

或左右二面，可以同時地將二個不同的場景並列在閱聽人眼前。而屏風就是故事人物換場或變換形象的遮擋，甚至可以當作同時進行的二個對比情節的舞台遮擋。

第七十一回，說到孫悟空治好朱紫國王的宿疾，又前往麒麟山獬豸洞，解救金聖宮娘娘。孫行者變做蒼蠅兒，與受困的金聖娘娘設計盜取妖王懷裡的金鈴。有一段將屏風作為人物變化的換軸和遮擋的情節：

> 那娘娘真個依言，即叫：「春嬌何在？」那屏風後轉出一個玉面狐狸來，跪下道：「娘娘喚春嬌有何使令？」娘娘道：「你去叫他們來點紗燈，焚腦麝，扶我上前庭，請大王安寢也。」那春嬌即轉前面，叫了七八個怪鹿妖狐，打著兩對燈龍，一對提爐，擺列左右。娘娘欠身叉手，那大聖早已飛去。〔註19〕

以金聖娘娘的聲音召喚，讓敘事視線從屏風外的金聖娘娘位置，移到屏風之後。這時候，任何從屏風內轉出來的人物在未出現前，都會是一種令閱聽人期待的驚喜，即使這個懸念時間極其短暫，但效果總是與讀者的期待同時延長。從屏風後轉出玉面狐狸變化而成的婢女春嬌，走向前來聽候金聖娘娘的差遣。屏風前怪鹿妖狐組成一個隊伍，打燈籠、提對香爐，引著金聖娘娘。表面上是以迎接妖王為名，實則像極了隱匿在屏風內的秘密一般，金聖娘娘的內心裡，還暗藏著與孫行者約定盜取金鈴的計謀正要開始。屏風前的行動意象，表現著敘事轉向另一個新的情節段落的開始。而孫悟空也藉此重新進行下一步偷盜妖王法寶的行動。

> 好行者，展開翅，逕飛到那玉面狐狸頭上，拔下一根毫毛，吹口仙氣，叫「變！」變作一個瞌睡蟲，輕輕的放在他臉上。原來瞌睡蟲到了人臉上，往鼻孔裡爬，爬進孔中，即瞌睡了。那春嬌果然漸覺睏倦，立不住腳，搖樁打盹，即忙尋著原睡處，丟倒頭只情呼呼的睡起。行者跳下來，搖身一變，變做那春嬌一般模樣，轉屏風與眾排立不題。〔註20〕

這時，情節轉進到屏風的另一側的描寫。屏風前，群妖陣列排隊等候；屏風後，孫行者施法讓春嬌睏倦睡去，而行者則搖身變做春嬌，屏風成了人物變換的轉軸，假春嬌藉著屏風的遮擋，轉向前去，領著隊伍迎接妖王而去。這

〔註19〕《西遊記》第七十一回，頁 886～887。
〔註20〕同前註，頁 887。

一連串的轉軸和遮擋，只在屏風佇立的場景，才有雙重空間變換可為。

四、屏風與石屏前的「聚集」意象

　　《西遊記》第八十回，寫唐僧緩觀山景，忽然聽到山鳥啼鳴，動了思鄉之情。他追憶奉旨取經的時候，這樣說著：

> 徒弟！我自天牌傳旨意，錦屏風下領關文。觀燈十五離東土，才與
> 唐王天地分，甫能龍虎風雲會，卻又師徒拋馬軍。行盡巫山峰十二，
> 何時對子見當今？〔註21〕

這裡說的「錦屏」意指華麗的屏風。唐朝李益寫〈長干行〉有一句：「鴛鴦綠浦上，翡翠錦屏中。」〔註22〕王渙寫惆悵詩十二首，第十二：「夢裡分明入漢宮，覺來燈背錦屏空。紫臺月落關山曉，腸斷君恩信畫工。」〔註23〕這些屏風的描寫，都有相聚一起的意象。唐僧所提的「錦屏風下領關文」，是一段太宗群集朝臣，為唐僧送行與期勉的情景：

> 太宗設朝，聚集文武，寫了取經文牒，用了通行寶印。……又見黃
> 門官奏道：「御弟法師朝門外候旨。」隨即宣上寶殿，道：「御弟，
> 今日是出行吉日。這是通關文牒。朕又有一個紫金缽盂，送你途中
> 化齋而用。再選兩個長行的從者，又欽賜你馬一匹，送為遠行腳力。
> 你可就此行程。」玄奘大喜，即便謝了恩，領了物事，更無留滯之
> 意。唐王排駕，與多官同送至關外，只見那洪福寺僧與諸徒將玄奘
> 的冬夏衣服，俱送在關外相等。〔註24〕

《西遊記》裡的屏風前，通常聚集許多人，藉屏風與人群聚列，一起形成帝王、貴族或是富者的表徵。這個追憶印象，附帶著屏風意象，其實暗示著唐僧的西天取經，還只是停留在「光宗耀祖」、「榮歸故里」的虛榮名位上，並非追求真正的心性了悟。因此，孫行者不拘徒弟身份，直指唐僧「全不似個出家人」〔註25〕。由此，錦繡屏風的風阻意象，又暗喻著某種程度的怠惰、怯懦和滯留不前。

〔註21〕《西遊記》第八十回，頁1002。
〔註22〕唐・李益，〈長干行〉。收錄於清聖祖御定《全唐詩（五）》卷二百八十三，臺北：文史哲出版社，頁3229。
〔註23〕唐・王渙，〈惆悵詩〉十二首，收錄於《全唐詩（十）》卷六百九十，頁7920。
〔註24〕《西遊記》第十二回，頁151。
〔註25〕《西遊記》第八十回，頁1002。

石屏前的聚集則意味著膠著、猶豫和討論。第五十五回唐僧師徒路阻毒敵山琵琶洞。有這麼一段石屏風阻的敘事：

> 孫大聖兄弟三人騰空踏霧，望著那陣旋風，一直趕來，前至一座高山，只見灰塵息靜，風頭散了，更不知怪向何方。兄弟們按落雲霧，找路尋訪，忽見一壁廂，青石光明，卻似個屏風模樣。三人牽著馬轉過石屏，石屏後有兩扇石門，門上有六個大字，乃是「毒敵山琵琶洞」。〔註26〕

情節寫到蝎子精駕旋風攝走唐僧，孫悟空師兄三人隨風駕踏雲霧追趕到毒敵山石屏前。三人聚集在石屏前暫歇研議，如何解救唐僧。「灰塵息靜」是風阻描寫，而這裡的石屏壁廂其作用與屏風一致；以石屏轉軸，就見到另一面光景——兩扇石門。轉軸後，開始了一場猶疑和討論：

> 八戒無知，上前就使釘鈀築門，行者急止住道：「兄弟莫忙，我們隨旋風趕便趕到這裏，尋了這會，方遇此門，又不知深淺如何。倘不是這個門兒，卻不惹他見怪？你兩個且牽了馬，還轉石屏前立等片時，待老孫進去打聽打聽，察個有無虛實，卻好行事。」沙僧聽說，
> 大喜道：「好！好！好！正是粗中有細，果然急處從寬。」〔註27〕

這一場猶疑和討論深具意義。一來，表現了西天取經的困難重重和暫時休止；二者展現孫悟空開始不再自負躁進，有了慎重考慮的性情；其三，引出一段孫行者打探虛實的下一個情節預告；其四，有如說書人的「中場休息」的伏筆，藉沙和尚的口說出：「急處從寬」的警語。這個警語又意有所指地暗示《西遊記》小說的特有敘事手法。

隨後，持續了另一個場景，說到孫悟空變做蜜蜂兒入內打探消息的劇情。

屏風和石屏是讀者鮮少留意的風敘事概念，在《西遊記》的故事情節裡，並不多見。就其風阻的佈局構思上分析，屏風是一種情節停頓的象徵，也具有對比分割敘事空間的作用，這種分割可看見的是石屏或屏風，而抽象的心理空間的分割也隱現其中；從屏風敘事裡還可以看見第二十三回的唐僧對於僧俗志趣是有差別意識的，但在八十回裡卻又凸顯唐僧胸懷「廟堂」的罣礙。屏風的富貴氣息，隱藏著當時連出家僧眾也難以釋懷的貴賤意識型態。

〔註26〕《西遊記》第五十五回，頁689。
〔註27〕同前註，頁689～690。

第三節　風的位移敘事及其意象

　　速度是風力的表現，自然科學的風速是位移和時間的比例，文學的風速表現風的力量變化，這個關乎風的位移力學，包括風的順、逆、旋、升、落等位置的改變；在文學敘事裡，風的位移是敘事手法的力學意象，也表達了生命歷程的各種際遇和體悟，西天取經的旅程，也有其特殊的位移敘事及力學意象。

一、順風敘事

　　對於風的順逆，是以人物的相對位置來考量，與人物行止的方向或意向相同，是順風；與人物行止或意向相反的、甚至相對立的，則是逆風。《西遊記》裡有許多順風敘事，隨著人物的行止意象，風湧雲起。第二十六回說到孫悟空到處尋找救活人參果樹的妙方，途中行者央請福祿壽三星向唐僧求情寬待，莫念緊箍咒。三位神仙受此請託，即起身前往五莊觀，有這一段風隨意向的順風敘事：

> 三星駕起祥光，即往五莊觀而來。那觀中合眾人等，忽聽得長天鶴唳，原來是三老光臨。但見那：盈空藹藹祥光簇，霄漢紛紛香馥鬱。彩霧千條護羽衣，輕雲一朵擎仙足。青鸞飛，丹鳳鶩，袖引香風滿地撲。拄杖懸龍喜笑生，皓髯垂玉胸前拂。童顏歡悅更無憂，壯體雄威多有福。執星籌，添海屋，腰掛葫蘆並寶籙。萬紀千旬福壽長，十洲三島隨緣宿。常來世上送千祥，每向人間增百福。概乾坤，榮福祿，福壽無疆今喜得。三老乘祥謁大仙，福堂和氣皆無極。〔註28〕

這三位神仙有樂意受託前往的心意，駕風前行的情景則是風隨心走的意象。「盈空藹藹祥光簇」是耀眼視覺的眼中敘；「霄漢紛紛香馥鬱」來自鼻中敘的感受，表示風帶出人物的風範氣息在前；再以「彩霧千條護羽衣，輕雲一朵擎仙足」展現圍繞身邊的虛幻景象，讓人物產生神秘感。「青鸞飛，丹鳳鶩，袖引香風滿地撲」順著這鸞鳳指引、香風襲來，福祿壽三位仙翁現身降臨五莊觀。在這段平順如意的風敘事裡，表現出安祥和氣的氛圍，也暗藏著通俗小說裡說書人的喜氣相迎的用意。這種與傳統戲曲迎合節令慶典的「扮仙戲」，意在賦予祈求平安添福增祿和延壽的吉兆，說書人的說唱藝術應景取悅

〔註28〕《西遊記》第二十六回，頁318。

大眾的情景，似乎仍保留在章回小說的情節之中。從順風敘事裡可以看出，這種藉稱福祿壽三吉星的降臨情節，讓故事情節帶來舒緩、歡喜、甚或有點諧趣的氣氛。

順風敘事有時用來快速帶過某些不需贅述的過場情節。第三十回寫到八戒前往花果山向孫悟空求救的情節，說到：「那呆子正遇順風，撐起兩個耳朵，好便似風篷一般，早過了東洋大海，按落雲頭」〔註29〕省略了趕路的奔勞歷程和許多複雜的心情。〔註30〕

順風敘事過後，有時會有逆轉向下的情節緊接在後，隱含有得意忘形，樂極生悲的警惕。第九十一回唐僧四眾來到天竺國外郡金平府，滯留至十五元宵。在欣賞元宵花燈時，忘形於當下。不料一陣風來，唐僧隨風消逝，已不見蹤影，被妖怪攝走：

> 只聽得半空中呼呼風響，唬得些看燈的人盡皆四散。那些和尚也立不住腳道：「老師父，回去罷，風來了。是佛爺降祥，到此看燈也。」……眾僧連請不回。少時，風中果現出三位佛身，近燈來了。慌得那唐僧跑上橋頂，倒身下拜。行者急忙扯起道：「師父，不是好人，必定是妖邪也。」說不了，見燈光昏暗，呼的一聲，把唐僧抱起，駕風而去。……唬得那八戒兩邊尋找，沙僧左右招呼。行者叫道：「兄弟！不須在此叫喚，師父樂極生悲，已被妖精攝去了！」〔註31〕

這所謂的「樂極生悲」，是指唐僧來到了天竺國，一路平順之後失去警惕。是非不分的習氣讓他遭禍。執意「見佛就拜」，妄思假象，加上聽不進勸誡，取經行旅也就功虧一簣了。這個「人隨風走」的情景，同樣發生在小西天的故事情節中，第六十五回妖怪假設雷音寺，唐僧同樣執著見佛拜佛，因而遭難。這種「執迷」我見和反對「悟空」的勸誡而「不悟」，頗有深意，也同樣出現在一段平順的路途之後：

> 四眾西進，行夠多時，又值冬殘，正是那三春之日：物華交泰，斗柄回寅。草芽遍地綠，柳眼滿堤青。一嶺桃花紅錦浣，半溪煙水碧羅明。幾多風雨，無限心情。日曬花心艷，燕銜苔蕊輕。山色王維

〔註29〕《西遊記》第三十回，頁370。
〔註30〕這包括當初設計逐走孫悟空的過去，和此刻前往花果山，不知道該如何祈求師兄孫悟空的原諒和救助等複雜情緒。
〔註31〕《西遊記》第九十一回，頁1135～1136。

畫濃淡，鳥聲季子舌縱橫。芳菲鋪繡無人賞，蝶舞蜂歌卻有情。

〔註32〕

「三春之日，物華交泰」是春回大地的景象，綠柳花紅、日暖燕飛、蝶舞蜂歌確實是風和日麗的美景。就在這段順風敘事之後，出現誤入小西天的情節，師徒反覆一場空與相的對話：

> 行者看罷回覆道：「師父，⋯⋯觀此景象，也似雷音，卻又路道差池。我們到那廂決不可擅入，恐遭毒手。」唐僧道：「既有雷音之景，莫不就是靈山？你休誤了我誠心，耽擱了我來意。」行者道：「不是不是！靈山之路我也走過幾遍，哪是這路途！」⋯⋯那長老策馬加鞭至山門前，見雷音寺三個大字，慌的滾下馬來，倒在地下，口裏罵道：「潑猢猻！害殺我也！現是雷音寺，還哄我哩！」⋯⋯即命八戒取袈裟，換僧帽，結束了衣冠，舉步前進。〔註33〕

透過唐僧與孫行者師徒的許多俗聖對話，「既有雷音之景，莫不就是靈山」是俗眼所見諸相，汲好惰性，認假作真；似此情節常可以對應《金剛經》的破除執相的道理。心性修行總以「悟空」為念，但世人卻是見到各種假象，則信以為真，誤入歧途。經云：

> ⋯⋯須菩提，於意云何？可以身相見如來不？」「不也，世尊！不可以身相得見如來。何以故？如來所說身相，即非身相。」佛告須菩提：「凡所有相，皆是虛妄。若見諸相非相，則見如來。」〔註34〕

《西遊記》的故事裡，有多處刻意描寫唐僧「見佛」的情境。在這些「見佛」的經歷中，備受虛幻外相所考驗。再以此觀看行者與妖怪的戰鬥，也就清楚了作者暗示空與相的對話用意。《金剛經》的破除身相，潛藏在這許多眼耳鼻舌身意等六觸的戰鬥喧嘩中。在這些嬉鬥的過程中，作者以戲謔的形式包裝驚險和困難的歷程（或說是心路歷程），而要旨仍在「凡所有相，皆是虛妄。若見諸相非相，則見如來」之中。這個道理也寫在第十七回，當菩薩變換成凌虛仙子時，「妖精菩薩」或「菩薩妖精」也揭示相同的道理：都在「一念之間」〔註35〕。從這裡還可以明顯看出《西遊記》的人性觀，並不落入傳統的性善惡或性無善惡的論辯，而是採納「當下念頭」來決定是非正邪。這種受佛教教義影響後的

〔註32〕《西遊記》第六十五回，頁811。
〔註33〕同前註，頁812～813。
〔註34〕《金剛經校正本》，頁6～7。
〔註35〕《西遊記》第十七回，頁214。

心性論證，是傳統中國心性哲學的一大改變。順著風翻飛的各種現象，會不斷地迷惑人的眼睛，但能「悟空」則跳脫善惡二元論的框架，一切瞭然於心。

　　《西遊記》的順風隨心意而走，帶來舒緩、祥和與諧趣；或是以順風略過路途的贅敘，順風敘事都帶來輕快的節奏。至於順風之後所揭示的樂極生悲，除了是傳統處世哲學的警惕之外，也是《西遊記》暗藏佛教破除我見諸相的特殊諦義。有順風敘事，自然不會少了逆風敘事。

二、逆風敘事

　　相對於人物的行止和意向，逆風敘事不只是單純地阻撓人物與情節的去向，寫在《西遊記》的逆風，先是一段違背天理的殘殺情景。第二十八回寫到孫悟空遭逐返回花果山，聽到猴孫們哭訴遭獵戶殘殺濫捕的經過，立眉嗔目，忽見山下獵戶又上山打獵，他心頭火起，念咒起風誅殺了許多獵戶：

> 一陣狂風。……萬竅怒號天噫氣，飛砂走石亂傷人。大聖作起這大風，將那碎石乘風亂飛亂舞，可憐把那些千餘人馬，一個個石打烏頭粉碎，……屍骸輕粉臥山場。〔註36〕

這段殘殺經驗隱喻著心性修持的重要見解，意即缺乏心性修持的神通力，往往失控於一時的憤怒情緒，鑄成深重罪業。這段公案裡，有段孫行者的說法：

> 大聖按落雲頭，鼓掌大笑道：「造化！造化！自從歸順唐僧，做了和尚，他每每勸我話道：千日行善，善猶不足；一日行惡，惡自有餘。真有此話！我跟著他，打殺幾個妖精，他就怪我行兇，今日來家，卻結果了這許多獵戶。」〔註37〕

這陣毀傷眾獵戶的逆風，帶有「以暴止暴」的「互殘」意味，還隱含著某種修正和改變的「點化」。孫悟空連聲大嘆「造化」有其原因，一是字面意義說道：「千日行善，善猶不足；一日行惡，惡自有餘」，另一個意義則是蠻昧無知的殺戮與嗔怒造成的輪迴隨時跟隨眾生，對於任何絲毫惡念都必須斷除罄盡為宜，這種逆風，其教諭意味更顯生死嚴厲。〔註38〕

〔註36〕《西遊記》第二十八回，頁342。
〔註37〕這段孫悟空大笑殺生的經過，是放失心性修持的精彩隱喻，闡明沒有心性修持者，愈是神通廣大愈容易造禍。
〔註38〕讀者會認為故事裡的孫悟空得天獨厚，殺生造業卻能超三界輪迴，無須下地獄，承擔因果，這並不公平。但如果能將孫悟空的人物塑造，視為一種文學作品裡的「符徵」，有其思想的符指，也就容易理解其中的隱喻了。

　　另一場逆風阻斷了許多糾纏，第九十五回寫到唐僧師徒四眾抵達給孤獨園布金寺，解救了大天竺國公主，收服下凡間作怪的蟾宮擣藥玉兔精。正當眾人不捨西行的佛子離去，一陣逆風隨之而起：

> 唐僧辭王西去。那國王哪裏肯放，大設佳宴，一連吃了五六日，……國王見他們拜佛心重，苦留不住，……教擺鑾駕，請老師父登輦，差官遠送。那后妃並臣民人等俱各叩謝不盡。及至前途，又見眾僧叩送，俱不忍相別。行者見送者不肯回去，無已，捻訣，往巽地上吹口仙氣，一陣暗風，把送的人都迷了眼目，方才得脫身而去。

〔註39〕

這場暗風，阻斷了大天竺國君民和僧眾的緊緊跟隨。暗喻天竺國君民僧眾迷信唐僧四眾的神通力，也不是修行的究竟，因此以逆風斷除這種迷信與崇拜。

　　同於逆風的情景，還有「迎風」的情節。如：「彩旗開映日，白馬驟迎風」〔註40〕、「身掛皁羅袍，迎風飄蕩」〔註41〕都是指獨當一面，勇於應戰的態勢。《西遊記》的迎風和逆風，都有面對困境，勇於接受挑戰的意涵。除此之外，孫悟空的迎風是變身的伴奏曲，出現不下十次，如：「好大聖，念動咒語，迎著風一變，果然就像那老和尚一般」〔註42〕不是捻訣施咒變幻成各種角色，就是幌一幌出現碗來粗細的金箍棒〔註43〕，快速進入戰鬥打殺的情節。

三、旋風意象

　　大自然的旋風，是地區空氣受熱膨脹向上推升的結果。當熱空氣上升，該地區形成低氣壓帶；由四周高氣壓的冷空氣向熱中心迅速遞補時，就會形成旋風。在文學作品裡的旋風敘事，能塑造自然界的旋風意象、營造懸念氛圍、形塑滯留不前的困境、以及歸返狀態。

　　寫在《西遊記》裡，常常是一陣旋風，攝走唐僧，不知去向。第四十回，紅孩兒攝走唐僧：

〔註39〕《西遊記》第九十五回，頁1188。
〔註40〕《西遊記》第三十七回，頁462。
〔註41〕《西遊記》第二回，頁21。
〔註42〕《西遊記》第十七回，頁209。
〔註43〕《西遊記》第七回，頁76；第四回，頁42；第五回，頁59；第十四回，頁168及頁172等等。

好怪物，就在半空裏弄了一陣旋風，呼的一聲響亮，走石揚沙，誠
然凶狠。好風：淘淘怒捲水雲腥，黑氣騰騰閉日明。……滾滾團團
平地暗，遍山禽獸發哮聲。刮得那三藏馬上難存，八戒不敢仰視，
沙僧低頭掩面。孫大聖情知是怪物弄風，急縱步來趕時，那怪已騎
風頭，將唐僧攝去了，無蹤無影，不知攝向何方，無處跟尋。〔註44〕

這陣旋風走石揚沙、怒捲水雲的意象令人驚恐；風勢滾滾團團，還發出像山
禽猛獸的吼聲，紅孩兒早已駕風而去，攝走唐僧無影無蹤。故事裡形塑聖嬰
大王紅孩兒，是火焰熱氣的形象，山神土地向行者哭訴委屈，講到妖怪的出
身。說到這火雲洞的聖嬰大王，自小在火燄山修練得道，練就三昧真火，神
通廣大。聖嬰大王以火為武器，妖怪的熱氣蒸騰，成了塑造形成自然旋風的
可能。足見攝走唐僧的一陣旋風，也頗符合旋風的自然科學道理。

其次，旋風也可能來自小說人物的攪和形成，如師徒三人途經流沙河邊，
沙悟淨「一個旋風，奔上岸來，逕搶唐僧」〔註45〕；渡過西方黑水河，遭黑
水河怪弄風攝入河裡〔註46〕；離去西梁女國時，又遭女怪「弄陣旋風，嗚的
一聲，把唐僧攝將去了，無影無蹤」〔註47〕等，這些旋風讓孫悟空師徒離散，
西天取經陷入膠著，三個徒弟「尋坡轉澗，行經有五七十里，卻也沒個音信。」
〔註48〕原地打轉，滯留不前，是旋風敘事的重要特徵。

「旋」除了旋轉的意思之外，還有返回、歸來的意思；一陣旋風，有時
會讓故事情節原地滯留，形成懸念或反覆琢磨；有時，將敘事情節拉回某個
過去，形成一種歸返式的追憶敘事。在得知紅孩兒是牛魔王之子後，小說牽
引孫悟空記憶起花果山七魔結拜的過去。旋風敘事讓情節膠著；形成人物心
裡盤旋和猶疑不決；旋風隱藏著作者開始一段追憶過去的伏筆，成了特殊的
旋風敘事手法。第一百回說到唐僧四眾與白馬回到長安城，大乘經藏成功東
傳，功德圓滿。又一陣香風接引師徒歸返靈山：

長老捧幾卷登台，方欲諷誦，忽聞得香風繚繞，半空中有八大金剛
現身高叫道：「誦經的，放下經卷，跟我回西去也。」這底下行者三
人，連白馬平地而起，長老亦將經卷丟下，也從台上起於九霄，相

〔註44〕《西遊記》第四十回，頁503。
〔註45〕《西遊記》第二十二回，頁264。
〔註46〕《西遊記》第四十三回，頁539。
〔註47〕《西遊記》第五十四回，頁687。
〔註48〕《西遊記》第四十回，頁504。

> 隨騰空而去……八大金剛，駕香風，引著長老四眾，連馬五口，復
> 轉靈山，連去連來，適在八日之內。〔註49〕

作者以「香風繚繞」塑造旋風形式，這陣香風（旋風）加上八大金剛的召喚聲音，接引唐僧四眾及白馬，一起駕風返回到靈山雷音寺，參拜如來佛祖。故事的終點就在靈山雷音寺與長安城二地迴旋。

四、風之升、落敘事

　　風的吹升和襲落有不同的敘事意涵存在文本之中。風的升與落，是情節高低緊鬆的伴奏曲。隨風吹升，象徵緊湊的動態情節的開端；風襲落處，又代表舒緩遲滯和歸入寧靜之時。

　　第四十二回說到，孫悟空變成紅孩兒的父親牛魔王，賺騙聖嬰大王後，前往普陀山落伽崖拜求觀音菩薩。描述一段孫悟空去程的升落：

> 好大聖，說話間躲離了沙僧，縱觔斗雲，徑投南海。在那半空裏，
> 哪消半個時辰，望見普陀山景。須臾按下雲頭，直至落伽崖上，端
> 肅正行，只見二十四路諸天迎著道：「大聖，哪裏去？」行者作禮畢，
> 道：「要見菩薩。」諸天道：「少停，容通報。」……大聖斂衣皈命，
> 捉定步，徑入裏邊，見菩薩倒身下拜。〔註50〕

藉風騰升，「縱觔斗雲，徑投南海」是緊縮前往南海的路途敘事，這裡的風升，縮短趕路經過；「須臾按下雲頭」是快速落下的意象，將號山枯松澗的戰鬥紛擾和寧靜安祥的普陀山景，拉近得有如相鄰左右一般，風升的動與風落的靜就此兩相對映。

　　第六十九回，孫行者治好朱紫國王舊疾，說到解救金聖娘娘等事，前去探看避妖樓究竟。正巧遇到賽太歲部下先鋒，奉大王命令，前來取二名宮女回去伏侍金聖娘娘。也有一段風的升落敘事：

> 正說間，只見那正南上呼呼的，吹得風響，播土揚塵，唬得那多官
> 齊聲抱怨道：「這和尚鹽醬口，講起甚麼妖精，妖精就來了！」慌得
> 那國王丟了行者，即鑽入地穴，唐僧也就跟入，眾官亦躲個乾淨。
> 〔註51〕

〔註49〕《西遊記》第一百回，頁1241。
〔註50〕《西遊記》第四十二回，頁525。
〔註51〕《西遊記》第六十九回，頁869。

風升在天，呼呼響聲靠近避妖樓。「播土揚塵」情景令人緊張；「唬得」、「慌得」確實將情景寫到緊張處。國王鑽地穴、唐僧、眾官躲得乾淨，足見情勢十分緊急。接續這裡的風升是一段孫悟空上前與妖精戰鬥，得勝而回的風落：

> 那妖精被行者一鐵棒把根槍打做兩截，慌得顧性命，撥轉風頭，徑往西方敗走。行者且不趕他，按下雲頭，來至避妖樓地穴之外叫道：「師父，請同陛下出來，怪物已趕去矣。」那唐僧才扶著君王，同出穴外，見滿天清朗，更無妖邪之氣。〔註52〕

妖精敗走，撥轉風頭，往西方而去。這裡的「撥轉風頭」又是另一個風升，行者按下雲頭，以風落意象回到避妖樓安撫人心。唐僧和國王才從穴裡出來。「滿天清朗，更無妖邪之氣」意味著妖風過後的短暫安寧。「撥轉風頭」的另一個風升是作者的伏筆，後來才知妖精戰敗之後，轉到西門縱火，所幸悟空隨即施法術滅了妖火。從故事情節裡的風升風落敘事，讀者可以感受到情節的起落節奏、劇情的鬆緊和以升落所下的伏筆所在。

　　風的順、逆、旋、升、落等位移，表現在文學裡許多力學敘事和意象。隨著人物行止和意向的順風敘事，展現人物威風儀態；能快速帶過不需贅敘的過場情節；順風之後的得意忘形，往往逆轉成警惕樂極生悲的敘事。除此之外，《西遊記》的順風敘事又有空相對話的隱喻，一念之間的善惡諦義潛藏其間。而逆風不只是單純地阻撓，《西遊記》的逆風敘事有悖逆天理的殘殺意象，警惕缺少心性修持的神通力禍害無窮；逆風還被用來當作阻斷糾纏的工具，隱喻斷除迷信與崇拜的重要。時常出現的旋風攝走唐僧情節，讓師徒等人物出現離散敘事，故事情節因此滯留；旋風有時會將故事拉回某個過去，讓情節產生折返。最後，風的升起，象徵情節進入緊張情境，風落則代表另一個較鬆弛、寧靜與平衡的敘事情節的開啟。

第四節　風速敘事和意象

　　風的順、逆、旋、升、落表現風的各種位移敘事；而另一個風力敘事則表現在風的速度感，有其相對的時間性描寫，包括風的無、微、快、狂、毀。這個區分參考《西遊記》對風敘事的遣詞，並對照蒲福風級的分類而來，從

〔註52〕《西遊記》第七十回，頁871。

無風代表風的醞釀期開始，到微風吹動、快風吹拂與狂毀之風大作，風的速度敘事有其速度感、節奏性和毀滅意象。

一、無風敘事

　　空氣流動成風，具有能量的遞補和移動的特性。靜止「無風」往往是能量蘊積的過程，繼能量飽和之後，將引發各種不同速率的流動。在人們所感受的無風狀態下，水的蒸發作用則持續在吸收空氣熱度，當這個蒸發作用快速進行時，所醞釀的冷熱對流速度也就逐漸加快，最後形成陣風。

　　《西遊記》裡的無風常是「風雨前的寧靜」，是醞釀高潮的情節前奏。風的興起，迅速改變情節的動靜，從無到有的過程，風帶來故事的多端變化。第九回一段無風敘事，一開始以「煙凝山紫歸鴉倦，遠路行人投旅店。渡頭新雁宿眭沙，銀河現」表現出一片安祥寧靜的氣氛。

　　這一個寧靜的夜晚，「煙凝」表現爐煙冉冉升空的無風狀態；鴉雀歸巢無聲，村莊燈火微明。再以「風裊爐煙清道院，蝴蝶夢中人不見」呈現寺院的清靜祥和。「月移花影上欄杆」、「更漏聲響」則以極慢的節奏，帶過原來的平靜景象。伴隨著時間的過去，作者開始藉風描寫變化，將情節轉入涇河龍王駕風降臨皇宮，求助唐太宗的令人驚愕的場景。

　　寫在龍王的到來，有句形容隨風降臨的話語：「收了雲頭，斂了霧角，徑來皇宮門首」。雲頭霧角因風而起，也正是龍王乘著風，駕動雲霧的降臨情景。龍王的到來，打破原本的寧靜。

　　這裡的「無風」意味著悠哉清閒的生活，對處於昇平盛世的唐太宗來說，龍王求救的事件無非是「平地起風波」，無端惹動一件陰間官訟的無妄之災。故事從這裡開啓了魏徵夢斬孽龍，太宗遭龍王冤魂驚嚇成疾，氣絕魂出，引入地府一遊，開始與龍王冤魂「三曹對案」的陰間對質。

　　符合讀者期待的小說，其情節不會一成不變的寧靜平和，在鋪陳一段敘事高潮之前，作者通常有一段成功的白描作切入，讓讀者在不知不覺中，進入小說的情境之中，「無風」的場景細描正是此一用意。在無風之中，「醞釀」手法相形重要。《西遊記》的這段「無風」敘事，從黃昏寫入夜晚，從遠方倦鴉到近處旅客投宿；再從更遠的銀河，拉近到村莊燈火；由外而內，寫實道院爐煙裊裊，月的移動帶來花影換位，細描了一個寧靜的夜景。「無風」成功地表現出《西遊記》作者細膩熟稔的白描手法。

此外，屢屢出現在《西遊記》的無風狀態，還有對天庭、諸佛菩薩居所等場域的描寫，說到天上有三十三天，七十二座寶殿，還有千年不謝的名花、萬載常青的繡草；「金光萬道滾紅霓，瑞氣千條噴紫霧」、「明霞幌幌」、「碧霧濛濛」〔註53〕。滾紅霓、噴紫霧、明霞幌、碧霧濛，都是色彩描繪的眼中敘，沒有風來吹襲；加上「玉兔壇邊過，金烏著底飛」是日月之上的居所，全然無風的敘事。又說：「天上一日，地上一年」速度的時間性在天庭上成了極高的對比緊縮密度。在《西遊記》的神仙場域裡，風被「凝結」成風神、風伯或風婆等人物，聽命於天庭，而不散漫在天庭空間中。

而西方天竺的佛祖居所也有無風敘事，第八回寫到：

> 瑞靄漫天竺，虹光擁世尊。西方稱第一，無相法王門。常見玄猿獻
> 果，麋鹿啣花；青鸞舞，彩鳳鳴；靈龜捧壽，仙鶴擒芝。安享淨土
> 祇園，受用龍宮沙界。日日開花，時時果熟。習靜歸真，參禪果正。
> 不滅不生，不增不減。煙霞縹渺隨來往，寒暑無侵不記年。〔註54〕

「瑞靄漫」、「虹光擁」無風，因此煙自繚繞；「虹光擁」、「不滅不生」、「不增不減」，既無生滅增減，無風也就不足為奇了；「煙霞縹渺」、「寒暑無侵」也更無風來襲景象了。

《西遊記》裡的天庭與佛祖居所無風，象徵心境、意念和環境的祥和無憂，更無任何災難考驗。

二、輕柔的微風敘事

靜極生動是大自然的常態，微動的風輕柔淡薄，能帶給人們舒坦的感受。第十七回孫悟空前往黑風山尋找錦襴袈裟的下落，來到黑風山上，望見美好山景：

> 萬壑爭流，千崖競秀，鳥啼人不見，花落樹猶香。雨過天連青壁潤，
> 風來松捲翠屏張。山草發，野花開，懸崖峭嶂；薜蘿生，佳木麗，
> 峻嶺平崗。不遇幽人，哪尋樵子？澗邊雙鶴飲，石上野猿狂。矗矗
> 堆螺排黛色，巍巍擁翠弄嵐光。〔註55〕

這黑風山景山明水秀，鳥語花香，雨潤壁巖一片青綠，「風來松捲翠屏張」正

〔註53〕《西遊記》第四回，頁39～40。
〔註54〕《西遊記》第八回，頁86。
〔註55〕《西遊記》第十七回，頁203。

是微風吹動林梢的景象。伴隨著這微風敘事的是春光時節，從一段寧「靜」美好的景致開始一個敘事框架，後續接著的則又是打殺爭鬥的動態描寫。三個妖魔正談到「佛衣會」，這話題惹火了孫悟空，打散黑風怪和凌虛道士，打死了白衣秀士花蛇怪。〔註56〕隨後，行者又看見黑風洞口的幽雅景致：

> 煙霞渺渺，松柏森森。煙霞渺渺采盈門，松柏森森青遶戶。橋踏枯槎木，案嶺繞薜蘿。鳥御紅蕊來雲墾，鹿踐芳叢上石臺。那門前時催花發，風送花香。臨堤綠柳轉黃鸝，傍岸天桃翻粉蝶。雖然曠野不堪誇，卻賽蓬萊山下景。〔註57〕

「煙霞渺渺」飄自微風；「風送花香」、「桃翻粉蝶」也只在微風中自在表現。在《西遊記》裡的微風，是很巧妙地運用動靜交替來作為佈局手法。在靜與動的連續交替表現中，作者也就能逐步順利銜接每個不同的敘事。這個黑風洞的鳥語花香靜處，很快地又被孫悟空的叫罵聲打破，進入一個討伐打鬥的情節。

三、順暢疾行的快風敘事

就像音樂有快慢節奏，風敘事也有其季節和心情的抑揚頓挫表現。疾行的風表現人物輕快心情，或是為了讓情節輕快過渡，有時可能帶來某種緊扣人心的氣氛，或是一種刻意閃躲。《西遊記》的快風，有時說成「風車子」〔註58〕或是打鬥時「遶腰貫索疾如風」〔註59〕、「急腳子旋風滾滾」〔註60〕單純形容快速，又除了一個小妖名稱「快如風」〔註61〕外，還有許多特殊的用意和敘事玄機。

第三十回，黃袍老怪變做書生模樣前往寶象國認親，一段形容宮女看見餓虎吃人，急於奔逃，寫到：「宮娥悚懼，一似雨打芙蓉籠夜雨；綵女忙驚，

〔註56〕《西遊記》第十七回，頁203～204。這似乎是《西遊記》裡最頻繁的寫作手法：動靜交替敘寫，有一靜處，後續就有一個動態敘述來承接。靜處裡，無風和微風敘事將光影景致表達的清楚；動態中，有快、狂與毀的風敘事迅速呈現出來。

〔註57〕《西遊記》第十七回，頁204。

〔註58〕《西遊記》第七回，頁79。

〔註59〕《西遊記》第六回，頁65。

〔註60〕《西遊記》第十一回，頁128。

〔註61〕《西遊記》第四十一回，頁519。

就如風吹芍藥舞春風。」〔註62〕這時宮女們的心情是恐懼焦慮的，就像芍藥般的花朵在快風中左右搖移。這裡除了是快風疾行的描寫，還表現了宮女處在花容失色的逃命時刻，緊張的極度情緒可想而知。

第十五回唐僧得了小龍化身而成的白馬後，澗裡的水神化作漁翁，幫助唐僧師徒二人渡過鷹愁澗，「那老漁撐開筏子，如風似箭，不覺得過了鷹愁陡澗，上了西岸。」〔註63〕一陣像飛箭般的快速之風，也就簡略帶過渡河情形的描寫。

快風常與季節形成不同的感受，第三十八回形容芭蕉的特性：「淒涼愁夜雨，憔悴怯秋風」暗示烏雞國王的遭難，象徵人命的脆弱。以秋風作快風，還出現在行者自誇脫身法術巧妙，「不是誇口說，哪怕他三股的麻繩噴上了水，就是碗粗的棕纜，也只好當秋風！」〔註64〕這裡的秋風類似不必當一回事的耳邊風，是容易被忽略過去的快風。

四、狂毀的風敘事及其意象

在《西遊記》的風敘事裡，狂風經常是離開的符徵，一旦出現狂風敘事，也就是某一人物離開敘事場域的時候。也許小說的創作者對於狂風的消逝感，遠勝於人物現形的驚愕。

唐僧初離大唐邊界，遇到「狂風滾滾，擁出五六十個妖邪」〔註65〕；遇見獵戶劉伯欽與虎爭鬥，那虎「狂風滾滾，斑彪逞勢噴紅塵」〔註66〕；第八回觀音菩薩與惠岸尊者前往東土尋找取經人，途經福陵山雲棧洞遇見豬剛鬣「狂風起處，又閃上一個妖魔」〔註67〕；第十八回孫悟空在高老莊為收服豬剛鬣，靜待妖怪出現，「狂風過處，只見半空裏來了一個妖精」〔註68〕四個敘事場域的狂風，引出妖邪、餓虎、豬剛鬣。風滾塵揚，有令人驚恐紛亂的氛圍，五六十個妖邪吃掉了跟隨唐僧的隨從；餓虎現形，嚇壞了一個軟弱唐僧；豬剛鬣的現形也讓唐僧與高老莊眾人躲藏無蹤，都是狂風毀人和令人驚嚇的

〔註62〕《西遊記》第三十回，頁366。
〔註63〕《西遊記》第十五回，頁186。
〔註64〕《西遊記》第二十五回，頁309。
〔註65〕《西遊記》第十三回，頁154。
〔註66〕同前註，頁158。
〔註67〕《西遊記》第八回，頁91。
〔註68〕《西遊記》第十八回，頁225。

意象。不過前二個遭遇，都能及時獲救，與後續的各種災難相比，似乎都比較容易逢凶化吉。但是，逝去的狂風摧毀力道更形猛烈，也讓唐僧吃盡苦頭，「毀」的情形加劇許多。

觀音禪寺的縱火，「須臾間，風狂火盛，把一座觀音院，處處通紅。」〔註69〕，是狂風助長火勢，讓整座觀音禪寺的瞬間燒毀。另一個狂毀之風來自孫悟空的作弄。第四十四回寫到唐僧師徒來到車遲國，引出一場佛與道的鬥法。孫悟空夜探三清觀。捻訣念咒，呼出一陣狂風：

> 一陣狂風，逕直捲進那三清殿上，把他些花瓶燭台，四壁上懸掛的功德，一齊刮倒，遂而燈火無光。眾道士心驚膽戰，虎力大仙道：「徒弟們且散，這陣神風所過吹滅了燈燭香花，各人歸寢明朝早起，多唸幾卷經文補數。」眾道士果各退回。〔註70〕

這陣狂風，刮倒花瓶燭台、功德垂布掛簾、瞬間滅的燈火，也成功趕走虎力大仙和眾徒弟們。

狂毀之風塑造敘事場域裡的人物一個離場的理由。第十九回說那豬剛鬣敵不過孫悟空的棍棒，「敗陣而逃，依然又化狂風，徑回洞裏，把門緊閉，再不出頭」〔註71〕；第二十九回寶象國公主自言十三年前的中秋夜裡「被這妖魔一陣狂風攝將來，與他做了十三年夫妻」〔註72〕；第四十八回通天河上，豬八戒與通天河怪靈感大王戰鬥，「八戒又一釘鈀，未曾打著，他化一陣狂風，鑽入通天河內。」〔註73〕等，都是以狂風逃脫的敘事手法。

狂風造成的摧毀力，是《西遊記》風敘事的自然寫實：

> 淘淘怒捲水雲腥，黑氣騰騰閉日明。
> 嶺樹連根通拔盡，野梅帶幹悉皆平。
> 黃沙迷目人難走，怪石傷殘路怎平。
> 滾滾團團平地暗，遍山禽獸發哮聲。〔註74〕

寫在第四十回裡的這陣旋風，是紅孩兒弄風攝走唐僧。這陣旋風可以怒吼風勢，將湖水捲成天雲，讓天空烏雲瞬間密佈；刮向山嶺，能讓山上的樹木連

〔註69〕《西遊記》第十六回，頁198。
〔註70〕《西遊記》第四十四回，頁559。
〔註71〕《西遊記》第十九回，頁228。
〔註72〕《西遊記》第二十九回，頁352。
〔註73〕《西遊記》第四十八回，頁602。
〔註74〕《西遊記》第四十回，頁503。

根拔起，黃沙飛揚的景象讓人睜不開眼，石走砂飛更加強了摧殘力。再以風吼如獸嚎的響聲寫實了狂風大作時的情景。作者從湖水寫到山嶺，又從天際寫向平原，視角異常的廣遠。

　　還有更具破壞力的毀風描寫，第四十五回說到車遲國虎力大仙與孫行者競比呼風喚雨的神通力，行者真身暗中出了元神，上雲端喝令風婆婆、巽二郎、雲童、霧子、雷公、電母靜候聽令，待唐僧誦經完成，悟空金箍棒向天一指，一聲令下，風響呼呼：

> 折柳傷花，摧林倒樹。九重殿損壁崩牆，五鳳樓搖梁撼柱。天邊紅日無光，地下黃砂有翅。演武廳前武將驚，會文閣內文官懼。三宮粉黛亂青絲，六院嬪妃蓬寶髻。侯伯金冠落繡纓，宰相烏紗飄展翅。當駕有言不敢談，黃門執本無由遞。金魚玉帶不依班，象簡羅衫無品敘。彩閣翠屏盡損傷，綠窗朱戶皆狼狽。金鑾殿瓦走磚飛，錦雲堂門歪隔碎。這陣狂風果是凶，刮得那君王父子難相會；六街三市沒人蹤，萬戶千門皆緊閉！〔註75〕

「折柳傷花，摧林倒樹」寫這陣狂毀之風穿過庭院山林，所到之處，處處催折；宮殿「損壁崩牆」，高樓「搖梁撼柱」，更顯風勢狂強；天空日光遮蔽，黃沙飛揚，這陣狂風漫天蓋地而來。在車遲國的宮殿前，文武百官心驚膽跳，宮院嬪妃個個頭髮蓬飛，衣帶羅衫凌亂難整；吹破閣樓彩屏、窗門損壞；宮殿「瓦走磚飛，門歪隔碎」。遇到這種劇烈摧殘的狂風，自然是緊閉千門萬戶，無人敢出門走動了。對這種大自然界的狂風描寫，創作者顯然也將視角從原野山林寫入人文建築的環境之中。作者與風速同步的寫實，是第一人稱敘事視角，無所不能地和風一起迅速移動。狂風吹向庭院山林，運動鏡頭的快速移鏡可見樹木催折；吹向天際，便看到烏雲遮日，飛砂走石；風襲宮殿、樓閣、街道，就眼見門窗吹壞和人們驚恐的避風情形。每經過一處，都將該處作清楚的描寫，就像攝影機以慢速快門追著移動主體同步拍攝，呈現急遽動感的影像效果。具象的攝影經營是如此，意象的文學敘事也有類似的描繪手法。創作者與移動主體人物同步移動，甚至讓自己和人物合為一體，採同感敘事手法與客觀位移的眼中敘同步對焦。同時，採用刻意忽略背景的策略，營造模糊背景的速度感。不過，《西遊記》的作者還採用第一人稱敘事視角，將快速移動時的視覺印象全部寫入情節之中，成了特殊的狂毀之風敘事手法。

〔註75〕《西遊記》第四十五回，頁571。

第肆章 《西遊記》的風與聖、儒、道、禪、醫

　　大自然的風,可以傳播孢子、花種,讓大地翠綠花紅;飛沙走石的風,塑造千山萬水,自然環境的風常常夾帶著許多讓世界改變的元素。《西遊記》的風也是,小說裡的聖、儒、道、禪、醫等諸子思想,常與風的來去,讓文本氣象萬千。

　　在《西遊記》裡,諸子百家的「聖」觀在風中升降起伏、儒家的心性理氣在故事裡隨風流動,塑造情節的深意及起落;道教的修煉和民間信仰,有時也會引來一陣風,渲染金丹大道和符籙修煉;更有禪風吹動,啟發心靈的理欲迷悟;身軀的氣脈風體,又見醫家風病的智慧在情節裡闡發。在《西遊記》的風裡,可以窺見聖、儒、道、禪、醫等傳統思想和民族的集體潛意識。以儒、道之風讓故事體現天與聖的升降構念;小說使用各種風象,彰顯儒、道、禪、佛的互文證補;又有理氣之風,引來透推風病醫療的闡發,這不會只是所謂的「三教合一」。貼近小說裡所說的「三家同會」〔註1〕或「三家配合」〔註2〕,《西遊記》的風隱然成為故事背景裡的某種民族智慧和風俗意涵,從中可見天與聖的升降結構;儒、道、禪、醫等思想,就在這部通俗小說的世界裡彼此相遇。

〔註 1〕 《西遊記》第三十六回,頁 453。
〔註 2〕 《西遊記》第二回,頁 13。

第一節　天與聖的升降敘事

　　儒家思想提倡孝、悌、忠、信，講求仁義，崇尚禮治，終於民胞物與，發展出治國平天下的內聖外王之道。《西遊記》以美猴王的化育生成作開場，引用易經讚許乾坤至大，資生萬物的話說：「大哉乾元！至哉坤元！萬物資生；乃順承天。」〔註3〕意思是說，石猴的產生也是「天命」所為，這個天命生成之後，故事就開始環繞在石猴「稱王稱聖任縱橫」〔註4〕的情節之中。在這個小說的前奏裡，儒道思想的「崇聖尊天」隱藏在故事裡，藉風伴隨各敘事，將要旨逐步推向心性修持的方向。

　　「聖」與「天」原來具有高不可攀的神性。《西遊記》一開始以天地生成萬物、石卵孕育開始，有著深刻的「天地父母」寓意。但在石猴化生之後，潛隱人倫孝道，將敘事重心放在天地神性的人格化敘述。「天」是玉帝和神仙等不同位階的聖賢人物居所，玉帝和各神仙皆有凡人的個性，他們看似知曉過去未來、各具神通，卻輕忽凡間的細節、心存好惡，並且喜所好、畏懼所惡。這種戲謔手法看似賤斥了「聖」與「天」的神性，其實有其特殊的論證歷程。

一、天與聖的上下二元空間

　　第一回說到仙石產卵，見風化成石猴。以風帶出道教「天真地秀，日精月華」的煉氣觀功；又以石猴的目運金光將敘事視角移向天庭，引出「高天上聖大慈仁者玉皇大天尊玄穹高上帝」的居所——天庭靈霄寶殿。這段敘述讓讀者感受到天上人間的高遠距離，也展現玉皇大帝的不可侵犯的崇高「天威」。「聖」與「天」是人們頭頂上的另一個莊嚴世界，《西遊記》的世界形成，是在天庭之外的另一個混沌初開，小說的敘述空間是在天庭腳下的各洲界持續推演。始自石猴的「道心開發」，感嘆生命有限，想得一個長生不老。天庭和人世間開始吹起升降風，彼此有了對立和衝突。

（一）小說裡的「聖」觀

　　第二回故事闡述《西遊記》的第一種「聖」思想。話說孫悟空在靈臺方

〔註3〕　《西遊記》第一回，頁1。文句引自《周易》〈上經乾傳第一〉卷一：「大哉乾元，萬物資始……至哉坤元，萬物資生……」，收錄於清·永瑢、紀昀等纂修，《景印文淵閣四庫全書》「經部易類」第七冊，臺北：臺灣商務印書館，1986年，頁7-3、7-7。
〔註4〕　《西遊記》第一回，頁5。

寸山七年,跟從菩提老祖習道學長生,老祖問悟空想學何種道術,無奈悟空一心要學習長生不老術,樣樣嫌棄,其中有一段對話道出《西遊記》的第一種聖賢觀:

> 祖師道:「流字門中,乃是儒家、釋家、道家、陰陽家、墨家、醫家,或看經,或唸佛,並朝眞降聖之類。」……悟空道:「據此說,也不長久。不學,不學。」〔註5〕

悟空不學的「朝眞降聖」,意指各派聖人空具世間「聖」名,只是以有限的生命和見地獲得人間名聲。小說在這裡簡單地將「聖」當作各門派的「偉人」——只是一個人間虛名,無法長生不老。小說從這裡開始,用「悟空」〔註6〕的話語,持續地說著:「不學!不學!」。將「聖」的認知矮化、通俗化。

第四回老猴稟報猴王,稱呼爲:「仙聖」,意指得道仙人;悟空在唸動風訣,從傲來國取得許多兵器之後,復捻避水訣,縱身入海,抵達東海龍宮。自稱:「天生聖人孫悟空」〔註7〕暗指自己是自然天成,修煉成仙的得道者。「聖」在這裡兼具天命和學習二個完成要素,亦即有成聖的天賦資質,又能努力修道,同時具備這二種先後天的條件,才能成聖。說明了《西遊記》的這個「聖」字,不只是自然生成,還有其功夫論述隱藏其間。

(二)神話的「天」

同此回提到,孫悟空迎風駕雲,上天庭當弼馬溫的情節。進入南天門後,看到飄渺莊嚴的天庭世界,作者塑造一個「聖」的天境居所。這裡的「天」是:

> 天宮異物般般有,世上如他件件無。金闕銀鑾並紫府,琪花瑤草暨瓊葩。朝王玉兔壇邊過,參聖金烏著底飛。猴王有分來天境,不墮人間點污泥。〔註8〕

這個天庭世界在日月之上,全是人間沒有的景象。「金烏著底飛」,「飛」的風意象只在天庭腳下。在《西遊記》的天庭世界裡,無風狀態屢見不鮮,入南天門後,各神仙聖人的移動多是以光影形式,在「眞空」狀態進行。〔註9〕

〔註5〕《西遊記》第二回,頁14。

〔註6〕簡中所說的「不學!」也隱含著祖師所介紹的各門派知識,只是人間的有限,終不究竟;而作者在此也表現出對各教派輕蔑不屑的態度。

〔註7〕《西遊記》,第三回,頁29。

〔註8〕《西遊記》,第四回,頁40。

〔註9〕這是很令人費解的描述,在《西遊記》小說裡的天庭描寫,經常是「眞空」

「天」的遙不可及，以及「聖」的登天成仙，「不墮人間點污泥」表面地說石猴修練成仙的純淨化，卻也孤懸了「天」與「聖」的境界，是人世間的凡風吹不上去的場域。在修煉未能圓滿之前，天與地有一段無法觸及的遙遠距離。

「聖」與「天」格自此開始下降，有了人味，這個「人味」使天地二元世界開始顛倒，互相衝擊。小說從此開始顯現其通俗化思想的對流性，讓風流向各個場域。

二、上升結構頂點──「齊天大聖」對天與聖的反動

繼孫悟空嫌惡「弼馬溫」官卑職微，下凡回到花果山稱王，接受投靠麾下的獨角鬼王諂言，[註10] 以「齊天大聖」的名號，表現「迎風揚旗」的威風，並且挫敗天庭下詔討伐的兵將；又接受太白金星的懷柔計策，再度受詔返回天庭如願得到「齊天大聖」的名位。至此，天與聖完成了上升結構敘事，孫悟空騰雲駕霧，飛升天庭，在風中來去自如。而「齊天大聖」的「盛名」，成為故事的敘事結構中，上升與下降的拋物線結構頂點。

這當中，還寫實了一段稱「聖」的戲謔情節，「聖」的名相被輕賤許多。

第四回提及孫悟空海裡、陰間攪亂綱紀，拒絕了「弼馬溫」的不入流官職，回到花果山自稱「齊天大聖」，天庭派兵將討伐花果山，卻遭齊天大聖挫敗了巨靈神及哪吒。孫悟空得勝歸來，辦了一場慶功宴：

> 猴王得勝歸山，那七十二洞妖王與那六弟兄，俱來賀喜。在洞天福地，飲樂無比。他卻對六弟兄說：「小弟既稱齊天大聖，你們亦可以大聖稱之。」內有牛魔王忽然高聲叫道：「賢弟言之有理，我即稱做個平天大聖。」蛟魔王道：「我稱覆海大聖。」鵬魔王道：「我稱混天大聖。」獅駝王道：「我稱移山大聖。」獼猴王道：「我稱通風大聖。」猳狨王道：「我稱驅神大聖。」此時七大聖自作自為，自稱自號，耍樂一日，各散訖。[註11]

的無風狀態，除了懷疑古人如何有「外太空」的常識之外，無風真空的能量觀是筆者感興趣的議題。

[註10] 鬼王對孫悟空的「勸進」稱名其實是一種特意的暗示，亦即說明「齊天大聖」這個稱號（虛名）原來正是「鬼話」。

[註11] 《西遊記》第四回，頁47。

這場戲謔聖名的慶功宴，其實微不足道。但是獸和妖一旦修練有成，便能稱聖的敘事情節似乎有幾個用意：其一，歷代累積的「聖人」眾多，對於聖的稱名漸形浮濫，儒家尊奉與自詡爲聖人者多不勝數，《孟子》論聖人「……子夏、子游、子張皆有聖人之一體，冉牛、閔子、顏淵則具體而微。……」（公孫丑篇）〔註12〕；《墨子·經說》：「若聖人有非而不非」〔註13〕；《韓非子·揚權》：「聖人執要，四方來效」〔註14〕……前賢著書，言必稱聖；各宗派的創立先驅都被尊稱爲聖；宋明理學家學道崇聖；道教各神秘人物也常被稱爲聖人……。這種聖名的濫用，讓「聖」的位階每下愈況。老莊也談聖人，但對於聖人之名卻有反動思想，《莊子·逍遙遊》：「至人無己，神人無功，聖人無名。」〔註15〕《西遊記》似乎接受了這種「聖人無名」的觀點，反對名不符實的聖人名號，更質疑「聖」的意義，戲謔聖人之名的情節鋪陳，其來有自。

　　另一個用意則可能是在諷刺理學門風，當時的理學家每在撰文、言談、引喻，必稱聖人。這些理學家及其門派弟子，口不離聖人，甚至以見性者皆可成聖，似乎有聖人滿街的景況。朱熹的《論語集註》通篇闡述聖人之言、聖人之行、學作聖人。〔註16〕勉學子立志作聖人，勤讀聖賢書以窮理，甚至撰寫〈白鹿洞書院揭示〉〔註17〕，更明白彰顯讀書人爲聖爲賢的目標，時人士子趨之若鶩。對於宋明理學談天、理、氣、誠、心、性……無不稱聖，聖的稱名至此變得浮華不實，在《西遊記》裡，便以孫悟空得到了「大聖」的名號爲喻，將「聖」的個人功名推至敘事結構的最高峰。得道成仙的石猴，一朝奉召擔任天庭官職，似乎也已經和聖人比肩同列。「弼馬溫」也不過是在諷刺現實世界裡苦讀聖賢書，志在做所謂的「聖人」的讀書人，最終不過就

〔註12〕宋·朱熹集註《四書章句集注·孟子》〈公孫丑章句上〉卷二。收錄於《四庫全書》「經部一九一　四書類」第 197 冊，頁 112。

〔註13〕舊題周·墨翟撰，《墨子》〈卷十　經說上　第四十二〉。收錄於《四庫全書》「子部一五四　雜家類」第 848 冊，頁 100。

〔註14〕周·韓非撰、元何犿註，《韓非子》卷二〈揚權第八〉。收錄於《四庫全書》「子部三五　法家類」第 729 冊，頁 615。

〔註15〕晉·郭象注，《莊子注》卷一〈內篇　逍遙遊第一〉。收錄於《四庫全書》「子部三六二　道家類」第 1056 冊，頁 7。

〔註16〕宋·朱熹撰，《四書章句集注》。收錄於《四庫全書》「經部一九一　四書類」第 197 冊。

〔註17〕〈白鹿洞書院揭示〉爲宋·朱熹爲白鹿洞書院制定的學規，內容詳見樊克政著，《中國書院史》，臺北：文津出版社，1995 年，頁 65～67。

是幫朝廷「養馬」而已。孫悟空有此恍悟，因此憤然離去，顯然有些期勉讀書人，切莫輕易為卑微的名位折腰。

隨著《西遊記》的風揚起的「齊天大聖」的旌旗，促使這種戲謔情節持續流動，諷刺意味十分濃厚。《西遊記》的風有著對聖與天的諷喻意涵。不能認知這種諷喻的「西遊風」，自不能正確知曉故事的創作旨趣。

三、「聖」的下降結構

寫在孫悟空第二次受太白長庚星君的遊說，奉召受封做齊天大聖，再度重返天庭，官品至極。卻因心性無所收斂，犯下偷吃蟠桃、盜取仙酒、私嚐金丹等滔天大錯，然後畏罪返回花果山，「稱聖」情節開始推向下降結構。故事來到天庭兵將征討「妖仙」孫悟空的情節，達到「沸點」。名利貪高所引燃的上下二元世界的衝突對立場景，有風引動緊湊的劇幕。齊天大聖變作六臂持金箍棒與六臂哪吒戰鬥，表現「神兵怒氣雲慘慘，金箍鐵棒響颼颼。」〔註18〕的戰鬥生風，更有「棒頭風響」引動了天庭與凡間的矛盾衝突。「玉帝大惱。即差四大天王，協同李天王並哪吒太子，……共十萬天兵，布一十八架天羅地網下界，去花果山圍困，定捉獲那廝處治。」〔註19〕眾神興兵的情景是「黃風滾滾遮天暗，紫霧騰騰罩地昏」〔註20〕；天庭神威漫天蓋地降臨，四大天王與二十八宿出師征鬥，與獨角鬼王、七十二洞妖王驚人混戰，以風來寫實戰鬥情況：

> 寒風颯颯，怪霧陰陰。那壁廂旌旗飛彩，這壁廂戈戟生輝。滾滾盔明，層層甲亮。滾滾盔明映太陽，如撞天的銀磬；層層甲亮砌巖崖，似壓地的冰山。大捍刀，飛雲掣電，楮白槍，度霧穿雲。方天戟，虎眼鞭，麻林擺列；青銅劍，四明鏟，密樹排陣。彎弓硬弩雕翎箭，短棍蛇矛挾了魂。大聖一條如意棒，翻來覆去戰天神。殺得那空中無鳥過，山內虎狼奔。揚砂走石乾坤黑，播土飛塵宇宙昏。只聽乒乒撲撲驚天地，煞煞威威振鬼神。〔註21〕

「寒風颯颯，怪霧陰陰」的排比狀詞，體現戰爭的緊張與僵持情景；「飛雲掣

〔註18〕《西遊記》第四回，頁46。
〔註19〕《西遊記》第五回，頁57。
〔註20〕同前註，頁57。
〔註21〕同前註，頁59。

電」、「揚砂走石乾坤黑，播土飛塵宇宙昏」，是雙方征戰的迅速移動和刀光如電的驚恐氣氛。風在這場激烈的打鬥中，混雜黃色塵土、彩旗飄揚、盔甲武器的折射炫目光影、以及殺伐嘶吼的聲響，天地一片昏暗。在這個聲色混亂的戰爭場景上，「空中無鳥過」並非無風，而是氣氛令牠們驚嚇遠避，所以「山內虎狼奔」遠遠逃離這場混戰。兩方對立的肅殺持續掀翻「揚砂走石乾坤黑，播土飛塵宇宙昏」的戰況，在無法以眼見繼續描寫時，繼之以耳中敘的「乒乒撲撲」聲音表現殺伐。這場「征勝」也是「爭聖」的暗喻。

最後釋迦佛祖雲中現身，與「大聖」賭賽彼此對「空間」的見識，讓孫悟空輸的莫名。佛祖乃以掌指化作金、木、水、火土五行高山，將「齊天大聖」推出南天門外，將孫悟空鎮壓到凡間五行山下。至此，長生不老的自在神仙與無止境的聖人「爭名」追逐，一切蒸散，天人歸於平靜。

這時，屬於猴王的「天」、「聖」貶落人間，困在大地的一角。天與聖又回到天庭威信體制之下，在這裡又將儒家的倫理觀顯現無遺。個人主義的自我膨脹和造次，全然不見容於天與聖的威權體制。

在這一整個升降敘事結構中，石猴以「人而無信，不知其可」得猴群拱服稱王，向上對應著天庭玉帝與眾神仙的威儀三千，是儒家威信體制的社會背景。在這個主流意識下，石猴習人禮、說人話是初入儒門的寫照；而訪仙求長生的用心與尋訪歷程，開始道教思想的蹤影浮現。風就在《西遊記》的儒道意識空間裡，順勢推移，開啟駕筏渡海求道的流動旅程。自東勝神洲出發，航至南贍部洲「學人禮習人言行」，再轉往西牛賀洲「練化成仙」，最後駕風雲回到花果山。全篇以風敘事做平移擴展，在《西遊記》的三大部洲裡，由作者所佈局而成的平面幾何敘事空間裡流轉，由緩而急，逐步形成風狂人驚的爭鬥場景，快速推移各個敘事場域。

在這個幾何平面敘事空間中，風引動儒、道思維與老莊的「正言若反」敘事，將聖與王推向一個名利追逐的旋升直降的三維空間結構。這個藉風升降三維空間結構，讓幾何平面敘事空間增加了立體維度，展開天庭與凡間的上下世界。在名利縱情的煩惱世界裡，以時間和名利慾望將聖名推移至「齊天」，仍無法讓心性得到安寧。至此，點出了宋明理學與禪佛所關注的心性修持。從這個重要的課題裡，讓小說《西遊記》的寫作要旨得以明白揭露，也是前七回的寫作用意，註記了「心性修持大道生」的寓意所在。〔註22〕因此，

─────────────────

〔註22〕《西遊記》第一回，回目，頁1。

雖然是以孫悟空的人物生成做敘事起點,但其宗旨仍是將儒、道的天聖神性導向徹悟菩提心性的「悟空」境界。

完成了天與聖的升降結構敘事之後,《西遊記》的風才帶領了儒家與道教的思想和佛的心性修持相遇。當聖與天的神性下降之後,隨風飄向西天取經的道路上,石猴開始隨著風敘事的帶動,繼續天與聖的神魔歷劫,最後功德圓滿,重回天與聖的莊嚴神性。在歷劫與歸位的西天取經大敘事結構中,前七回的孫悟空因緣與第八回如來佛祖的傳經心願,以及沙悟淨、豬八戒、白龍、唐三藏等各個人物因緣一起流向成西天取經的道路上。在這個歷劫與神性歸位的歷程中,風引領了故事情節的推移,收攝諸子思想的各種元素後,在許多的情節佈局中,讓各元素彼此相遇和碰撞,塑造各個情節的後續發展。持續這個發現,再深掘下一節所要論述的議題:《西遊記》儒風的互文證補現象。

第二節 《西遊記》的儒風

成書於元明之際的《西遊記》,當時禪宗與理學已經盛行,道教信仰也十分普遍,在《西遊記》的風敘事裡,屢屢可見理學家的天理與人欲的雜沓聲籟,穿梭著儒、道、禪等思想相互喧嘩和交會〔註23〕,在小說的各情節裡出現許多互文辯證現象。

儒家思想涉入《西遊記》,據前人研究計有一百六十五個用例。引用《詩經》詞句最多,論、孟、學、庸四書、周易、左傳多所徵引,至於《爾雅》、《孝經》也有但少見。〔註24〕這些儒家思想觀念的徵引,保留原典意義有之,以小說敘事情節來另作詮解的情形也不少。在對於信、禮、孝、善等幾個互文處,隱約可見的是書中對儒風的諷刺批判,以及其與道、佛、醫等思想交互辯證和補述,彼此激盪的歷程。

〔註23〕「交會」說不上「交融」,三教合一之說筆者尚有疑慮,審視《西遊記》內容,三教並立共存的跡象,遠比將儒、釋、道「融合」的意圖明顯。李卓吾的三教歸趨於心性的評點,是理學家的一己之見,在抗拒被佛化與關注佛教心性修行二者間徘徊的理學家,頗有受中印文化交會影響的特徵。在《西遊記》裡「交會」比「合一」的情形還多;另一個看法是,通俗小說其實並未在意判教問題,說書人關注的可能與市井小民一般,將儒釋道籠統地認為都是向善與修行,不拘泥教派義理的不同,更不會過度關注合一與會同的問題。

〔註24〕楊晉龍著,〈經學對通俗文學的滲透——論《西遊記》的「引經據典」〉,收錄於《漢學研究》第 28 卷第 3 期,2010 年 9 月,頁 63～97。

一、「信」的互文證補

第一回石猴覓得水濂洞天，引用「人而無信，不知其可。」的話語讓群猴拜伏〔註25〕，得了猴王地位。是以誠信爲王道的隱喻，也表現了先民階級意識的產生，儒家的帝王天下正是如此看似平常地開始。這話語出自《論語》的〈爲政第二〉：

> 子曰：「人而無信，不知其可也。大車無輗，小車無軏，其何以行之哉？」〔註26〕

〈爲政第二〉的內容起於孝悌忠信的次第，以信實的美德爲基礎，才能建立處事的規矩。從事政治也必須以信實取得百姓的信服，從個人自身修養下功夫。不過，《西遊記》的這句話卻是石猴稱王，刻意用來要求猴群信守承諾，反成了約束眾人的「教條」。這種與原典相異的引用，似乎暗示著當時社會風氣或政治氛圍讓儒家思想「改觀」了，原本「內聖」觀轉變成特殊的「外王」謀略。〔註27〕這段敘事也或許刻意諷刺時政，暗示當朝君王的不律己，卻以儒律人的現象，以四書文箝制學子思想的科舉制度，讓學子與官僚遵守儒家「教條」的情形，頗類於此。

在《西遊記》的故事裡，描寫花果山的瀑布「一派白虹起，千尋雪浪飛；海風吹不斷，江月照還依。」〔註28〕海風暗示後續情節起伏，另一層隱喻儒家思想的長遠和變化。經典如江月，但人心不古，不再反求諸己的社會現象令人感嘆，理學家在爭取功名的過程中，其實已經漠視了這個心性的不古。《西遊記》的海風暗示了儒家理學對「心不古」的外求意象有所批判，也感嘆移風易俗的社會變遷現象；風的流動顯示瞬息萬變的人心，道德變遷成了某種必然的趨勢。

二、「禮」的互文證補

第八回寫到觀世音菩薩與木叉尊者前往東土尋找取經人的途中，遇見豬

〔註25〕《西遊記》第一回，頁4。
〔註26〕宋·朱熹撰，《四書章句集注》〈論語集注卷一〉。收錄於《四庫全書》「經部一九一 四書類」第197冊，頁20。
〔註27〕所謂的「外王」謀略，是指以儒家的德治思想轉成歸訓他人的教條，再以這些教條轉變成統治百姓的藉口，以儒家思想爲統御邦國的治術，原本以德服眾的「外王」成了謀略治術，轉化了原本的在道德上的意義。
〔註28〕《西遊記》第一回，頁3。

剛鬣妖精阻路吃人。豬剛鬣向菩薩說：「我欲從正，奈何『獲罪於天，無所禱也』！」〔註29〕表明他的前世是天蓬元帥，因動了凡間欲念，酒醉調戲嫦娥，被貶下塵凡。這句「獲罪於天，無所禱也」有懺悔和抱怨的雙重意義，一來悔恨自己的妄為，二來埋怨天庭威勢懲罰，讓他墮下凡間，沒有贖罪的機會。但所引用的這句話與原典出處，在語意上有些不同。

　　《論語》〈八佾第三〉談到禮治的重要，篇首記載著逾越禮治規範的憤怒：孔子謂季氏：「八佾舞於庭，是可忍也，孰不可忍也？」〔註30〕這是孔子對於季氏逾禮行為的憤慨，記錄了這份情緒之後，才開始談論禮與祭祀的道理，這些語錄敘事，形塑孔子嚮往以禮治國的理想，豈知隨著時代變遷，禮樂崩壞的速度出乎孔丘想像與意料，甚至在孔子缺乏政治舞台的當時，更顯困窘。因此，才出現豬剛鬣引用的話：

> 王孫賈問曰：「與其媚於奧，寧媚於竈，何謂也？」子曰：「不然。
> 獲罪於天，無所禱也。」〔註31〕

根據朱熹對這段話的註解，事情有其原委：衛國權臣王孫賈以祭祀做比喻，告訴孔子，與其隆重辦理奧祭，不如認真舉行竈祭。意在說明王孫賈這位寵臣，自己有如竈神一般，可以上達天聽，暗勸孔子投其門下。朱熹解釋：「自結於君，不如阿附權臣也。賈，衛之權臣，故以此諷孔子。」〔註32〕，也就是說，依附權佞臣子也可以從政，實現個人的政治理想。聽到王孫賈的無禮話語，孔子便以「獲罪於天，無所禱也」來回答。意思是說，逆於天理的祭祀，得罪於天地，即使諂媚地祭祀奧或竈，也無法避免天降災禍。這是孔子反駁王孫賈的不當引喻，強調合乎倫理的祭祀才能獲得上天的垂愛；而合乎禮的君臣行誼，不可僭越國君養士用賢的權限，國家才會得天垂憐，福澤綿延。

　　對照豬剛鬣所引用論語的用意與原典意義，前述的「犯錯後的無所適從」與原典意涵尚有出入。在這段對話前，豬剛鬣是以一陣妖風和打鬥場景來導引他自身「無所禱也」的形象註記：

〔註29〕 《西遊記》第八回，頁64。原典出自：宋·朱熹撰，《論語集注卷二·八佾第三》。收錄於《四庫全書》「經部一九一 四書類」第197冊，頁23。

〔註30〕 宋·朱熹撰，《論語集注卷二·八佾第三》。收錄於《四庫全書》「經部一九一 四書類」第197冊，頁21。

〔註31〕 同前註。

〔註32〕 成語「背奧媚竈」典故出自朱熹注，《四書章句集注·論語集注》。收錄於《四庫全書》「經部一九一 四書類」第197冊，頁23。

> 菩薩……同木叉經奔東土。行了多時，又見一座高山，山上有惡氣
> 遮漫，不能步上。正欲駕雲過山，不覺狂風起處，又閃上一個妖魔。
> 他生得又甚兇險。但見他：捲臟蓮蓬吊搭嘴，耳如蒲扇顯金晴。獠
> 牙風利如鋼剉，長嘴張開似火盆。金盔緊繫腮邊帶，勒甲絲條蟒退
> 鱗。手執釘鈀龍探爪，腰挎彎弓月半輪。糾糾威風欺太歲，昂昂志
> 氣壓天神。〔註33〕

惡氣狂風夾帶著豬剛鬣的妖怪威風，從山上「遮漫」而來。他「捲臟蓮蓬」、「吊搭嘴」、「耳如蒲扇」、「獠牙風利」都是一種兇險怪異的妖精風格，投錯胎、長相醜陋則是上天的懲罰。原本形容妖怪威風的一陣風，隱約彰顯論語的「獲罪於天，無所禱也」典故，假以豬剛鬣以食人維生的妖精形象，對比了王孫賈的僭越禮治的霸氣。這讓堅持禮治與嫌惡亂臣僭越行為的孔子，如何屈身寄其籬下？豬剛鬣在世做妖，以吃人肉度日，已經談不上「禮」的規範，暗諷為人君王或臣子，如果只會苛待百姓，就是「獲罪於天」的行為，再隆重的祭祀之禮也只是徒具形式，不能得到上天的庇佑。而豬剛鬣終歸是墮落而已，因此菩薩勉勵他戒殺食素，以西天取經為志，靜候取經人的到來。

　　整段敘事有勉人止惡為善的用意，「獲罪於天」在這裡似乎還有另一個特殊的寫作意涵。小說的作者也許有功名不順遂、也許未受帝王重用的委屈或誤解。這個不濟的書生時運，有時來自怨天尤人的心理，轉為自忖有何「罪過」的念頭，因此墮落民間為惡。這個委屈心理就在佛、道與神魔小說的世界裡，找到了某種程度的救贖和詮釋。因此，在「無所禱」之際，寄望以「善願」的想像，成就心性修持的期許。於是菩薩給了妖精豬剛鬣一個西天取經的方向，讓放失的心有了歸趨的方向。最後，風又「半興雲霧」地繼續菩薩與木叉尋找取經人的旅程。〔註34〕

　　《西遊記》以此與《論語》做文本對位（parallelism）外，還補充說明「無所禱也」是件多麼令人絕望的事。如果能在其他信仰中找到新的希望，任何人都應該有一個向善的機會被賦予，而在《西遊記》也就賦予了西天取經，修成正果的未來願景和寫作伏筆。

〔註33〕《西遊記》第八回，頁93。
〔註34〕同前註。

三、「孝」的互文證補

第三十一回有段「孝」的論證關係，涉及爲人妻女的道德兩難困境，饒富意義。孫行者來到碗子山波月洞黃袍老怪處，與遭風攝走與妖怪成家的寶象國公主有這一段對話：

> 公主道：「……古書云：『五刑之屬三千，而罪莫大於不孝。』」行者道：「你正是個不孝之人。蓋父兮生我，母兮鞠我。哀哀父母，生我劬勞！故孝者，百行之原，萬善之本，卻怎麼將身陪伴妖精，更不思念父母？非得不孝之罪如何？」公主聞此正言，……失口道：「長老之言最善，我豈不思念父母？只因這妖精將我攝騙在此，……路遠山遙，無人可傳音信。欲要自盡，又恐父母疑我逃走，事終不明。故沒奈何，苟延殘喘，誠爲天地間一大罪人也！」說罷，淚如泉湧。
> 〔註35〕

「五刑之屬三千，而罪莫大於不孝」出自《孝經》，是指古代的五種重大刑罰條例有近三千條規，最大重罪莫過於不孝之罪。《孝經》擴大不孝的定義，還提出「無上」、「無法」、「無親」三大重罪〔註36〕，要脅君王者犯「無上」罪、非難聖人禮樂者犯「無法」罪，而不侍奉父母，孝順長輩者就是「無親」重罪，這三種悖逆是造成社會大亂的三個源頭。孫悟空以這個不孝之名，責難寶象國公主順從妖怪卻不思親的行爲，這個指責與婦女的「三從四德」古訓起了世道人情的辯證。

寶象國公主被黃袍怪的風吹攝至波月洞強婚生子，事迫於無奈，但在貞操上似乎應有「出嫁從夫」之德。在無法給父母傳遞信息的情況下，她選擇了忍辱苟活。直到故事情節終了，公主獲救回到王宮，仍能重返尊貴。在孝道與貞操的抉擇中，《西遊記》的作者選擇以孝道爲重，讓公主這個角色可以放棄夫君與子女，一心從孝，所謂的貞操似乎也沒有太被在意。對比唐僧這位江流和尚的母親殷溫嬌，因賊人陷害，忍恥偷生，最後雖然沈冤得雪，家人得以團聚，卻仍然選擇「從容自盡」。小說前後的敘事，似乎已經讓女性的「貞操」改觀。就此推敲，《西遊記》所看重的孝道堅持前後一致，但對於女性的貞操觀似乎有了許多改變。

〔註35〕《西遊記》第三十一回，頁380。
〔註36〕語見舊題漢·孔安國傳，《古文孝經孔氏傳》〈五刑章第十四〉，收錄於《四庫全書》「經部一七六 孝經類·五經總義類」第182冊，頁14。

不過，作者安排「天產」石猴孫悟空來談人倫孝道，其實還有角色矛盾的疑慮，並不十分恰當。同此觀點，讀者再細看豬剛鬣的出身，對於其嫌惡出身的作為更形特殊。他回答菩薩問其出身，說：

> 我不是野豕，亦不是老彘，我本是天河裡天蓬元帥。只因帶酒戲弄嫦娥，玉帝把我打了二千鎚，貶下塵凡。一靈真性，竟來奪舍投胎，不期錯了道路，投在個母豬胎裡，變得這般模樣。是我咬死母豬，打死群彘，在此處佔了山場，喫人度日。不期撞著菩薩，萬望拔救，拔救。〔註37〕

「咬死母豬，打死群彘」是獸怪畜道的原始行為，不能以人倫來看待。顯現《西遊記》在此並未將獸、妖、精、怪等非人世界，賦予人世間的倫常道德觀的約束性，乃至吃人維生以及後來將妖怪所生的孩子自空中攉摔而亡，都被默許；妖精本身在此持續被妖魔化，更形理所當然。〔註38〕

同樣地，公主身處於自己與黃袍老怪的人獸相和的窘境，更無法與夫妻倫理來相約束。人與妖的婚配，歷來都有各種不同形式的互動描寫，也有各種不同的倫常敘事和堅持立場。在《西遊記》的「孝道」似乎只是有限人世的道德標準，無法擴及稍具人性的妖精怪獸，這有別於《孝經》的「無親」主張，在儒家思想的互文性上，小說《西遊記》裡的孝道倫理，有其窄化和特殊的解釋。

四、「善言相應」

《西遊記》第八回說到，觀世音菩薩與木叉尊者駕著風雲，東來尋找取經人途中，看到五行山佛祖壓帖放光，駐留嘆息時與孫悟空一段對話，悟空祈求菩薩救苦：

> 大聖道：「我已知悔了。但願大慈悲指條門路，情願修行。」這才是：人心生一念，天地盡皆知。善惡若無報，乾坤必有私。那菩薩聞得此言，滿心歡喜。對大聖道：「聖經云：『出其言善，則千里之外應之；出其言不善，則千里之外違之。』你既有此心，待我到了東土

〔註37〕《西遊記》第八回，頁93。
〔註38〕在《西遊記》裡的妖精雖然是被妖魔化，但仍有幾分人性。例如：孫悟空被稱為「妖仙」之時的躁怒、豬八戒的貪愛、涇河龍王的弄權威風、……也都有俗世間的人性存在。

> 大唐國尋一個取經的人來，叫他救你。你可跟他做個徒弟，秉教伽
> 持，入我佛門，再修正果，如何？」大聖聲聲道：「願去！願去！」
> 〔註39〕

出自佛家觀世音菩薩之口引出儒家經典之言「善言相應」，似乎是作者有意表明，只要是裨益德行的任何善言佳句，不論出自任何教派，都值得其他教派稱許接受。孫悟空的話看似誠心悔悟，作者也以詩句讚揚：「人心生一念，天地盡皆知。善惡若無報，乾坤必有私。」〔註40〕

「善言相應」語見於《易經》繫辭篇，是孔子對君子言行不愧屋漏的期勉：

> 子曰：「君子居其室，出其言善，則千里之外應之，況其邇者乎？居
> 其室，出其言不善，則千里之外違之，況其邇者乎？言出乎身，加
> 乎民；行發乎邇，見乎遠。言行，君子之樞機，樞機之發，榮辱之
> 主也。言行，君子之所以動天地也，可不慎乎？」〔註41〕

一個君子（君王）獨處居所，閒談善良的事，他的善念影響遍及千里之外，百姓必定遵從，與他共行善道，遑論近在身邊的臣子；若起惡念，說的是惡話，話出自君王自己的口，卻會影響到遠方的城鄉人民；他的行為雖然只是表現在王室近處，卻有著深遠的影響。因此，言行是君子的重要關鍵，言行會帶來榮譽或是恥辱，君子應該注意言行的影響力，謹言慎行。《易經》的這段話，重視君王平時不經意的言行所產生的莫大效應。這個原典要旨在《西遊記》裡發揮了寓意的巧妙情節暗示。孫悟空的話看似誠心悔悟，作者也以詩句讚揚：「人心生一念，天地盡皆知。善惡若無報，乾坤必有私。」〔註42〕「人有善念，天必從之」的道理在此做了第一層的彰顯。

不過在上述意義的弦外，以觀世音菩薩引用《易經》的話語則顯得別有用意。誠如前述「善言相應」，是惕勵後世謹言慎行的道理，也間接說明一件事，觀世音菩薩對於孫悟空所說：「我已知悔。」雖說「滿心歡喜」，卻仍然存疑。在後續的幾回唐僧與悟空的對立情節證明，孫行者的「心猿意馬」果

〔註39〕《西遊記》第八回，頁94。
〔註40〕同前註。
〔註41〕郭建勳注譯，《新譯易經讀本》〈繫辭上〉，臺北：三民書局公司，1996年，頁509。
〔註42〕《西遊記》第八回，頁94。

真屢屢放失，甚至有「二心競鬥而來」〔註43〕的暗喻情節發生。所幸有緊箍金環和咒語隨時收攝，以及觀音菩薩一路警惕勉行，才能完成取經任務。

　　小說的互文，有時恪遵原典本意，彰顯人心不古的期許；有時轉化用語意圖，暗示人物的別有居心；有時則只是通俗化的字面意義的借用。文本的互涉性還存在著許多吸收與改造的問題，乃至於牽涉對於原文本的許多辯證和意義的補充，相較克莉絲·蒂娃（Julia Kristeva）的宣稱：任何文本都是其他文本的借用和組合〔註44〕，其實還有許多深意。從《西遊記》的文本來看其中的互文性，小說引用各經典原意文句典故有之，但對其引用還包含著不同程度的辯證和補述的複調。就像風的飄忽不定與多變性，吹往何處，塑造不同的山水奇景。雖然「善言相應」，但時機尚未成熟，菩薩的風並不足以揭去佛祖鎮壓頑猴的金色六字符咒，小說在此按下伏筆，讓讀者期待取經人的出現和到來。

五、所謂「道不同」

　　第二十四回說到唐僧師徒前往西天取經途中，來到五莊觀的一段際遇。鎮元大仙預知西天取經的僧眾到來，命令清風、明月二個道童，好生招待唐三藏。二童笑道：「孔子云：『道不同，不相為謀。』我等是太乙玄門，怎麼與那和尚做甚相識！」〔註45〕

　　「道不同，不相為謀。」語見《論語·衛靈公》，「不同」解釋作善惡邪正的差別，「為」去聲，全句話的意思應是善惡邪正各異，彼此不能為彼此聽從或謀劃事務。但在《西遊記》第二十四回的對話裡，並非善惡邪正之分，而是教派的不同。這裡引清風、明月二位童子來暗示著佛門弟子來去如清風，道教五莊觀似明月，二不相干的教派是不需彼此交流見識的。不過，鎮元大仙卻以唐僧前世身為金禪子，以茶敬奉的善因緣，於今世回饋以禮。暗示雖然教派不同，相敬以禮是必須的，也能夠得到相對的尊重。以儒家論語的經典話語，化解佛道的對立，成了《西遊記》「三教同會」的一段互敬互尊的敘事。

〔註43〕《西遊記（下）》第五十八回，頁732。
〔註44〕王一川，《文學理論》，北京：北京大學出版社，2011年，頁137。
〔註45〕《西遊記》第二十四回，頁205，原典出自朱熹撰，《四書章句集注》〈論語卷八、衛靈公第十五〉。收錄於《四庫全書》「經部一九一 四書類」第197冊，頁76。

　　五莊觀孫悟空與鎮元大仙的故事，還暗喻著許多佛道因緣相會與相互證補的情節，這段故事延續三回目，統計清風、明月二位道童名稱出現了二十七次之多，藉著徒弟稱號，將佛與道寄喻在人物的對話裡。

第三節　《西遊記》的風與道教信仰

　　道教的民間信仰流傳長遠，《魏書・釋老志》、葛洪《神仙傳》等都託言老子道德經〔註46〕。魏晉南北朝之時，道教已有一家之言，元代以後明顯分流，有南方正一教和北方全真教二個系統。〔註47〕前者主符籙科教，後者注重服食煉養。

　　《西遊記》裡的道教互文甚多，作者常藉著儒、禪、醫等思想，徵引和證補符籙祈禳和服餌煉養，甚至以戲謔、反諷、辯證等各種敘事手法破除其祛病、延年、益壽等迷思。

一、符籙祈禳與風神呼喚

　　符籙在中國的歷史久遠，巫師與文字形成之時，已具形式。《北史・魏紀二》〈顯祖獻文帝〉就有記載：「天安元年春正月辛亥，帝幸道壇，親受符籙。」〔註48〕符是古代王者的令牌，用來作為傳達、調遣軍隊的憑信。執符的使者代表王命，各將領都須服從他所傳達的命令。人間的令符移入神鬼的世界，便有天符、神符的出現。

　　漢代巫師使用的巫符是道符的前身，用來解除過失、收縛鬼物、祛除鬼氣。符傳遞人間王者指令，加上一陣風，符籙便成了有靈性的神鬼訊息。《西遊記》的風時常伴隨著神秘與奇幻的符籙情節，讓讀者驚喜，引人入勝。

（一）符咒壓帖

　　第七回如來佛祖以五指化做五行山，壓住大鬧天庭的孫悟空，有段使用道符的敘述：

> 巡視靈官來報道：「那大聖伸出頭來了。」佛祖道：「不妨，不妨。」
> 袖中只取出一張帖子，上有六個金字：「唵、嘛、呢、叭、咪、吽」。

〔註46〕傅勤家著，《中國道教史》，北京：商務印書館，2011年，頁11。
〔註47〕同前註，頁7〜8。
〔註48〕唐・李延壽撰，《北史》〈卷二・魏本紀第二〉，收錄於《四庫全書》「史部二四　正史類」第266冊，頁64〜65。

遞與阿難，叫貼在那山頂上。這尊者即領帖子，拿出天門，到那五
行山頂上，緊緊的貼在一塊四方石上。那座山即生根合縫，可運用
呼吸之氣，手兒爬出可以搖掙搖掙。阿難回報道：「已將帖子貼了。」
如來即辭了玉帝眾神，與二尊者出天門之外，又發一個慈悲心，唸
動真言咒語，將五行山，召一尊土地神祇，會同五方揭諦，居住此
山監押。〔註49〕

五行山成了孫悟空躁性作亂的終點，佛祖以掌指做山，下了鎮壓妖猴的符法，
他採用道教符籙仙術。「唵、嘛、呢、叭、咪、吽」是密教咒語，以這六字書
寫在符令上，代表佛祖神威力的存在。又有土地神祇、五方揭諦看顧監押著，
代表符令的神性表徵，符令所到之處，都有神明部屬在現場表達其威神力。
小說在這裡又將佛教人物與道教法術做配合，佛菩薩的世界裡涉入道教的影
子，全成了民間符籙信仰的元素之一。

　　第八回的觀世音菩薩尋找取經人途中，有段金符放光吸引觀音菩薩駐足
的情節，埋下孫悟空成為西天取經的成員的伏筆。直到第十四回，更有揭除
符咒的精彩敘述：

三藏近前跪下，朝石頭，看著金字，拜了幾拜，望西禱祝道：「弟子
陳玄奘，特奉旨意求經，果有徒弟之分，揭得金字，救出神猴，同
證靈山；若無徒弟之分，此輩是個凶頑怪物，哄賺弟子，不成吉慶，
便揭不得起。」祝罷，又拜。拜畢，上前將六個金字輕輕揭下。只
聞得一陣香風，劈手把壓帖兒刮在空中，叫道：「吾乃監押大聖者。
今日他的難滿，吾等回見如來，繳此封皮去也。」嚇得個三藏與伯
欽一行人，望空禮拜。〔註50〕

符咒的神性尊崇，讓凡胎唐僧敬畏，碰觸符咒前，還得跪拜於天，祈祝一番。
當符咒被揭開的一瞬間，香風一陣吹來，起了「解祛」作用，故事的人物過
失和困境就此得到解脫，讓糾纏的情節得到解決。將壓帖兒符咒刮在空中，
這種懸疑的飄飛意象，使得符咒的描寫更加神奇。而隨著符咒壓帖，又出現
監押大聖的神明說話，顯現民間信仰裡的符咒與神明的聽令部屬密切相關。
原本無形的風，在這裡具體表現出它的神性形式，有了許多明顯的解卸和脫
散作用。

〔註49〕《西遊記》第七回，頁83。
〔註50〕《西遊記》第十四回，頁166～167。

（二）祈禳儀式——召喚風神

符籙派又稱浮水道教，道教中人以符咒等方術爲人治病卻禍、除瘟驅鬼、濟生度死。五斗米道、太平道、靈寶派、上清派、……等都屬於道教符籙派，與民間習俗信仰密切關連。有時符籙信仰也影響到朝政，最常在《西遊記》出現的情節是帝王過度親信道教術士，悖亂朝政；而藉祈禳儀式來召喚風神、呼風喚雨的表面上，看似只是符籙的神奇力，卻傳達了掃除迷信的旨意。

第四十四回提及道士惑動君心的描述：

> 行者道：「想必那道士還有甚麼巧法術，誘了君王？若只是呼風喚雨，也都是旁門小法術耳，安能動得君心？」眾僧道：「他會摶砂煉汞，打坐存神，點水爲油，點石成金。如今興蓋三清觀宇，對天地晝夜看經懺悔，祈君王萬年不老，所以就把君心惑動了。」〔註51〕

「摶砂煉汞，打坐存神」是全真教食餌養生的修煉術，對人君的健康關注必然受到君王的青睞；道術能爲人祈禱，延壽不老，也就更符合帝王渴望帝位長久的期待了。這種以道術服侍帝王歷代屢見，也常演變到後來成了國師亂政的情節，小說的虛擬與現實世界成了特殊的結構對位，現實世界如宋徽宗寵信道士林靈素、〔註52〕待小說圓形人物孫悟空捻訣唸咒，即吹起一陣掃蕩迷信的風：

> 好大聖，捻著訣，唸個咒語，往巽地上吸一口氣，呼的吹去，便是一陣狂風，逕直捲進那三清殿上，把他些花瓶燭台，四壁上懸掛的功德，一齊刮倒，遂而燈火無光。眾道士心驚膽戰，虎力大仙道：「徒弟們且散，這陣神風所過吹滅了燈燭香花，各人歸寢明朝早起，多唸幾卷經文補數。」眾道士果各退回。〔註53〕

三清殿供奉道教玉清元始天尊、上清通天教主靈寶道君、以及太清道德天尊太上老君。〔註54〕花瓶燭台、四壁功德、誦唸經文，都是祈禳布置。小說佈局這場祈禳儀式必須有個終止，孫悟空的風也負責了這個「解散」的敘事作用。

〔註51〕《西遊記》第四十四回，頁553～554。
〔註52〕元・脫脫，《宋史》〈卷四百六十二列傳第二百二十一方技下・林靈素傳〉臺北：臺灣中華書局，1971年。
〔註53〕《西遊記》第四十四回，頁559。
〔註54〕唐・孟安排撰，《道教義樞》十卷之二，收錄於《續修四庫全書》編纂委員會編，《續修四庫全書》「子部 宗教類」第1293冊，上海：上海古籍出版社，2003年，頁149。

　　這段孫悟空領著豬八戒與沙悟淨三人假扮三清顯靈的情節，除了表現了道教祈禳場景之外，最重要的是戲謔金丹聖水之說。在鹿角大仙率眾祈請三清恩賜「聖水」，遭孫悟空三人以尿溺哄騙：

> 那呆子揭衣服，忽喇喇，就似呂梁洪倒下板來，沙沙的溺了一砂盆，沙和尚卻也撒了半缸，依舊整衣端坐在上道：「小仙領聖水。」那些道士，推開格子，磕頭禮拜謝恩，抬出缸去，將那瓶盆總歸一處。
> 〔註55〕

傳說的「呂梁洪」：「懸水三十仞，圜流九十里」〔註56〕，誇張形容豬八戒特多的尿溺量。暗示道教妄想藉祈禳上天，得到神仙賜予「聖水」治病延年，其實無法得知聖水來源所在，可能也只是鬼神故弄玄虛的尿溺廢物而已，賤斥了聖水金丹的「天賜」祭拜的迷信行為。孫悟空駕著掃蕩迷信的風來，以戲謔手法責斥世人迷信祭祀的行為，寫來趣味橫生，意義深遠。而道教祈禳的莊嚴性，全被這場假扮三清的戲謔攪和殆盡。

　　還有呼風喚雨的登壇祈雨情節，有更多的道教祈禳描寫，但終歸不是修行的究竟。第四十五回虎力大仙登壇祈雨：

> 那大仙走進去，更不謙遜，直上高台立定。旁邊有個小道士，捧了幾張黃紙書就的符字，一口寶劍，遞與大仙。大仙執著寶劍，唸聲咒語，將一道符在燭上燒了。那底下兩三個道士，拿過一個執符的像生，一道文書，亦點火焚之。那上面乒的一聲令牌響，只見那半空裡，悠悠的風色飄來，……〔註57〕

黃紙符字、寶劍咒語、執符焚燒、擊響令牌、……這些道教祭祀的最後，就是發出「令牌」召喚鬼神聽令。這時「道士」轉身變成號令軍隊的「將軍」，風、雨、雷、電、雲、霧全成了被驅使的部屬。孫悟空元神飛天，又斥責了風雨雷電諸神，讓天神就像人間臣子一般，畏卻階級權威：

> 好大聖，拔下一根毫毛，吹口仙氣，叫「變！」就變作一個「假行者」，立在唐僧手下。他的真身出了元神，趕到半空中，高叫：「那司風的是哪個？」慌得那風婆婆捻住布袋，巽二郎札住口繩，上前

〔註55〕《西遊記》第四十五回，頁564。
〔註56〕詳見：羊春秋注譯，《新譯孔子家語》，臺北：三民書局公司，1998年，頁118～119。記載孔子在徐州呂梁觀看洪水氾濫成災，留下了：「逝者如斯，不捨晝夜。」的名言。
〔註57〕《西遊記》第四十五回，頁568。

> 施禮。行者道：「我保護唐朝聖僧西天取經，路過車遲國，與那妖道
> 賭勝祈雨，你怎麼不助老孫，反助那道士？我且饒你，把風收了。
> 若有一些風兒，把那道士的鬍子吹得動動，各打二十鐵棒！」風婆
> 婆道：「不敢不敢！」遂而沒些風氣。〔註58〕

風婆婆、巽二郎等來自《幽怪錄》的司風神明〔註59〕，畏懼孫悟空的棒威，
停止了受符籙祈禳召喚的吹風。同樣的情節安排，孫悟空也順利阻止了雲童
子、佈霧郎君、鄧天君、雷公、電母、四海龍王。讓虎力大仙的添香、燒符、
打令牌，樣樣失靈。風的神格在這裡被下降成可驅使的對象。從自然的神秘
性下降的可驅使的對象，小說的敘事變化由陌生感急轉爲賤斥，或許是人對
於天地的莫名災難有所抱怨，也暗示佞臣惑亂君心的靡風亂政，將儒家忠敬
正氣爲之顛倒。而孫悟空成了消解這個抱怨心理的表徵。

二、食餌養生的風體滋養

　　全眞道教崇尚食餌養生之術，直接影響健康，也最快能獲得君王的信任。
在食餌養生、調節五行、煉丹打坐、精氣神的聚守，全在《西遊記》的情節
裡暗藏。滋養風體的人參果、蟠桃、金丹各有其典故和妙用。

（一）人參果

　　食餌養生的描寫反映傳統社會對「食補」的普遍重視。道教故事裡的食
餌珍品有時帶給閱聽人許多養生經驗，但有時也意在破解各種食補的迷思，
甚至暗示吃食帶來的無窮慾望反而造成許多罪過。第二十四談到唐僧途經五
莊觀，有段清風、明月二位道童與唐僧討論人參果的對話：

> 那長老見了，戰戰兢兢，遠離三尺道：「善哉！善哉！今歲倒也年豐
> 時稔，怎麼這觀裡作荒喫人？這個是三朝未滿的孩童，如何與我解
> 渴？」清風暗道：「這和尚在那口舌場中，是非海裡，弄得眼肉胎凡，
> 不識我仙家異寶。」明月上前道：「老師，此物叫做『人參果』，喫
> 一個兒不妨。」三藏道：「胡說！胡說！他那父母懷胎，不知受了多

〔註58〕《西遊記》第四十五回，頁569。

〔註59〕原文出自唐‧牛僧孺，《幽怪錄四卷》〈蕭志忠〉：「蕭使君從仁心，恤其飢寒。
　　　　若祈滕六降雪、巽二起風，即不復遊獵矣。」收錄於〔北京圖書館藏明書林
　　　　陳應翔刻本〕《四庫全書存目叢書》編纂委員會編纂，《四庫全書存目叢書》「子
　　　　部二四五　小說家類」，永康：莊嚴文化事業，1995年，頁492。

少苦楚，方生下來。未及三日，怎麼就把他拿來當果子？」清風道：
「實是樹上結的。」長老道：「亂談！亂談！樹上又會結出人來？拿
過去，不當人子！」〔註60〕

這段文字看似普通，卻有禪、道、儒的三家對話，表現不同的聲腔和道理。
清風所言「口舌是非海」、「眼肉胎凡」是佛家用語，隱喻人間功名爭鬥、世
俗人的眼界無法透見修行的重要；明月談「人參果」是全眞服餌養命的主張，
以食物的形色來補充人體的元氣；而唐三藏心懷仁慈，似人形就不吃，是儒
家民胞物與和佛教慈悲爲懷的體現；「不當人子」也暗示著飲食合乎人性的基
本設想。在這對話中，道家服餌養生的主張及佛家戒貪欲殺生的隱喻起了許
多發人省思的衝突。

　　人參果的傳說可能來自南朝梁國任昉的《述異記》，書中記載：

大食王國，在西海中。有一方石，石上多樹，幹赤葉青，枝上總生
小兒，長六七寸，見人皆笑，動其手足，頭著樹枝。使摘一枝，小
兒便死。〔註61〕

傳統以形補形的食餌觀，似乎將人參果與人參療效混爲一談。人參是道家仙
藥，有濃郁的神秘傳奇色彩，中醫對人參更認爲具有奇特的療效，能補五臟、
安精神、定魂魄、止驚悸、除邪氣、明目、開心、益智、久服輕身延年。〔註
62〕人參的外型有時確實像三朝未滿的孩童大小，神奇的益壽療效是全眞教派
奉爲珍寶的食材。《西遊記》的人參果似乎將二者融會成一物，更具神奇色彩：

三千年一開花，三千年一結果，再三千年才得熟，短頭一萬年方得
喫。似這萬年，只結得三十個果子。果子的模樣，就如三朝未滿的
小孩相似，四肢俱全，五官咸備。人若有緣，得那果子聞了一聞，
就活三百六十歲；喫一個，就活四萬七千年。〔註63〕

總之，人參果能延年益壽，這種道教信仰裡被視爲深具養生療效的珍品，後
來卻成小說裡紛擾爭執的開端。豬八戒的貪食、沙僧的隨行怯懦和悟空的躁

〔註60〕《西遊記》第二十四回，頁294。
〔註61〕梁・任昉，《述異記》卷上。收錄於《百子全書》十六，永和：古今文化出版
　　　　社，1969年，頁10131。
〔註62〕內容摘錄自：魏・吳晉等述，清・孫星衍等輯，《神農本草經》〈卷一　上經〉，
　　　　臺北：臺灣中華書局，1966年，頁12。小說在這裡，將人身、人參、人參果
　　　　三者以名詞諧音和相似性做了一種特殊的文本互涉，饒富創意與趣味。
〔註63〕《西遊記》第二十四回，頁291。

性脾氣，惹出推倒人參果樹的禍事。整段故事情節雖然圍繞在救活人參果的經過，但對於孫悟空的有擔當、侍奉唐僧代師受罰、勇於尋求解決之道種種美德，一一顯現。對應了《論語》所說：「有事弟子服其勞」〔註64〕、「君子謀道不謀食」〔註65〕的補述說明。

（二）蟠桃與金丹的神話

《西遊記》第五回寫到齊天大聖權管蟠桃園，偷啖蟠桃，又聽聞仙女轉述西王母設蟠桃宴，假扮赤腳大仙赴會飲罄仙酒，誤闖兜率天宮煉丹房吃光金丹，直到丹滿酒醒才驚覺一路闖禍，畏罪下凡。這一線穿敘事情節，將道教的食蟠桃、飲仙酒、服丹丸等養生情節一一道盡，這種延年益壽的修練方式，引自道教養生的神話互文。

蟠桃出自《山海經》，書中提到：「劉昭注禮儀志引此經云：東海之中，有度朔山，上有大桃樹，蟠屈三千里。」〔註66〕《西遊記》第五回提到：「王母娘娘設宴，大開寶閣，瑤池中做『蟠桃勝會』」〔註67〕故事可能來自《漢武帝內傳》：

> 因呼帝共坐，帝南面，向王母。母自設膳，膳精非常。豐珍之餚，
> 芳華百果，紫芝萎蕤，紛若填樏。清香之酒，非地上所有，香氣殊
> 絕，帝不能名也。又命侍女索桃，須臾，以鎣盛桃七枚，大如鴨子，
> 形圓，色青，以呈王母。母以四枚與帝，自食三桃。桃之甘美，口
> 有盈味。帝食輒錄核。母曰：「何謂？」帝曰：「欲種之耳。」母曰：
> 「此桃三千歲一生實耳，中夏地薄，種之不生如何！」帝乃止。

〔註68〕

這段記載延續了古人對於仙桃的想像，更誇大蟠桃的美味和養生效果。這其實也註記了人們對於仙家美食的想像，甚至虛幻了這份想像，令人誤以為有一個食餌養生術的修道捷徑，可以藉由服食成仙，一蹴可及。《西遊記》的故

〔註64〕《論語集注》卷一〈為政篇〉，收錄於《四庫全書》「經部一九一　四書類」第197冊，頁18。

〔註65〕《論語集注》卷八〈衛靈公第十五〉，收錄於《四庫全書》「經部一九一　四書類」第197冊，頁75。

〔註66〕語見：晉・郭璞傳，棲霞郝懿行箋疏，《山海經箋疏》第十七〈大荒北經〉，臺北：臺灣中華書局，1966年，頁11。

〔註67〕漢・班固撰，《漢武帝內傳》。收錄於《四庫全書》「子部三四八　道家類」第1042冊，頁290～297。

〔註68〕同前註，頁291。

事前後，都在企圖打破這個迷思，但卻避免不了妖魔「食唐僧肉」可以長生不老的想像。這或許是要寄喻某種意涵，勸誡世人止住貪食之欲，以免傷害心性品德。

　　細載煉丹可養生不老之說，早見於東晉葛洪的《抱朴子》〔註69〕，闡述煉丹之時，有幾個忌諱：一要在大山中煉丹，並且忌見雞犬、小兒、婦人；二要全身齋戒百日，沐浴五香；三要祭拜神靈，祈求護持和答謝。《西遊記》第七十三回提到唐僧師徒脫離盤絲洞，來到黃花觀。盤絲洞七個女子央求觀主報冤，這道士就有一段對話透露了煉丹的忌諱：「你們早間來時，要與我說甚麼話，可可的今日丸藥，這枝藥忌見陰人，所以不曾答你。」煉丹取藥「忌見」陰人女子，甚至連答話都不可以，可見丹房煉丹規矩頗為嚴格。這些觀念或許來自於葛洪道教煉丹之說，而〈周易參同契通真義序〉內亦提及真人魏伯陽以《丹經》方法為基礎，求仙養身的經歷：

> 得古文龍虎經，盡獲妙旨，乃約周易譔參同契三篇。又云：「未盡纖微，復作補塞遺脫繼演丹經之玄奧……」〔註70〕

孫悟空大鬧天庭的經過，還有一段偷丹情節。說到他飲了仙酒後，酊醉誤闖兜率宮太上老君的煉丹房，發現爐旁金丹：

> 這大聖直至丹房裡面，尋訪不遇，但見丹灶之旁，爐中有火。爐左右安放著五個葫蘆，葫蘆裡都是煉就的金丹。大聖喜道：「此物乃仙家之至寶，老孫自了道以來，識破了內外相同之理，也要些金丹濟人，不期到家無暇；今日有緣，卻又撞著此物，趁老子不在，等我吃他幾丸嘗新。」他就把那葫蘆都傾出來，就都吃了，如吃炒豆相似。〔註71〕

所謂「內外相同之理」即金丹大道的內丹與外丹二種修練。內丹修練旨在從天人相應之中，藉著煉精化氣來煉體，以練氣化神來制氣，進一步用練神還虛導引靜慮；最後採煉虛合道做返觀等內氣練養的方法，達成精氣神的和諧，即天人合一的境界；而外丹修練則注重燒煉祕法，如：煉、鍛、養、抽、淋、澆、煮等方法，提煉丹藥服食。

〔註69〕晉・葛洪撰，《抱朴子》〈金丹第四〉。收錄於《四庫全書》「子部三六五 道家類」第1059冊，頁16～26。

〔註70〕詳見：後蜀・彭曉撰，《周易參同契通真義》，收錄於《四庫全書》「子部三六四 道家類」第1058冊，頁511。

〔註71〕《西遊記》第五回，頁55。

　　蟠桃會被偷吃、仙酒會被喝罄、金丹煉得辛苦更容易被偷嘗，一切美味精食或許有益健康，延年益壽，一旦遭到外力破壞，就有如遭到「猴齊天」〔註72〕偷盜情事，終將功虧一簣。而孫悟空貪得長生不老，桃、酒、丹一一嘗盡，攪亂天宮秩序，使天庭紀律蕩然，反喻心性修持的重要，道教修練與心性修持自此有了相遇的緣起。

　　待天庭眾神發現仙酒仙品不見了，蟠桃大會、丹元大會也全被攪亂，天庭底下再度出現了風：「黃風滾滾遮天暗，紫霧騰騰罩地昏。只為妖猴欺上帝，致令眾聖降凡塵。……停雲降霧臨凡世，花果山前紮下營。」〔註73〕，開啟了「收服」孫悟空的大戲。過度貪圖食餌養生的後來，違背了天理，必然也會遭受天譴。天兵神將興師下凡，布下天羅地網，在人間塑造黃風滾滾、紫霧騰騰的討伐情節。

　　類似這種逆天的食餌煉養，後續也在取經的際遇中，反覆出現。如：比丘國王設想服食小兒心肝、通天河怪吃童男女；屍魔、聖嬰大王等等各類妖魔設想以吃得唐僧肉來益壽長生……，不論是用來治病或是延年益壽的食餌養生，箇中的慘絕人寰情節都已經是斷絕人性的作為了。壽命有限，延年終究無法長生，只有回歸禪宗心性的修行，對生命的智慧有所開悟，才會有超脫物性追逐的一天。

第四節　《西遊記》的禪門風

　　互文並不足以說明《西遊記》徵引其他經典的現象，在文本互涉的過程中，各有其不同的文化滲透、辯證和詮釋。因此，在文本中的文化互滲、辯證和補述，最值得重視。禪宗與《六祖壇經》的公案在《西遊記》裡也產生了互文對比與證補現象。

一、秘傳公案

　　第二回描寫孫悟空跟從須菩提祖師學習長生不老術七年，有一段借自《六祖壇經》五祖禪法秘傳給六祖惠能的公案。須菩提祖師一日在講堂上，問悟空想學什麼道術。他講遍流字、靜字、動字等門派，都告訴悟空這些門派皆

────────────────

〔註72〕「猴齊天」的稱謂係臺閩地區對孫悟空的另稱。
〔註73〕《西遊記》第五回，頁57～58。

不長久，這讓悟空一直說：「不學！不學！」。這時，接續這一段描寫：

> 祖師聞言，跳下高臺，手持戒尺，指定悟空道：「你這猢猻，這般不
> 學，那般不學，卻待怎麼？」走上前，將悟空頭上打了三下，倒背
> 著手，走入裡面，將中門關了，撇下大眾而去。……那猴王已打破
> 盤中之謎，暗暗在心，……祖師打他三下者，叫他三更時分存心；
> 倒背著手走入裡面，將中門關上者，叫他從後門進步，祕處傳他道
> 也。〔註74〕

這段敘事與《六祖壇經》中，惠能得五祖弘忍大師祕傳故事的經過異曲同
工。惠能拜五祖弘忍大師門下，以牆上一偈「菩提本無樹，明鏡亦非臺，
本來無一物，何處惹塵埃。」〔註75〕得五祖護愛，五祖深怕惠能遭到迫害，
以鞋拭去偈語後說：「亦未見性」，同樣接續這麼一段打破盤謎，祕傳佛法
的公案：

> 次日，祖潛至碓坊，見能腰石舂米。語曰：「求道之人，為法忘軀，
> 當如是乎！」乃問曰：「米熟也未？」惠能曰：「米熟久矣，猶欠篩
> 在。」祖以杖擊碓三下而去。惠能即會祖意，三鼓入室，祖以袈裟
> 遮圍，不令人見，為說金剛經，至「應無所住而生其心」，惠能言下
> 大悟一切萬法不離自性。〔註76〕

五祖弘忍暗自進入碓坊，看見惠能用腰力推動石臼舂米，感動他求法的辛苦，
暗示地用手杖敲擊碓石三下，約定三更傳法。這段經典敘事註記了禪宗所重
視的《金剛經》心法；而「應無所住而生其心」，闡述禪宗不執迷心地所生的
萬念眾相的道理。

　　《西遊記》的祕傳心法描寫則有些出入。其中，《壇經》裡祖師徒二人在
碓坊對話，以舂米對應求道之人為法忘軀的苦行，而孫悟空以真樸固執的模
樣，在須菩提老祖的講壇前，對不能得長生的門派之學，嫌棄似地樣樣不學；
五祖弘忍以袈裟遮圍傳道，須菩提祖師則以金丹大道呼應：

> 顯密圓通真妙訣，惜修性命無他說。都來總是精氣神，謹固牢藏休
> 漏洩。休漏洩，體中藏，汝受吾傳道自昌。口訣記來多有益，屏除
> 邪欲得清涼。得清涼，光皎潔，好向丹臺賞明月。月藏玉兔日藏烏，

〔註74〕《西遊記》第二回，頁15。
〔註75〕東方佛教學院編註，《六祖壇經註釋》，高雄：佛光書局，1993年，頁31。
〔註76〕《六祖壇經註釋》，頁33。

自有龜蛇相盤結。相盤結，性命堅，卻能火裡種金蓮。攢簇五行顛

倒用，功完隨作佛和仙。〔註77〕

須菩提是金剛經中的佛教人物，《法苑殊林》記載須菩提是佛祖十大弟子之
一，相傳《金剛般若波羅密經》是須菩提與釋迦牟尼佛的對話記錄，他善解
空，號「解空第一」。〔註78〕《西遊記》採用一個佛教人物來作為孫悟空的啓蒙
恩師，靈臺方寸山斜月三星洞就像是儒家書院的場景，傳授給孫悟空的卻
是道教金丹性命雙修的道理。牢藏精氣神、去邪欲、採取日月精華、調和黑
龜與赤蛇的水火陰陽，從五行生剋的道理求得長生不老治術，都是金丹性命
修煉的內容，與《壇經》原典敘事相去甚遠。小說作者似乎在此，有意將佛
道修行法門混為一談，讓佛、道二者的界線模糊化。相同的互涉描寫僅剩「杖
擊三下」，暗示三更鼓入室秘傳的情節。〔註79〕孫悟空自然不能與六祖惠能大
師相提並論，但《西遊記》暗示的禪宗秘密傳法的公案，僅剩「靈臺方寸山
斜月三星洞」暗喻「心」的修持，儘管徵引自《壇經》，但就其刻意模糊化佛
道教義的界線，應不言而喻。

風的訊息到此，又由菩提老祖再揭示風與雷火，會成為修行人的三災，
把性命雙修的丹道修行化成灰燼，其中的「風災」是這樣描述：

再五百年，又降風災吹你。這風不是東南西北風，不是和熏金朔風，

亦不是花柳松竹風，喚做贔風。自囪門中吹入六腑，過丹田，穿九

竅，骨肉消疏，其身自解。所以都要躲過。〔註80〕

這個贔風之災，會從囪門進入人體，穿過上、中、下三丹田，鑽向眼耳鼻舌
等身體每一個孔竅，讓肉體筋骨完全消散，分解髮膚全身。這種冰消瓦解的
風災，催促著悟空繼續學會地煞七十二變數，以千變萬化的形體躲過三災劫
難，進入長生不老、能遊戲三界的境界。禪宗的公案裡，交會著全真道教內
丹修行思想，佛道混合和通俗化的情形處處可見。

二、當頭棒喝的意象

除了秘傳心法的公案是《西遊記》借自《壇經》之外，棒喝當頭的禪風

〔註77〕《西遊記》第二回，頁 16。
〔註78〕唐‧釋道世撰，《法苑珠林》。收錄於《四庫全書》「子部三五五 釋家類」第
1049 冊，頁 368。
〔註79〕《六祖壇經註釋》，頁 33。
〔註80〕《西遊記》第二回，頁 17。

意象是最常使用的寫作手法，也是醒人耳目的慣用技巧。第七回孫悟空逃出八卦丹爐，免不得一番爭鬥，猴王「耳中掣出如意棒，迎風幌一幌，碗來粗細」〔註81〕開始有掣出如意金箍棒迎風幌蕩的描寫。

第十四回說到唐僧初收孫悟空為弟子，師徒二人在途中遇見六個攔路毛賊：

> 一個喚做眼看喜，一個喚做耳聽怒，一個喚做鼻嗅愛，一個喚作舌嘗思，一個喚作意見欲，一個喚作身本憂。」悟空笑道：「原來是六個毛賊！你卻不認得我這出家人是你的主人公，你倒來擋路。……那賊聞言，喜的喜，怒的怒，愛的愛，思的思，欲的欲，憂的憂，一齊上前亂嚷……行者伸手去耳朵裡拔出一根繡花針兒，迎風一幌，卻是一條鐵棒，足有碗來粗細，……這六個賊四散逃走，被他拽開步，團團趕上，一個個盡皆打死。〔註82〕

眼看喜、耳聽怒、鼻嗅愛、舌嘗思、意見欲、身本憂，是佛家六根（六種感官），能奴役人的心性。對映著色、生、香、味、法、觸六塵（六種境界）。暗示著世人所面對的各種修行障礙，也預留西天取經未來的際遇伏筆。孫悟空則以「悟空」之名，說了頗富禪機的一句話：「原來是六個毛賊！你卻不認得我這出家人是你的主人公，你倒來擋路。」，是禪宗廓清六根六塵，要認清自己本來面目的隱喻；而「迎風一幌，卻是一條鐵棒，足有碗來粗細」，用這種「棒喝」意象，將這些感官慾望「盡皆打死」。

故事的後續是唐僧責怪悟空任意殺生的情節，最後還以佛祖交付觀世音菩薩的緊箍金環和咒語等秘密武器，收服了孫行者的躁性。全段敘事也因為後來的緊箍咒的出現，遮掩了唐僧與悟空之間的對話意涵。唐僧的不殺生語境，暗示著在修行人的慈悲寬容裡，隱含著感官的癡迷和縱容；而孫悟空掄起金箍棒的意象，又意味著須得以「棒喝」來讓修行人斷欲清醒的必要。雙方的聲腔複調，展現慈悲與智慧的賦格交響。

第十八回唐僧與悟空二人來到高老莊，遇到高太公家招贅女婿豬剛鬣作怪，也有「棒喝」意象的出現。孫悟空現出如意金箍棒，「隨於耳內取出一個繡花針來，捻住手中，迎風幌了一幌，就是碗來粗細的一根金箍鐵棒……」〔註83〕看似平鋪直敘，其實隱然可見禪宗棒喝世人的頑愚和執迷。豬剛鬣一現身

〔註81〕《西遊記》第七回，頁76。
〔註82〕《西遊記》第十四回，頁172。
〔註83〕《西遊記》第十八回，頁222。

時，風帶來迷濛的情境，而孫悟空的「碗來粗細」的棒子，正用來打破這妖魅迷惑。豬剛鬣出現的迷濛風敘事是：

> 起初時微微蕩蕩，向後來渺渺茫茫。微微蕩蕩乾坤大，渺渺茫茫無
> 阻礙。……啣花麋鹿失來蹤，摘果猿猴迷在外。七層鐵塔侵佛頭，
> 八面幢幡傷寶蓋。金樑玉柱起根搖，房上瓦飛如燕塊。〔註84〕

「微蕩渺茫」是迷濛之起；「麋鹿失來蹤」的「麋鹿」讀音相同於「迷路」，比喻世人忘卻人生的來去方向和心志；「猿猴迷在外」象徵豬剛鬣的外求欲念總是心猿意馬，飄忽不定，沒有一個準頭。狂風過去，藉著一陣恐怖的威風，醜陋的豬剛鬣就此現身。孫悟空變做高家三姐高翠蘭，靜待豬剛鬣現身。待他出現後，又靜觀對方情慾妄念的興起同時，即出現了棒喝當頭的風敘事：

> 那怪轉過眼來，看見行者咨牙倈嘴，火眼金睛，磕頭毛臉，就是個
> 活雷公相似，慌得他手麻腳軟，劃剌的一聲。掙破了衣服，化狂風
> 脫身而去。行者急上前，掣鐵棒，望風打了一下。那怪化萬道火光，
> 徑轉本山而去。〔註85〕

這場因為逃脫而未發生的戰鬥，以及後續孫悟空與豬剛鬣的各種狂歡似地打鬥和對話，隱含著覺悟與執迷的抉擇困境。作者將人的多面生理性格與心靈層次的理性追尋，拆解成不同的二個人物個體做對話，表現出理性和慾望的抉擇複調。當豬剛鬣的慾望性格出現時，屬於孫悟空的理性覺悟，便開始與他產生對立和互斥的狂歡式打鬥。「棒喝」的用意就在迅速打破癡迷，讓人脫離物性慾求，反歸清寧的智性生活空間。用「活雷公」嚇醒豬剛鬣心眼中的貌美高翠蘭，再以「迎風棒喝」情節敲醒豬剛鬣，令他皈依受戒，改名號為豬八戒，一起邁向取經修行大道。至此，心性歸於智慧與鍛鍊意志的修行。

三、心經的互滲

《西遊記》第十九回，唐僧與悟空八戒三人在烏斯藏界浮屠山，遇見烏巢禪師，小說藉著禪師的話語引入佛家《心經》的引文：

〔註84〕《西遊記》第十八回，頁223。
〔註85〕同前註，頁225。這段引文與論述並未獲得口考委員認可，對於孫悟空捻訣，
　　　　迎風幌出金箍棒是否就是「棒喝」見解分歧。本論保留這段論述，用來呈現
　　　　個人接受到的另類多階語意。

那禪師遂口誦傳之。經云《摩訶般若波羅蜜多心經》：觀自在菩薩，
行深般若波羅蜜多，時照見五蘊皆空，度一切苦厄。舍利子，色不
異空，空不異色；色即是空，空即是色。受想行識，亦復如是。舍
利子，是諸法空相，不生不滅，不垢不淨，不增不減。是故空中，
無色無受想行識，無眼耳鼻舌身意，無色聲香味觸法，無眼界，乃
至無意識界，無無明，亦無無明盡。乃至無老死，亦無老死盡。無
苦寂滅道，無智亦無得。以無所得故，菩提薩埵。依般若波羅蜜多
故，心無罣礙，無罣礙故，無有恐怖；遠離顛倒夢想，究竟涅槃，
三世諸佛，依般若波羅蜜多故，得阿耨多羅三藐三菩提。故知般若
波羅蜜多，是大神咒，是大明咒，是無上咒，是無等等咒，能除一
切苦，真實不虛。故說般若波羅蜜多咒，即說咒曰：「揭諦！揭諦！
波羅揭諦！波羅僧揭諦！菩提薩婆訶！」〔註86〕

《摩訶般若波羅蜜多心經》，來自《大般若經》第二會裡的各品內容節錄編輯
而成，是佛經中最常被念誦的經典。簡易的解釋「般若波羅蜜」是運用佛的
大智慧，抵達生死解脫的彼岸。小說《西遊記》裡，將這部佛經全文引用，
是作者對於佛教思想的尊敬與推崇，也揭示了這部經典是「修真總經，佛之
會門」〔註87〕。

作者又說到，唐僧有佛家金禪子的前世根源，聽一遍就能記憶，至今
傳世。顯示佛教修行的歷程其實不是只有一世，在佛教的生死輪迴觀中，
每一投胎轉世的累積修行，都會被註記，隨之帶業輪迴，進而轉成下一世
的修道因緣。這個觀念屢屢出現在《西遊記》的故事情節之中，也是孫悟
空不在意生死，透見眾生輪迴生死的真相，因而毫不顧忌地將對方一棒打
死。

《心經》以空破除色相，直指心性根本，應是《西遊記》的取經要旨之
一，後來的各回目劫難，屢見孫悟空勸誡唐三藏，莫忘《多心經》，其實是一
種很真確的修行提醒，點出了西天取經的真諦──只要覺性了悟，也就是西
天取經成功之日。

〔註86〕《西遊記》第十九回，頁236。
〔註87〕同前註。

四、「師徒別離」的互文證補

《西遊記》裡有四次師徒別離的敘事，各有其寓意，對比《壇經》〈行由品第一〉弘忍大師與惠能別離的敘事，有其特殊的對比證補。

行由品第一記載弘忍大師囑咐惠能衣缽相傳的道理：

> 自古佛佛惟傳本體，師師密付本心。衣為爭端，止汝勿傳，若傳此衣，命如懸絲。汝須速去，恐人害汝。」惠能啟曰：「向甚處去？」祖云：「逢懷則止，遇會則藏。」〔註88〕

這一段衣缽傳法，弘忍大師清楚明示，衣缽只是形式相傳，真正佛法傳授重在「密付本心」的意義上。為了避免惠能遭害，五祖催促惠能遠去，並且給了「逢懷則止，遇會則藏」的偈語。《壇經》的師徒別離，情誼不捨，師徒二人的每個行止動作，如江口渡舟，自性自度，具有深厚的禪意〔註89〕。在《西遊記》裡的師徒別離，有儒家師道之風，但是詬罵責備的用語卻也不少。

第二回首次描寫菩提老祖驅逐孫悟空：

> 悟空聞說，抖擻精神，賣弄手段……祖師……叫：「悟空，過來！我問你弄甚麼精神，變甚麼松樹？這個工夫，可好在人前賣弄？假如你見別人有，不要求他？別人見你有，必然求你。你若畏禍，卻要傳他；若不傳他，必然加害：你之性命又不可保。」悟空叩道：「只望師父恕罪！」祖師道：「我也不罪你，但只是你去吧！」〔註90〕

這段文字寫在悟空應同門師兄弟央求，展現躲避三災的地煞七十二變化法術。正當他變化成松樹時，嚷鬧聲驚動祖師，須菩提祖師的話語與弘忍大師用意相似。但須菩提老祖的話語，警惕世人藏巧避禍的處世智慧，與弘忍大師擔憂愛徒遭害的相同心理，急驅弟子離去。為師的體恤厚愛與為徒的言聽順從，也是儒家的師道典範。唯獨這二種師徒別離的差別在於，弘忍大師與惠能惜別渡舟，有濃厚的師徒相惜之情；而須菩提祖師則以斥責警告的嚴厲話語，絕止師徒的恩情：

> 悟空聞此言，滿眼墮淚道：「師父叫我往哪裡去？」祖師道：「你從

〔註88〕《六祖壇經註釋》，頁36～37。
〔註89〕同前註，頁40。
〔註90〕《西遊記》第二回，頁19。

　　哪裡來，便從哪裡去就是了。」悟空頓然醒悟道：「我自東勝神洲傲

　　來國花果山水簾洞來的。」〔註91〕

這段文字將美猴王的訪仙求道的歷程劃上休止記號，整部《西遊記》的平面敘事空間做了一個完整的收攝。從東勝神洲到南贍部洲，是一個蠻荒到文明的旅程；從南贍部洲的習人語，施人禮，卻都是為名為利之徒，「更無一個肯回頭」的為身命者，直到西牛賀洲拜佛求道，才解脫生死，得長生不老之術。「你從哪裡來，便從哪裡去就是了」頗具「回頭」的警惕之語。

　　須菩提祖師不同於弘忍大師的惜情，他的用語顯得較為嚴厲：

　　祖師道：「你快回去，全你性命，若在此間，斷然不可！」悟空領罪：
　　「……，但念師父厚恩未報，不敢去。」祖師道：「哪裡甚麼恩義？
　　你只是不惹禍不牽帶我就罷了！」悟空見沒奈何，只得拜辭，與眾
　　相別。祖師道：「你這去，定生不良。憑你怎麼惹禍行兇，卻不許說
　　是我的徒弟。你說出半個字來，我就知之，把你這猢猻剝皮銼骨，
　　將神魂貶在九幽之處，叫你萬劫不得翻身！」悟空道：「決不敢提起
　　師父一字，只說是我自家會的便罷。」〔註92〕

對比孫悟空的念恩情感，祖師所說的：「你快回去，全你性命，若在此間，斷然不可！」更具決絕性。而「哪裡甚麼恩義？你只是不惹禍不牽帶我就罷了！」則是一句隱語伏筆，預告未來的造禍情節。更甚的是，祖師不准悟空對外宣稱師門源流。這又或許是小說人物出現的終結，顯示創作者佈局小說人物的階段性已經完整，未來也不會再出現此一人物。有別於儒家尊師重道精神和《壇經》的師徒別離時，互相扶持的相惜深情，在《西遊記》裡，成了另一種為師之道的警惕。

　　第九十回孫悟空、豬八戒和沙悟淨收了天竺國玉華縣城三位王子為徒，隱喻好為人師所帶來的災禍不小。《西遊記》的「師道」與儒、禪、道等思想完全迥異。在整個故事的鋪陳裡，反而是師父斥責徒弟的情節較多。

　　寫在第十四回唐僧嫌棄孫悟空好殺成性，打殺眼看喜、耳聽怒、鼻嗅愛、舌嘗思、意見慾、身本憂六個毛賊，悟空受不得人氣，縱身離開唐僧而去，龍王以「圯橋三進履」圖，張良橋上三跪獻履，得黃石公稱許而贈天書的典

〔註91〕《西遊記》第二回，頁19。
〔註92〕同前註。

故，勸回孫悟空；第三次寫在第二十七回，屍魔化做女子、老婦、老翁，盡
被悟空打死，唐僧聽了八戒的諂言，驅逐了悟空，直至唐僧遭遇黃袍怪的劫
難後，才由豬八戒設法請回，搭救唐僧脫難；第四次在第五十六回，悟空打
死二個賊頭，又殺了楊老兒做盜賊的獨子，後來出現了二個孫悟空的情節。
這種師父斥退徒弟的情節顯然是現實生活最常發生的情節，只是以不同形式
呈現在小說之中。

第五節 《西遊記》的風與醫家風病

　　清‧馬驌撰寫的《繹史》中，記載《五運歷年記》裡一段論及盤古的傳
說：

> 元氣蒙鴻，萌芽茲始，遂分天地，肇立乾坤，啓陰感陽，分佈元氣，
> 乃孕中和，是爲人也。首生盤古，垂死化身，氣成風雲，聲爲雷霆；
> 左眼爲日，右眼爲月；四肢五體爲四極五嶽；血液爲江河；筋脈爲
> 地里；肌肉爲田土；髮髭爲星辰；皮毛爲草木；齒骨爲金石；精髓
> 爲珠玉；汗流爲雨澤；身之諸蟲，因風所感，化爲黎甿。〔註93〕

這種對映人體與宇宙的天人合一、相互感應的想法，衍生爲醫書《內經》的
氣命之學，發展出許多風與疾病的特殊研究。在看待《西遊記》的風之時，
談人體氣命可能寓含天地理氣的道理；對於大自然的風敘事又可能與養生心
性有關連。自此，小說裡的「風病」成了身體有恙或修行受阻等暗示性語言，
等待讀者去感悟。這或許正是前人所指稱的，《西遊記》是一部修行證道之書
的意思。

　　天地之風流動四方，人體內的氣也貫穿經脈，流通全身。氣血受阻，也
就成爲中醫所說的「風病」。中醫學者認爲，風性輕揚、疏泄，具有昇發、向
上、向外的特性。風邪致病，容易和寒、暑、濕、燥、火結合起來侵犯人體，
所以古人認爲風邪是外感疾病的源頭，稱『風爲百病之長』。「風性好動，故
善行數變以爲病」〔註94〕。

　　《西遊記》承襲了這種氣命醫療的思想，在各章回裡引用了許多「風病」

〔註93〕清‧馬驌撰，《繹史》。收錄於《四庫全書》史部一二三 紀事本末體 第 365
　　　冊，頁 69。
〔註94〕程士德編，《內經》，臺北：知音出版社，1999 年，頁 378。

的描寫，以風為名的疾病共計有十五種。〔註95〕這些風病各有成因、特徵和療治對策，在文本當中或是戲謔稱呼，或有真正疾病的描述，顯示《西遊記》的故事隱含著醫學智慧，而侵入成疾的「風病」在《西遊記》裡，也成了一種風敘事手法。包括：氣命觀點、寫實的醫理、妄念成疾與戲謔風病的藉風書狂等敘事。

一、《西遊記》的氣命觀

（一）清氣通脈——烏雞國王借氣還魂

第三十九回，悟空求得金丹，解救已死三年的烏雞國王起死回生，依唐僧指示，以一口清氣吹入國王體內：

> 這大聖上前，把個雷公嘴噙著那皇帝口唇，呼的一口氣收入咽喉，度下重樓，轉明堂，逕至丹田，從湧泉倒返泥垣宮。呼的一聲響喨，那君王氣聚神歸，便翻身，輪拳曲足，叫了一聲：「師父！」雙膝跪在塵埃道：「記得昨夜鬼魂拜謁，怎知道今朝天曉返陽神！」〔註96〕

這裡所提的「重樓」是藥材名，「度下重樓」是指對其身體施予藥物，即引金丹入口；「明堂」是鼻穴位置；「丹田」則分腦、心、臍等上、中、下三個丹田穴位，這裡應該是上丹田位置先行，再進入中丹田和下丹田，促成整體的循環；「湧泉」是足底穴位之一；而「泥垣宮」則是指頭頂前部穴位，《西遊記》第二回提到：「陰火直透泥垣宮，五臟成灰，四肢皆朽。」〔註97〕說的是壽命消褪，自然死亡的過程。這裡則引氣穿透全身，讓身體氣命舒展開來。

在悟空讓烏雞國王還魂的療法中，他以金丹還魂，又藉助自己一口清氣自泥垣宮的穴位引入，導入明堂後移向丹田，推至腳底湧泉穴，讓血氣循環身體一週後，國王才得以甦醒。這裡出現了醫理與金丹大道的思想交融。

大地流動的風，從孫悟空的一口氣吹出，進入了烏雞國王的身體內，促成了氣血循環，生命再起的奇蹟。金丹入口，加上一口清氣讓冤魂復生。這

〔註95〕所提及的這些風病，包括：贔風、夾腦風、羊耳（兒）風、風眼、大麻風、偏正頭風、頭風、破傷風、豬癲風、風病、暗風疾、發起個風（瘋）來、重傷風、氣心風、傷風重疾、風（或瘋）氣等。

〔註96〕《西遊記》第三十九回，頁484。

〔註97〕《西遊記》第二回，頁17。

種一口氣復生的典故，頗類似中外原始部落民族的創世神話，美洲古印地安毛利部落、新約聖經上帝創造人類、女媧造人等，都有類似傳說。氣命相續的神話，或許來自《莊子・外篇》〈知北游〉：「人之生，氣之聚也。聚則為生，散則為死。」〔註98〕從孫悟空的一口氣吹進烏雞國王的體內開始，聚集了氣命的流動，又塑造另一個故事的開始。

值得注意的是，還有一段清濁之氣的討論，說到烏雞國王復生的經過：

> 自金丹入腹，卻就腸鳴了，腸鳴乃血脈和動，但氣絕不能回伸。莫說人在井裡浸了三年，就是生鐵也上銹了，只是元氣盡絕，得個人度他一口氣便好。」那八戒上前就要度氣，三藏一把扯住道：「使不得！還叫悟空來。」那師父甚有主張：原來豬八戒自幼兒傷生作孽吃人，是一口濁氣；惟行者從小修持，咬松嚼柏，吃桃果為生，是一口清氣。〔註99〕

濁氣進入人體，非但不能治病，可能反而壞了健康。而悟空的清氣呼入體內，也就有了治療的神效。這一口清氣讓烏雞國王已經死絕的元氣開始得度，返死回生。自然界流動的風，代表著天地氣候的變異；人體經脈的氣異常流動，就會傷害臟腑，引起疾病。烏雞國王受鍾南山全真道士陷害而死後，卻有幸得到水晶宮龍王的定顏珠守護著軀體三年不壞。氣阻三年後，逢孫悟空的神通力，一口氣重新引動循環的氣血，再度起死回生。這裡頗有「道死佛生」的暗喻。

在《西遊記》的故事裡，生、老、病、死是人世間的常態，凡人在這個生命現象裡不斷地改變，無一例外。唯獨修道有成者可以藉助神通力，以氣命成風，出入相引，改變並扭轉生死邏輯。清氣可以治病，但天地間仍有致病的風。《西遊記》裡，還記錄了一段唐僧的發病情形。

（二）唐僧的邪風發病

唐僧染疾是因風致病的寫實：

> 長老呻吟道：「我怎麼這般頭懸眼脹，渾身皮骨皆疼？」八戒聽說，伸手去摸摸，身上有些發熱。……三藏道：「我半夜之間，起來解手，不曾戴得帽子，想是風吹了。」行者道：「這還說的是，如今可走得

〔註98〕晉・郭象注，《莊子注》〈知北遊第二十二〉。收錄於《四庫全書》「子部三六二 道家類」第1056冊，頁107。

〔註99〕《西遊記》第三十九回，頁484。

路麼？」三藏道：「我如今起坐不得，怎麼上馬？但只誤了路啊！」
〔註100〕

受了風寒，導致身體發熱、頭懸眼脹，皮骨皆疼。師徒對話引出了《黃帝內經》所說的「邪風發病」，《黃帝內經》〈金匱真言論篇第四〉提到疾病發生的成因：

> 黃帝問曰：天有八風，經有五風，何謂？岐伯對曰：八風發邪，以為經風，觸五藏；邪氣發病。……東風生於春，病在肝，俞在頸項；南風生於夏，病在心，俞在胸脅；西風生於秋，病在肺，俞在肩背；北風生於冬，病在腎，俞在腰股；中央為土，病在脾，俞在脊。故春氣者，病在頭；夏氣者，病在藏；秋氣者，病在肩背；冬氣者，病在四支。故春善病鼽衄，仲夏善病胸脅，長夏善病洞泄寒中，秋善病風瘧，冬善病痹厥。……〔註101〕

「八風發邪」影響五臟六腑，唐僧的病症「頭懸眼脹」，是東風春氣致病傷肝。以中醫的這種風病知識，讀者可以判斷小說的情節發生在春季，風阻於肝火致病，以甘露水調治後才痊癒。隱含著來自《黃帝內經》的經典滲透，也暗示著為人處世應注重節令保養的重要，一旦順應時節，修行事半功倍；如果逆著自然節令，不留意節令風病，勉強而為，就會因疾病阻難，產生重重困境。

更值得注意的是孫悟空對朱紫國王的治病經過，還援引許多中醫把脈、給藥，和診療的常識。

二、寫實的醫理——虛構故事裡的真實醫理

（一）望聞問切的互涉

第六十八回藉悟空之口，引了一段望、聞、問、切的醫理：

> 醫門理法至微玄，大要心中有轉旋。望聞問切四般事，缺一之時不備全：第一望他神氣色，潤枯肥瘦起和眠；第二聞聲清與濁，聽他真語及狂言；三問病原經幾日，如何飲食怎生便；四才切脈明經絡，浮沉表裡是何般。我不望聞並問切，今生莫想得安然。〔註102〕

〔註100〕《西遊記》第八十一回，頁 1014。
〔註101〕《內經》〈金匱真論〉，頁 68～69。
〔註102〕《西遊記》第六十八回，頁 856。

不同的精神氣色與睡眠起居有關；聲音清濁高低與健康虛實關連；病歷關係
著餐食宿便情形，必須斟酌；把脈瞭解血氣脈絡才能詳審病情。這是臨診合
參的醫家常識，出自《難經》的〈第六十一難〉篇：

> 六十一難曰：經言望而知之，謂之神；聞而知之，謂之聖；問而知
> 之，謂之工；切脈而知之，謂之巧。何謂也？然。望而知之者，望
> 見其五色，以知其病；……聞而知之者，聞其五音，以別其病；……
> 問而知之者，問其所欲五味，以知其病所起所在也；……切脈而知
> 之者，診其寸口，視其虛實，以知其病，病在何臟腑也。……經言：
> 以外知之，曰聖；以內知之，曰神。此之謂也。〔註103〕

醫家《難經》所言的望、聞、問、切，正是診療的重要技巧，能以病患的神
色、話語聲音、詢問作息飲食以及脈象觀察等方法來確知疾病所在。這在《西
遊記》的故事裡有了詳實的引用，顯示通俗小說具有傳遞古人重要的各種專
業知識，以及生活智慧的重要功能。

（二）切脈的經典滲透與風阻成疾

六十九回唐僧抱怨悟空並沒有學過醫術，卻漫天說大話，有段對話說：

> 長老又道：「你哪曾見《素問》、《難經》、《本草》、《脈訣》，是甚般
> 章句，怎生註解，就這等胡說散道，會甚麼懸絲診脈！」〔註104〕

這裡明顯說明了《西遊記》小說故事與《素問》、《難經》〔註105〕、《本草》、《脈
訣》等醫書的互文性。更精彩的是，後續孫悟空以三條金線懸絲診脈的經過。
先說到以三指按住寸、關、尺三脈，細心診視，下了論斷：

> 陛下左手寸脈強而緊，關脈澀而緩，尺脈芤且沉；右手寸脈浮而滑，
> 關脈遲而結，尺脈數而牢。夫左寸強而緊者，中虛心痛也；關澀而
> 緩者，汗出肌麻也；尺芤而沉者，小便赤而大便帶血也。右手寸脈
> 浮而滑者，內結經閉也；關遲而結者，宿食留飲也；尺數而牢者，
> 煩滿虛寒相持也。診此貴羔是一個驚恐憂思，號為雙鳥失群之證。」
> 那國王在內聞言滿心歡喜，打起精神高聲應道：「指下明白！指下明

〔註103〕此段摘錄自周‧秦越人撰，明‧王九思等集注《難經集注》〈難經集註卷之四〉，
　　　　臺北：臺灣中華書局，1966年，頁31。（與《本草經》合訂一冊）
〔註104〕《西遊記》第六十九回，頁859。
〔註105〕《難經》是《黃帝八十一難經》的簡稱，從脈息臟腑談起。是否與唐僧八十
　　　　一劫難有特殊對應關係，尚待後續專題研究。

白！果是此疾！請出外面用藥來也。」大聖卻才緩步出宮。〔註106〕

這個論斷有些神奇，中醫以寸、關、尺三個切脈部位虛實，診斷寸脈斟酌心跳動能；細察關脈的浮沈，判斷肝膽散結徵兆；留意尺脈強弱，確定脾胃腸的便溺情況，創作者以醫診的真實知識來虛構孫悟空無所不能的神通力，敘事手法十分成功。這一段診脈文字，來自《黃帝內經》的〈靈樞〉和〈素問〉脈學。證明了醫學對《西遊記》的經典滲透現象，也補充說明西天取經或是心性修持，也不能忽略身體與健康的修練。《難經・六十一難》說：「切脈而知之者，診其寸口，視其虛實，以知其病，病在何藏府也。」〔註107〕悟空以這個診斷判定了「關遲而結，宿食留飲」的氣滯現象。與《素問經脈別論篇第二十一》所說：「有所墮恐，喘出於肝，淫氣害脾。」〔註108〕確定了悟空所診斷的「驚恐憂思」之症，來自於愛妻失蹤，憂心成疾，風阻成病。

思念妻妾的愛欲成疾是妄念致病，風在人體氣命之中，形成了風病症狀；還有求長生的貪欲所造成的罪孽，更令人心驚。尤其是以「食人肝腦」的秘方，用來養生求長壽的恐怖敘事，也發生在西天取經的際遇裡。爲此，《西遊記》採用風敘事滿足了百姓追求天理正義的渴望，也成了掃除這種謬誤與妄念的利器。

三、滅子求生，以風掃蕩妄念

第七十八回說到唐僧師徒來到了比丘國小子城，看到鵝籠裡的小兒，又聽聞國王無道，專寵美后，弄得精神瘦倦，身體尪羸，飲食少進，命在須臾。他聽信國丈延壽秘方，以一千一百一十一個小兒心肝煎湯服藥，服後有千年不老之功。

觀看這段情節，再對照《明史》記載，發現一段相仿的史實：朱橚是明太祖朱元璋的第五子，受封爲吳王。朱橚的兒子「有嬉掠食生人肝腦諸不法事，於是並免爲庶人。事在宣德朝（1426～1435）。」〔註109〕《西遊記》這部

〔註106〕《西遊記》第六十九回，頁859。
〔註107〕《難經・六十一難》，頁31。
〔註108〕《內經・素問經脈別論篇第二十一》，頁138～140。
〔註109〕藝文印書館編輯，《二十五史》〈明史卷一百十六・列傳十〉，臺北：藝文印書館，2005年，頁1344。

通俗小說是否吸納當時朝政史實的批評不可得知，但這二者之間的巧合足供後人警惕。小說藉唐僧之口，言明這令人痛心的食人慘事：

> 長老骨軟筋麻，止不住腮邊淚墮，忽失聲叫道：「昏君，昏君！爲你貪歡愛美，弄出病來，怎麼屈傷這許多小兒性命！苦哉！苦哉！痛殺我也！」有詩爲證，詩曰：邪主無知失正眞，貪歡不省暗傷身。因求永壽戕童命，爲解天災殺小民。僧發慈悲難割捨，官言利害不堪聞。燈前灑淚長吁歎，痛倒參禪向佛人。〔註110〕

正是因爲男貪歡、女愛美，白白傷害了許多生命。這是人身獸性的嚴厲批判。爲了追求個人的長壽，戕害許多小兒性命，甚至不顧天降災害，犧牲百姓生計，都是令人悲傷的聽聞。這讓慈悲濫情的唐僧聽聞，當然也就更形痛心了。〔註111〕自然界的風不會有任何神性正義，但文學的風敘事則充滿情感的寄喻和深意。自唐僧的慈悲結合孫大聖的神通力，孫行者爲了解救這些小兒，捻訣唸咒呼喚眾神一起營救生靈：

> 眾神聽令，即便各使神通，按下雲頭，滿城中陰風滾滾，慘霧漫漫：陰風刮暗一天星，慘霧遮昏千里月。起初時，還蕩蕩悠悠；次後來，就轟轟烈烈。悠悠蕩蕩，各尋門戶救孩童；烈烈轟轟，都看鵝籠援骨血。冷氣侵人怎出頭，寒威透體衣如鐵。父母徒張皇，兄嫂皆悲切。滿地捲陰風，籠兒被神攝。……當夜有三更時分，眾神祇把鵝籠攝去各處安藏。行者按下祥光，徑至驛庭上，只聽得他三人還唸「南無救生藥師佛」哩。〔註112〕

匯集這陣眾神力形成的風威，滾滾漫漫，悠蕩轟烈，以捲攝的狂風態勢，將千餘個鵝籠與孩童一起吹離小子城。「各尋門戶」是很精彩的虛實合一描寫，就像風吹過每戶人家家門，逐戶探尋蹤跡，大自然的風襲成了眾神踏尋的仔細，是很少見的魔幻寫實手法。在小說裡，這陣神風讓遭遇現實戕害的悲苦百姓，找到一點正義和一個宣洩的出口。此時的文學，使讀者的創傷得到療癒，而風掃蕩了人君的妄念害人，也給了當時代的讀者一種莫大的慰藉。之後又再引出一段「向佛長生」的道裡，寫在唐僧入朝晉謁，照驗關文之時：

〔註110〕《西遊記》第七十八回，頁982。
〔註111〕小說裡常出現唐僧的「怯懦式正義感」，對殘酷的社會現實不滿，卻總是以一種無能爲力的怨懟形式來表現「百無一用是書生」的窘境。
〔註112〕《西遊記》第七十八回，頁983～984。

> 那國王問道：「朕聞上古有云，僧是佛家弟子，端的不知爲僧可能
> 死，向佛可能長生？」三藏聞言，急合掌應道：「爲僧者，萬緣都罷；
> 了性者，諸法皆空。大智閒閒，澹泊在不生之內；眞機默默，逍遙
> 於寂滅之中。三界空而百端治，六根淨而千種窮。若乃堅誠知覺，
> 須當識心：心淨則孤明獨照，心存則萬境皆清。眞容無欠亦無餘，
> 生前可見；幻相有形終有壞，分外何求？行功打坐，乃爲入定之原；
> 布惠施恩，誠是修行之本。大巧若拙，還知事事無爲；善計非籌，
> 必須頭頭放下。但使一心不行，萬行自全；若云採陰補陽，誠爲謬
> 語，服餌長壽，實乃虛詞。只要塵塵緣總棄，物物色皆空。素素純
> 純寡愛慾，自然享壽永無窮。」〔註113〕

這段文字是以佛教思想發端，與道、醫形成的眾聲喧嘩。以禪宗的了悟本性，諸法皆空的道理，直透心性修持的大智慧。由此知識，當六根清淨，萬境清明時，也就超越了壽命的有限性，不會再思索長生與否的不究竟妄想。以「行功打坐」的入定心法，舒緩氣命循環，延長壽命；以布惠施恩的善行，獲得萬緣放下的喜樂心境，也就無須計較壽夭。至於陰陽採補的道教養生，或是追求「服餌長壽」的秘方，都是短暫的、虛幻不實際的有限延壽的說詞。作者在這裡，形成佛教場域，獨自發聲。但這個聲音很快地又被國丈的「惟道獨尊」的反駁給淹沒：

> ……應四時而採取藥物，養九轉而修煉丹成。跨青鸞，升紫府；騎
> 白鶴，上瑤京。參滿天之華采，表妙道之慇懃。比你那靜禪釋教，
> 寂滅陰神，涅槃遺臭殼，又不脫凡塵！三教之中無上品，古來惟道
> 獨稱尊！」那國王聽說，十分歡喜，滿朝官都喝采道，「好個惟道獨
> 稱尊！惟道獨稱尊！」長老見人都讚他，不勝羞愧。〔註114〕

「惟道獨尊」當然不會是《西遊記》的通俗主張，通俗小說的媚俗格調，很少以單一見解和世界直接對抗。也或許是在這部小說裡，原本就沒有預設一家之言，因此故事的接續是，孫悟空以神通力揭穿國丈的清華洞妖怪身份——壽星仙翁的坐騎白鹿，終止了「惟道獨尊」的敘事，也否定了「食人肝腦」的非人性服餌延壽的說詞。

　　從這一個章節的討論中，筆者探尋了《西遊記》與儒、道、禪、醫等諸

〔註113〕《西遊記》第七十八回，頁986。
〔註114〕同前註，頁986～987。

子思想的經典互文與證補現象，從中也窺見《西遊記》的風及其特有的寫作意圖和敘事手法。在天與聖的升降敘事結構中，風帶動石猴修道成仙的敘事空間，展開平面移動的方向：又從孫悟空成仙之後，有上升爲齊天大聖到驟降受壓制在五行山下的一個完整的升降敘事結構。在這個結構中，天與聖的稱名，是從孤懸的神格天，下降爲人間虛名，歷經西天取經的各種劫難後，神聖有了許多的砥礪和修煉，這種歷劫與歸位是古典神怪小說的敘事原型之一。

　　其次，探析儒家經典思想對通俗小說《西遊記》的滲透。筆者發現，「信」與「禮」的要求是一種對外的約束力量，展現儒家體制下的尊卑威權，與《四書》的修齊治平次第迥異；「孝」道「無親」的儒家思想，在《西遊記》裡掩蓋過女性的貞操觀，甚至不適用於妖魔怪的世界，乃至於豬八戒的神獸人之混和體也不適用於儒家孝道思想。最後，所謂的「善言相應」也從對人君的謹言慎行要求，轉變成「善念」的天人感應說法。儒家的經典引用，在《西遊記》裡，有許多通俗化的理解與改變。

　　第三個議題在探析道教與《西遊記》的互文證補。從符籙祈禳的敘事裡可看到，「符咒」的道教民間信仰在《西遊記》裡普遍被運用，風帶來符籙的神秘性和袪解作用；祈禳儀式帶來召喚風神的情節，有史實和小說的虛實對位。以符籙召喚神明消災祈求風調雨順，這種迷信全部藉由孫悟空的力量悉數打破。此外，全眞道教食餌養生的煉補十分傳神，《西遊記》以《山海經》與《漢武帝內傳》的蟠桃、《述異記》的人參果、《抱朴子》的金丹、仙酒等互涉文本推崇這種食補療效與傳說。最後，由於這種貪欲造成的各種迷信和食人肝腦的情節則頗令人警惕。風在這些情節裡，有了打破迷思的作用。

　　第四節則透過禪宗公案與《壇經》展現的頓教義理，發現《西遊記》有刻意模糊佛道界線的寫作意圖。作者以禪宗傳法的典故夾雜道教金丹大道的修行要訣；以當頭棒喝的意象破除六根六塵的障礙；乃至於直接以《心經》全文徵引，都透露了小說對於禪宗的心性修行的推崇。而師徒別離的情節也透露了《壇經》與《西遊記》對於現世師徒情誼的警語。

　　最後一節的醫學滲透，顯然《皇帝內經》、《脈經》與《難經》等醫書的醫療知識，在《西遊記》裡與道教食餌煉養有逐步謀合的現象。《西遊記》的風除了展現自然與人體相應的天人合一思想之外，還將風的自然力量化做主持正義的神性力量，拯救無辜百姓於無形。除了再次責難「食人」的食餌煉

養惡行之外，更顯現以佛學心性頓悟的空識，超越造虐的並且是有限的延壽想法。風病彰顯了順應自然，也屢屢透露究竟修行的心性觀點。

　　由儒、道、禪、醫等經典滲透的《西遊記》，有了許多不同的人間思維。風在諸子思想的交織網絡下，穿梭其間。進一步地有了化的境界產生。在生滅變異的神魔小說裡輪轉故事情節。化生萬物、教化成俗、變化形體、轉化境界。《西遊記》的受眾如果可以體會這種經典式的敘事意涵，便可以輕易發現故事採以諸子思想為經，採以風作緯，交織成瑰麗的取經大敘事。〔註 115〕

〔註 115〕風化敘事，詳見本論第貳章。

第伍章　從《西遊記》的風評析其藝術接受──以臺灣地區為例

　　《西遊記》的風具有各種風化作用和風的力學意象；蘊含著中國儒、道、禪、醫等文化內涵。直到今天，還有不少文創作品採擷章回小說《西遊記》的內容，改寫成各種傳統戲曲、版印繪畫、雕刻作品、電視、電影和兒童故事繪本等。這些不同的藝術形式表現表現出人們對於《西遊記》的熱愛和接受現象。

　　回顧《西遊記》這部章回小說的完成，十分有趣。小說的作者群擷取歷代民間傳說和神話，也涵攝《舊唐書・方伎傳》、《大唐西域記》、宋元話本、元明雜劇、……等內容作為小說的主體，最後集結成為章回小說作品時，已經累積豐厚的文化資本。章回小說完成的同時，相似的說書話本、版畫和戲劇也持續在延伸其藝術價值及生命。小說、話本、版畫和戲劇等藝術作品，應有其互相輝映、互相證補的歷程。〔註1〕

　　章回本《西遊記》進入民國以後，時值工商業蓬勃發展，教育開始普及化，閱讀人口激增下，除了大量印刷章回本《西遊記》廣為銷售之外。各種關於《西遊記》故事情節的戲曲創作，以及版畫、彩繪等繪圖作品持續出品；進入科技資訊時代，網路影音科技又將《西遊記》的影視聽媒體，進一步發展成虛擬電玩。《西遊記》的各種視聽藝術形式隨著時代的進步，更加目不暇

〔註 1〕 我們可以合理推測，《西遊記》成書的歷程中，其戲曲生命也同時在民間蓬勃發展著。而更重要的是，吳承恩定調的章回小說之後，原著作品趨於靜止，只有研究論述在增益其價值，但小說之外的戲曲、說書、繪畫、漫畫、彩繪、與兒童文學作品等的改寫則持續擴散發展中，迄今不絕。

給。許多藝術創作者都是《西遊記》的熱衷讀者,他們或多或少感受到故事裡的風,產生了各種不同的現代接受情況。本章要探討的也就是這種從《西遊記》小說的文學敘事意象,過渡到視聽藝術的具象形式中,其風的表現有了哪些接受和改變。這些接受與改變代表了藝術創作者對《西遊記》的理解和感受,這值得進一步探討。

有鑑於《西遊記》的古今中外讀者眾多,接受情形不一而足,本章但以臺灣地區的《西遊記》作現代和本土〔註2〕接受探析,至於中、港、日、韓等外來的《西遊記》漫畫、繪本、影視、遊戲等創作,儘管間接影響臺灣地區的接受情形,目前暫且無力有此研究廣度和深度,留待後續。〔註3〕穿透在臺灣地區的京戲、歌仔戲、布袋戲、版畫、繪畫、雕刻、繪本改寫等各種藝術文化的意涵稜鏡裡,我們可以看到《西遊記》在台灣地區特有的接受美學趣境,藉著風的表現形式和意象,可以深入評析其藝術價值。

第一節　臺灣戲曲《西遊記》的「因見風」

臺灣戲曲發展至少歷經三百多年,劇種約二十四種之多。梨園戲、高甲戲、亂彈戲等隨早期移民傳入;一九四九年國民政府南遷,又傳入京劇、粵劇、崑劇、陝劇、……等。京劇傳入臺灣後,受到政府支持而盛行,隨著時代變遷,臺灣現代京劇歷經多年的發展和改變,在表演形式和內涵上,已經漸漸與大陸傳統京劇脫鉤,自成其特色;若論真正屬於臺灣土生土長的戲曲,便非歌仔戲莫屬。因此,本論探討風敘事在台灣戲曲的表現,採以臺灣現代京戲和歌仔戲作為探討對象,確有其本土化的代表性。

一、戲曲《西遊記》的風及其機關與劇通檢場

戲曲工作各有職分,分有七科,包括:音樂、盔箱、劇裝、容裝、劇通、經勵、交通等。其中,劇通科俗稱監外場,負責打門簾、放彩火和遞檢切末。

〔註2〕 這裡所稱的「現代和本土」,筆者將時間放在臺灣地區的十大建設剛起步之初（即 1970 年）開始迄今,原因是當時的臺灣在工商經濟繁榮下,各種藝術創作有超乎過去的大量產出。取材《西遊記》的藝術表演也在這個時期開始,受到更廣泛的重視。

〔註3〕 如香港周星馳電影,拍了許多關於《西遊記》的故事情節,在臺上映期間,得到許多閱聽人的「視覺」肯定和各種省思,本論暫不討論這些外來的文創作品及其影響。

在國劇的規矩上，如果沒有人打門簾則不許出場，管理劇通打門簾、揭開時空場景的人十分重要。這組劇通人員的工作，還包括製造場景需要的風。

劇通人員必須熟悉劇本的場景和情節需要，隨時配合轉移情境，提供一陣風的來去。這陣風在形式上有許多不同的表現，夾帶風雪、引動烽火、或是飛沙走石、撼樹毀屋，都需要劇通人員協助道具演出。此外，通常一陣風還會帶點音效，因此音樂科的人員配合文武場的不同需要，提供鼓、琴、絃、嗩吶等伴奏音效，讓風敘事在劇場上得到各種視聽等感官的具象表現。這文學意象的風進入劇場具象表現的過程中，隱藏著戲曲編導者接受「猴戲」〔註4〕裡的風的情形。

從劇場裡的這些分科和編導過程，我們約略可以看見劇通人員（檢場）、音樂提供者、編劇、導演、演出者等各方人馬，對於風的體會和接受情形。從文學到戲曲表演藝術，人們閱讀《西遊記》小說之外，也在《西遊記》戲曲中體會故事的深意。人們欣賞情節表演的同時，感受表演過程的生動趣味，全仰賴劇通檢場的特效，適當運用風便能讓閱聽人感受到許多接受美學。儘管在戲曲改革的路上，劇通人員及其檢場漸被忽視，甚至遭到刻意省略或淘汰。但在聲光特效日漸被重視的現代戲曲中，劇通科的技能傳承與科技化，又開始成爲一門重要的專業學問，持續被重視中。

二、臺灣現代京劇與《西遊記》的風──以臺北新劇團京劇《新西遊記》爲例

（一）臺灣現代京劇發展及臺北新劇團

現代臺灣多元娛樂文化消費型態下，維繫傳統京劇備極艱辛。京劇的梨園傳統從顧正秋的「顧劇團」起〔註5〕，在臺灣開枝散葉到軍中劇團，傳統京劇生命雖然有所賡續，但漸形凋零。從傳統走向現代，臺灣京劇的表演與欣賞出現許多改變。1980年代，郭小莊成立「雅音小集」，引進導演觀念、設計劇場舞臺等新想法，將國樂團與京劇文武場合作，首開京劇轉型的契機。這種創新也影響了歌仔戲進入現代劇場的製作方向。其後，吳興國、林秀偉於

〔註4〕戲曲界稱呼以孫悟空爲主角的戲曲劇目，如《鬧天宮》、《孫悟空三打白骨精》等，習稱「猴戲」，資料參考《藝術大辭典戲曲辭典·戲曲》，頁106。

〔註5〕顧正秋曾拜梅蘭芳爲師，也得到張君秋、黃桂秋等名伶親授，他的劇團團員後來分散到軍中劇團，轉成爲臺灣京劇重要的演員、觀眾及教育者。

1985 年創立「當代傳奇」，京劇不再拘泥傳統的流派藝術，紛紛走入校園及社會，參與現代劇場的活動。〔註6〕這段臺灣京劇的變革歷程下，三個臺灣現代京劇劇團應運而生，包括：國光劇團、復興劇團、以及辜公亮文教基金會的臺北新劇團，後者展演較形積極。

　　臺北新劇團的現代京劇，結合了文學、國樂、舞蹈、現代劇場、服裝設計等元素，激起藝文界人士的廣泛且積極的參與。過去的京劇變革到了 1990 年代以後，不但在觀眾結構（年齡層、身份、職業）有了明顯改變，對於京劇的品評標準擴大到「情節份量、結構佈局、性格塑造、思想內涵、風格情韻」等。〔註7〕在這個品評標準中，風穿梭在情節之間；風串連了戲劇結構的各佈局；藉著風彰顯人物風格和氣質情韻；風隱喻許多故事的意志、情愫和文化思想內涵。而臺北新劇團的表演內容，有了上述的詮釋。

（二）臺北新劇團的風敘事接受——「大鬧天宮」及「盤絲洞」戲劇為例

　　2009 年臺北新劇團演出「大鬧天宮」及「盤絲洞」二場劇目。〔註8〕劇幕中對《西遊記》的風有許多不同的演出和詮釋。「大鬧天宮」這齣細目裡，玉帝下旨討發孫悟空（李寶春團長飾演），小說的文字敘事是：

> 玉帝大惱。即差四大天王，協同李天王並哪吒太子，點二十八宿、……
> 普天星相，共十萬天兵，布一十八架天羅地網下界，去花果山圍困，
> 定捉獲那廝處治。眾神即時興師，離了天宮。這一去，但見那：黃
> 風滾滾遮天暗，紫霧騰騰罩地昏。只為妖猴欺上帝，致令眾聖降凡
> 塵。〔註9〕

十萬天兵布下天羅地網，來到花果山前。「黃風滾滾遮天暗，紫霧騰騰罩地昏」的風，展現在劇場上是十六位演員繞走全場的場景。小說裡下凡的十萬天兵夾帶著遮天蔽日的滾滾黃風，煙塵風霧籠罩大地，天庭眾神兵將的勇猛威勢，臺北新劇團以京劇的虛擬場景做表現，採用一群身穿黃色衣袍，披掛紅色布褡帶裝扮的演員來呈現小說裡的征戰氛圍。他們以練武的大動作，揮動寬鬆

〔註6〕 參見：陳芳主編，《臺灣傳統戲曲》，臺北：臺灣學生書店，2004 年，頁 216
　　　　～219。
〔註7〕 同前註，頁 247。
〔註8〕 影視資料摘自：國立故宮博物院發行專輯 DVD，《京劇《新西遊記》》，臺北：
　　　　國立故宮博物院，2010 年。
〔註9〕 《西遊記》第五回，頁 57。

的黃袍衣袖，象徵黃沙滾滾的虛擬意象和威風氣勢，更迭了天庭與花果山前的場景；每個演員輪流走進現代劇場的舞臺中央，各顯拳腳功夫，表現天庭兵將的「神威」（威風）。再以包圍陣勢的一致步伐，左右迴旋成大小同心圓，繞著劇場中央，象徵討伐逆亂的路程和商議討伐猴王的謀略。表演者融入南拳武術功夫動作，逐一演出各自擅長的武打身段，暗示天庭每位兵將的武功高強後出場。隨即入場的是，狡獪的孫悟空出場在前，眾猴猻們舉著風揚的「齊天大聖」大旗跟隨在後，這些猻孫以略帶謹慎和詼諧的眼神左顧右盼，加上一陣懸疑的背景伴奏，表達花果山的猴群嚴陣以待的心情。雙方遭遇後，展開一場追逐和混戰。

「大鬧天宮」詮釋孫悟空的角色十分生動逗趣，對於孫悟空的靈活和狡獪神態，表現得極爲傳神。這齣戲特重人物風格的表現，有獨到的神韻，對於這個只顧著爭勝（爭聖）的孫悟空，其獸性和爭名奪利的貪欲，作了很好的詮釋，在人物的風格和威風上讓觀眾有了鮮明的具象表現；對於情節的風也有京劇特殊的虛擬手法，演員運用眼神、表情、舉止等細微的肢體語言，伴隨著衣袖在風中飄舞的儀態，表達了許多特殊含意。小說文字敘事裡的風意象已經有了許多的變化和轉化等「風化」描寫，進入京劇的身段表演虛擬象徵中，「風」的表現，成了連結觀眾的生活經驗和對章回小說《西遊記》的想像詮釋，展現了異曲同工的妙境。

另外，在臺北新劇團的「盤絲洞」劇情中，雜揉了《西遊記》蜘蛛精和白鼠精、蠍子精等女妖的意象，讓蜘蛛精展現出一個奇特的女妖意象。她撒網吐絲，隨風展現妖魅姿態，意欲吃了唐僧肉，又兼考慮與唐僧成親，取得金禪子的元陽來修練成仙。對此，這位蜘蛛精女妖以女性的嫵媚表達了對唐三藏的款款深情，而唐僧焦慮和無奈地閉眼念佛，以合十不肯鬆手的舉動，象徵他對西天取經的堅定意志，二者風格成了出家修行與俗世情慾的很好寫照。

劇目中，蜘蛛精揮動白色長彩帶，象徵隨風吐絲，盤結成網，舞動柔中略帶勁力的身段與孫悟空師兄弟戰鬥，風中追逐、施法術顯現風的「化數」戰鬥，劇情創意十足。

黃宇玲主演蜘蛛精女妖，肩背四枝黑角旗，以手足扭動身軀模仿八足蜘蛛的行動特徵；在她入場之前，由身旁四位女演員飾演蜘蛛女妖，藉著柔軟的身段，扭曲身足與手勢，表現出蜘蛛女妖們八足爬行的意象和妖豔神態引

領在舞臺前。值得一提的是，四位飾演蜘蛛小女妖採用柔軟功夫，表現出蜘蛛的動物行為特徵維妙維肖，加上四位男性演員飾演環繞周邊的妖魔，以現代舞蹈的動感來呈現各種蜘蛛隨風飄飛、張牙舞爪的儀態，這對於習慣聆賞傳統京劇唱腔和武場身段的觀眾來說，是接受度的莫大考驗，但也不失趣境。在現今臺灣京劇的觀眾結構變遷下，許多時下年輕人和外國觀眾似乎並未排斥這種融入現代舞蹈的創新京劇。

女妖們張開手掌，擴展原本扭動身軀，結合現代舞蹈，以及類似非洲住民的節奏鼓聲伴奏，表現特殊的「風聲」交鳴，有不同於傳統京劇的動感，這有如一群蜘蛛隨風布絲的忙碌樣貌，頗富趣境；她們揮動著畫有黑色線條蜘蛛網的白色大旗，展現隨風飄盪的蜘蛛網中，各蜘蛛人物忙碌穿梭的意象，十分生動。

這段表演的換場，同時採用燈光暗下，似乎意在表現「陰風」的到來；身穿黑衣的小妖們上場揮動藍色大旗，表現妖怪隨風變化，設下陷阱靜候唐僧的到來，同時也藉風轉化情境，接續不同的場景，風的重要性可見一斑；另一個小妖推動移動式布景道具來擔任換場、布景更迭等劇通檢場工作。過場之後，唐僧手持象徵白馬的白毛棍和三個徒兒繞場數圈，以各種跨、扶、攀、躍、涉足……等動作，表現餐風露宿、跋山涉水的辛苦，然後才進入與蜘蛛精對峙交戰的情節。

豬八戒妄念興起，錯認蜘蛛為美女，抖動便便大腹、擺動衣袍隨著嫵媚的妖風，追逐女妖們，而女妖戲弄豬八戒，同樣以曼妙舞姿，交互展現風中追逐的戲碼。在整個戲曲的風敘事表現上，又是另一段頗為生動情節。其中一位女妖與豬八戒採用國際標準舞的舞步，表現出媚誘與受媚誘的互動情節，非常特殊。

許伯昂飾演孫悟空，有段變身情節與小說的風敘事有關。他演出孫悟空變身為蜘蛛女妖，採用雙方背對背原地大旋轉的動作，象徵身份對換的變身情節；大陸京劇《新西遊記：盤絲洞》則有第二次變身，以相同戲劇手法，做孫悟空與唐僧的變身，劇情、內容、動作和進出場方式相仿。孫悟空變身女妖的過程，飾女妖的演員揮動長髮衣袍，孫悟空貼於身後，隨即隱身到幕後出場，完成變身敘事。而舞動的姿態和飄髮搖曳的儀態，生動地表現了隨風變化的敘事。在章回小說裡，一個簡單的變身情節，其實只有幾個字或一句話，但在京劇戲曲中，成了更生動有趣的風敘事表演，令人充滿了回味小

說的趣境。戲曲與文學的風相互激盪著敘事情節，一一呈現在觀眾的眼前，也在腦海中做了很成功的意象轉換。

接續孫悟空進入盤絲洞與女妖，進行一段舞槍弄棍的對峙戰鬥武場，蜘蛛精敗走脫逃，昂日星君以昂首闊步的公雞儀態，手持大關刀出場幫助孫悟空收妖。這位星君腋下有公雞的羽翅造型，揮舞大關刀時有如身在空中遨翔，幾經多方打鬥，孫悟空遭困在黑白相間的繩索裡，象徵蜘蛛結網，藉風施法術圍困孫悟空。最後，昂日星君的降臨，爲唐僧師徒們解圍脫困，順利救得唐三藏。昂日星君的造型和化妝結合西方舞台演員的化妝技巧，這種中西戲劇化妝術的結合，創意十足。

一段蜘蛛精主角與眾天將舞棍的武場動作，蜘蛛精蹬、蹦、踢等拋接槍棍的動作象徵雙方你來我往的激烈戰況，仿似大陸京劇《新西遊記》的武場表演。相較之下，大陸京劇《新西遊記：盤絲洞》劇目裡的拋接動作極純熟、每位演員拋接槍棍，彼此配合的天衣無縫；而臺灣新劇團的這段相仿演出，在技巧上顯得生疏許多。這意味著兩岸京劇的發展，在基本功與創意舞台設計上，彼此追求的戲曲重點和方向，已經顯然不相同了。

三、臺灣現代歌仔戲《西遊記》的演出及其風敘事

（一）現代歌仔戲的強韌藝術生命力

臺灣傳統歌仔戲的歷史久遠，遍佈全臺各地。「從民間的『念歌仔』到臺灣歌仔戲，一般認爲起源自『宜蘭本地歌仔』」〔註10〕宜蘭歌仔戲歷史久遠，保留了老歌仔戲的原始風貌。

早期臺灣傳統歌仔戲融合南北管戲曲，吸收了亂彈的武場伴奏、武打場面和部分唱腔；也採用南管戲曲的身段和曲調；甚至採納高甲戲的通俗走向、福州上海等地京劇造型和機關布景，傳統歌仔戲的戲曲元素十分豐富。這個特徵持續發展成現代歌仔戲的各種不同風貌。

老歌仔戲到戲館歌仔戲，內容和規模逐漸擴大；日治時期，臺灣歌仔戲雖然歷經皇民化運動的摧殘，部分回流至閩南漳州、廈門等地影響了當地的

〔註10〕林鶴宜的說法個人十分保留，究竟是一個發源地，向外擴展其戲劇生命，或是由大陸傳入戲曲後，歷經臺灣各階段的移民持續地在地化演變，採分散各地，各自發展而成，這尚待更周延的考據功夫。陳芳主編，《臺灣傳統戲曲》，臺北：臺灣學生書店，2004年，頁305。

蒴劇，在臺歌仔戲則吸納了胡撒仔的表演元素；臺灣光復後，大型歌仔戲林立，1961 年陳澄三的「拱樂社」盛名一時；1962 年「正聲天馬歌劇團」則是廣播歌仔戲的巔峰；其間歌仔戲搬上電影和舞臺，電影歌仔戲和舞臺歌仔戲更加熱門；1962 年電視歌仔戲興起，是臺灣歌仔戲的全盛時期；當時三家電視臺進入歌仔戲節目的戰國時代，宜蘭「宜春園歌劇團」和「正聲天馬歌劇團」出身的楊麗花風靡全臺，盛況空前。〔註11〕舞臺劇式的歌仔戲廣受歡迎。但激烈競爭的電視歌仔戲節目稀釋了廣告費收入，加上 1971 年黃俊雄布袋戲崢嶸，歌仔戲才逐漸黯淡下來。

這段高收視率的電視歌仔戲盛行期，其表演內容開始在錄音、外景、配樂、唱腔、戲服、劇本、道具等元素深化，讓臺灣歌仔戲發生明顯轉型，甚至蛻變成新的劇種。這個階段的歌仔戲，其風敘事的表現最多元，也較傳統歌仔戲相對生動有趣。現代歌仔戲的現況是，宜蘭老歌仔戲廣受學界及特定文藝人士的重視；野臺歌仔戲則保存有相當的展演魅力和親和力，如屏東明華園、員林新和興、台中秀琴歌劇團、高雄公民姊妹劇團……等雖然經濟來源並不寬裕，但尚有文建會和各自廣大喜愛的觀眾群支持；而電視歌仔戲則相對淡化，台灣在地有線電視臺偶有類似古裝劇節目演出。

概觀臺灣歌仔戲的發展歷程，可以看出這個劇種的強韌生命力，不但強力吸納各種藝術、文化、社會、民生、流行事物等生活層面元素進入表演內容，甚至完全不排斥使用各種民族、文化、及科技等產物，讓歌仔戲持續與時俱「進」〔註12〕。

（二）明華園的《西遊記》及其風敘事接受

2011 年明華園星字團在高雄，演出《西遊記》盤絲洞劇目。劇情一開始，孫悟空入場演出身駕筋斗雲，打探取經路途前方的安危情形。明華園劇團採用藍天白雲的大布幕做布景，這個布景大布幕不時地隨風飄搖，自然地展現天空中的風敘事情景。而孫悟空武場展現不凡的身手，一手拿著金箍棒，另

〔註11〕曾永義撰，《臺灣歌仔戲的發展與變遷》，臺北市：聯經出版公司，1988 年，頁 79。

〔註12〕有些衛道之士其實很不能接受現今野臺歌仔戲演員，唱流行歌曲、穿時裝衣飾、口白摻雜國、台、客、日、英語等表演形式，不認為是「進步」。但筆者對於戲曲生命的所謂「進步」有著不同的看法，這種歌仔戲演出雖然極其通俗，卻很貼近觀眾的現實生活。歌仔戲真實反應時代現況是件很可取的現象。

一手卻拿著現代麥克風，跳躍翻滾後，加上一段唱腔口白，演、舞、跳、唱，十分忙碌。

戲臺上的煙霧、布幕、聲光、音效等都是現代科技的運用；演員的武場身段則是京劇元素的採用；入場擔任唐三藏、孫悟空、豬八戒、沙悟淨等演員，分別有一段西樂伴奏的流行歌曲演唱。傳統與現代、文學與戲劇、京劇與舞台劇、東方與西方交織混用，十足展現臺灣現代歌仔戲廣納各種元素進入戲曲當中的特徵，具有雅俗交混的趣味。

另一段劇目演出豬八戒在舞臺上，進入煙霧機噴出的大霧之中，遭遇三位蜘蛛精的媚誘。他神魂顛倒，癡迷追逐。蜘蛛精的蘿衣裙袖在風霧中揮動招搖，迷惑豬八戒。劇情中，豬八戒與三位蜘蛛精分別勾手跳起國際標準舞、美式大腿舞、仿芭蕾舞等舞姿，十分特殊。最後在一陣煙霧中，蜘蛛精女妖消逝出場，隨即進入妖魔前來擒拿豬八戒的武場戲。章回小說裡第七十二回目裡的「濯垢泉八戒忘形」，在歌仔戲的戲臺上，有這樣的生動藉風轉化與表演詮釋，非常特殊。

（三）從秀琴歌劇團看歌仔戲與風敘事

1988 年成立於台中的秀琴歌劇團，聞名於中南部各地。對於《西遊記》盤絲洞的小說情節，張秀琴有多次的精彩外臺戲演出，所表現的風敘事是較具親和力、風趣和意象轉化等象徵。

2011 年盤絲洞折仔戲，秀琴歌劇團在臺北天母某百貨公司前演出。團員在簡易的外臺上詮釋唐僧遭蜘蛛精擒獲，孫悟空設法解救的情節。故事表演孫悟空進入盤絲洞打探消息，找到唐僧後，師徒移形換影，唐僧變成孫悟空逃離盤絲洞，而孫悟空則變幻成唐僧與蜘蛛精周旋。

這段變身同樣以二人背對著背，展開雙手旋轉在戲臺中央。身體旋轉時帶動衣飾飄揚，風意象自然具體出現，而現場的自然風吹拂之下，又渲染了表演者的情感表現，十分吸引觀眾的注意；孫悟空的出場則令現場觀眾捧腹大笑，他直接跳入觀眾席，與觀眾站在一起同歡。將戲裡與戲外的界線模糊化，使得虛擬的劇情因為演員的移場，涵攝了觀眾的現實，趣境中帶入了不少哲思與想像。讓人感受西天取經，遭逢妖怪的故事其實就發生在身邊周遭。風敘事的教化意味成了很貼切的、有趣的、生活化的戲劇隱喻。

　　昴日星君的造型十分特殊，演員頭戴仿自美國脫衣秀場女性配戴的羽毛彩帽，每一個動作都能震動頭頂羽毛，十分特殊；她身穿黑底裁縫鑲繡各種金亮彩帶的展翅戲服，不時地以展翅動作說明，她正是剋治蜘蛛精的重要救星——昴日星君；衣袍下拖行著紅、紫、藍、白等毛尾，隨風飄搖，顯示公雞雄偉威風。與蜘蛛精打鬥時，偶然隨著飛旋等動作意象，夾雜現場陣風屢屢吹來，昴日星君隨即掉落幾根羽毛，出奇地象徵打鬥的激烈程度。幾經討伐，終於讓蜘蛛精倒臥在地，遭到收服。

第二節　臺灣布袋戲《西遊記》的風意象

　　臺灣布袋戲源自二百年前泉州、漳州、潮州等地。傳統戲曲的生命常隨著移民族群的組合、政治以及社會型態轉變，因而產生質與量的改變。臺灣布袋戲演變迄今，已經與內地傳統布袋戲大異其趣〔註13〕，除了口白內容上的母語化、國語化，甚至多元語文的摻用日漸繁複之外，對於劇本編劇和演出，非但雅俗交融，而且有了現代科技的融入和創新；人偶的形象塑造，也開始有別於傳統古老戲偶，這些在地化的改變，逐漸開創臺灣傳統布袋戲的新局面。尤其是在金光布袋戲之後，臺灣布袋戲走向更具本土化特色的新局面，成為十足在地化的戲劇表演。

　　臺灣地區的布袋戲藝術工作者，大多同時也是《西遊記》的接受者。他們常以個人對《西遊記》的風敘事有特殊的理解和詮釋等文化集體意識，轉而呈現在他們的藝術表演之中。亦宛然、小西園，以及擅長金光戲的五洲黃俊雄布袋戲等，都是箇中翹楚；王文生、臺北木偶劇團更具獨到的見地，在劇場上所表現的風更加饒富趣味。這些戲偶劇團及大師們的審美態度和演出，從傳統戲曲彈、唱、演等作表演主軸，改變為以故事情節敘事為主的過程，風的敘事表現是很重要的觀察指標。

〔註13〕相關文獻記載，布袋戲起源自明朝萬曆年間章州民間技藝。清嘉慶年間《晉江縣志》早見「布袋戲」一詞，傳至臺灣後的最早布袋戲是唐山師傅籠底戲，各流派分有：南管（白字仔）布袋戲、潮調布袋戲、北管布袋戲、……等。到了野臺布袋戲已經具備戲班、戲籠、戲臺、演師、樂師等規模。臺灣布袋戲從內地傳入，歷經日治皇民化階段以及國民黨政府禁演和干預後，逐漸走出屬於本土化鮮明的戲曲生命。本論討論的布袋戲是歷經這段變遷之後的本土布袋戲概況，更詳細資料請參閱《臺灣傳統戲劇》，頁 347～412。邱一峰撰文〈布袋戲〉一節。

一、李天祿之後的亦宛然掌中劇團及風敍事

　　1931 年，李天祿（1910～1998）成立「亦宛然掌中劇團」，這位布袋戲大師不但精通掌中戲，他也組過歌仔戲班、學過也唱過京劇、在全省布袋戲比賽中連獲北區二十幾年冠軍。七零年代末期，《亦宛然》受邀至歐亞美非等世界各地演出，成功地宣傳台灣的傳統布袋戲，成爲國際知名的劇團。李天祿逝世後，由次子李傳燦接任團長；2009 年李傳燦逝世，由妻子李蔡素貞接任團長，帶領第四代年輕弟子繼續在傳藝之路上精進。

　　筆者有幸聆賞「亦宛然布袋戲劇團」，下鄉表演《孫悟空大鬧水晶宮》劇目。〔註 14〕以內臺戲棚展演，固定的軟布布景安排演出場景。頭手擷取孫悟空花果山稱王、傲來國取兵器、和水晶宮討索鎮海神珍鐵的情節經過，改編成掌中戲目。劇中，各種木偶角色以擬眞的動作，表現出遭遇強風的感受。顚、倒、掩、搖等各種動作姿態栩栩如生，木偶仿眞的動作，加上北管伴奏，以武場鑼、鼓、板等打擊樂器製造喧闐熱鬧的演出，博得在場觀眾的關注和喝采。

　　頭手黃僑偉等人操偶唱唸技巧十分流暢，採用木偶的受風動作表現風敍事的情節。孫悟空駕雲騰空入場，在海面上探看水晶宮情勢，以木偶騰空飄搖的體態來表現迎風傾身的姿態；再以白藍布條作平行揮舞，塑造風浪的猛烈意象。緊接著孫悟空縱躍進入水晶宮，藉著猴王的視角又展開魚、蟹、蚌、蛤、龜等人物帶領的海底世界景觀，最後才出現東海龍王敖廣以吟詩口白表現角色身份與出場威儀。

　　在章回本《西遊記》小說裡，對於大鬧水晶宮的情節並沒有太多風敍事的撰述。亦宛然的表演者以個人的想像和生動的表演技巧，表現出人物入場現身的風姿、受風吹襲的搖擺姿態、以及風中追逐戲的穿梭形式和速度感，讓劇情展現不同的節奏感，也抓住觀眾的許多目光。

　　最值稱許的是後場內臺的北管武打亂彈，藉助打擊板、數個小鑼、鈸等，演奏出震儡人心的後場音樂，鑼鼓擊頭，喧闐全場，熱鬧非凡，人物遭受風襲傾倒以及戮力向前的動作，搭配緊促的鑼聲、鈸聲和鼓聲，隨著動作的持

〔註 14〕亦宛然布袋戲劇團接受行政院文化復興委員會之邀，下鄉推廣傳統戲曲。2014 年 4 月 6 日在新北市三峽區清福養老院演出此劇目，現場以傳統北管樂曲作爲劇情伴奏音樂，其旁白傾向現代用語，不但國台語混用，甚至使用簡單的英語和資訊科技詞彙，地方戲曲吸納多元文化滲透的潮流更顯其通俗化的特質。

續誇大，聲音由緊促快擊變得鏗鏘有力，表現出風敘事的「聲威」，表現無、微、快、狂、毀等風意象，令人嘆為觀止。北管亂彈是傳統布袋戲的重要內場特徵，亦宛然劇團承襲這個傳統改變很少，但頭手的口白用語和內容多摻雜現代閩南、國語、日語和英文；對於風敘事的口語表達顯得與現今臺灣多元文化和族群現況貼近；而人物受風的情形和出入場的氣勢風格，也有別於傳統布袋戲，較少個個吟詩作對、文言層份不但減少很多，甚至兼採日語、英語等日常用語，通俗化特徵十分鮮明。

二、小西園的風敘事表現形式

　　1913 年許天扶創立小西園掌中劇團，是台灣少數歷史悠久、具號召力，也是活躍於國內外表演舞臺的古典精緻布袋戲團。現任團長許王，五歲隨父學藝，十四歲即擔任主演；廿歲時父親逝世，繼承父業，接掌「小西園」迄今。他演技精湛紮實，唸白古雅，集編、導、演於一身，有「戲狀元」的美譽。小西園多次應邀赴海外參與各項國際演出，足跡遍及法、德、美、加等十八個國家，深獲中外人士一致好評，對於發揚臺灣傳統藝術和促進國際文化交流，提高臺灣的國際能見度，功不可沒。

　　小西園有許多表演劇目，採自《西遊記》的故事。從相關文化報導中統計，計有：〈孫悟空大鬧水晶宮〉、〈西遊記──悟空三鬧〉、〈安天會──孫悟空大鬧天宮〉、〈天蓬元帥〉等演出，還有許王鼓勵邱文科及邱文建兄弟組成的上西園掌中劇團，演出〈孫悟空與白骨精〉都是精彩好戲。聆賞其中劇目，表演者施炎郎等對於《西遊記》的風敘事轉化成藝術具象表演，有幾個安排值得討論：

（一）風敘事侷限在鏡框式彩樓中

　　早期布袋戲臺約有三至四尺寬的戲棚，有上蓋（頂蓬）、走馬板底座、屏柱，裝有四根柱子，中間大廳是戲偶活動的舞臺，臺上三面皆空，大廳中有一層交關屏，用來遮掩演藝人之用，早期四角棚的裝飾及雕刻都較為簡單，但後期逐漸發展得更為複雜精緻，配合木雕技術以及中國傳統建築的風格。遠觀有如廟宇，因此布袋戲棚又被稱為彩樓。

　　戲棚從最簡單的一根扁擔作分層舞臺表演，到外臺搭棚（包括牛車、鐵架甚至卡車搭棚）漸形複雜。最基本的四角戲棚，後來也擴增為六角棚的柴

棚舞臺，除了增加表演場域的廣角之外，木雕刻鏤的塗金立體彩樓，加上左右延展開來的折疊屏風，讓布袋戲棚產生金碧輝煌的視覺效果，是小西園劇團的鮮明特徵。〔註15〕

　　這種大戲棚小舞臺的布景，有如鏡框一般。人物全在演出的小框架之內，在風敘事的戲劇表現上，侷限性頗大。觀眾欣賞小西園布袋戲，有如坐看一臺小尺寸螢幕電視，表演場域受到富麗堂皇的寬厚木雕棚柱與屏風包裝住，外框異常比例的壓迫，顯得更加窄小，十分特殊。

　　這種過度注重戲棚彩樓的情形，或許有擴大表演劇場的用意，也或許來自過去掌中劇團遊走各地廟宇村落，配合熱鬧氣氛有關，也或是意圖提高劇團展演的價值和在布袋戲藝術界的特殊地位。但不論如何，就風敘事的戲曲具象化來說，其實並沒有任何加分作用。觀眾的目光其實還是多半聚焦在劇情和表演技巧，並不會在光彩奪目的彩樓和精雕細琢的屏風停留太久。〔註16〕

（二）簡報系統影響風敘事的具象感受

　　除了以北管亂彈的戲曲音樂進行布袋戲表演外，文雅的唱詞口白往往不是一般市井民眾所能理解。小西園布袋戲人物出場常會帶入文言口白，藉吟詩表達自己的身份地位，甚至藉此抒發優雅心情，文言詩詞的口白內容輔以電腦簡報系統呈現文字內容。

　　這個方式其實很混亂，在耀眼的布袋戲棚旁，多了一面現代科技投影的大尺寸白色布幕。除了破壞傳統藝術表演的完整畫面外，很容易讓原來戲偶的具象表演，又被拉回到追想文學意象裡去打轉。風敘事的具象表演，突然又落入詩詞的文學意象，十分唐突。

（三）強調口白腔調與操偶技巧表現風威

　　小西園由許天扶成立，長子許欽經營「新西園」擅長武戲，而次子許王則繼承「小西園」劇團主演，擅長文戲。許王口白多文言文，念白幾乎遵照傳統章回小說語法，在口白腔調上偏向古冊讀音，沿襲父親的南管籠底戲風

〔註15〕木刻雕鏤戲棚和多折疊的屏風，亦宛然劇團也有這種彩樓，但木刻雕鏤保持原木樸風，沒有箔金彩繪等裝飾。亦宛然劇團在各地方巡迴演出時，以彩樓佈置展場並不多見。

〔註16〕可取的是，新西園許欽的跳脫框架的表演手法。許欽改變木偶人物的進出場，從戲棚旁右側屏風頂端出場，搖擺旌旗展現風威，穿過戲棚柱進入中間戲臺表演；人物出場則又越過棚柱，移往左側折疊屏風上方，以走唱講的喧鬧方式移動人偶出場。成功地闊開觀眾的視域廣度。

格，「以文謅謅的臺詞塑造書生的談吐口吻。」〔註17〕，他的漳泉轉音和變調有獨特的習慣。對於風敘事的來去，也有特殊的「呼、嘘、煞」等口技音效來呈現，十分生動。

除了口白腔調和口技外，在小西園、新西園或是小小西園的表演裡，常可看到表演者以木偶遭風而遮臉、身體傾斜、甚至表現不小心被風吹的歪斜的仿真動作，表現受風吹襲的姿態。人物打鬥的武戲中，木偶衣服配飾出現搖擺和晃動，也表現出特殊的動感和速度。風的吹襲代之以白色布條作左右來回搖動，人物閃躲和側身，乃至於奔跑，十分逗趣。〔註18〕

（四）頭手多人主演協助展現風的特效

觀看許王親自擔任頭手主演的紀錄片，可看到這位熱衷臺灣掌中戲劇的老師傅對於布袋戲曲的酷愛，他在前臺擔任頭手的演出十分投入，同時與數位二手在前場忙碌表演。隨著故事情節的需要，人物換場頻仍，許王是現場主要的口白念詞者。他一邊忙於掌中的人物更迭，一邊仿擬人物的心情和性格言語，有時還隨著戲偶人物的喜怒哀樂，流露在自己的嘻哈、怒罵、哀憐和快意恩仇的表情之中。〔註19〕得見大師精彩表演，難能可貴。

在許王的許多表演中，戲棚規模金碧輝煌、偶用簡報系統協助口白、也特重口白腔調表現和操偶技巧，在頭手與前場多人助演下，對於風敘事的表現上，除了人物風格之外，仍然較少出現花俏技巧。

三、真五洲劇團金光布袋戲《西遊記》的風敘事

結合電視演出的金光布袋戲，為臺灣布袋戲帶來新的里程碑。除了外臺主演和助演人數增加之外，內臺後場負責音樂伴奏的樂師往往被西樂錄音、西洋樂器配樂、女歌手演唱或流行歌曲所取代，大型戲偶開始出現，而音效和聲光變得更形重要。舞臺燈光、背景和特技開始講究雷射、移動的五光十色變景和立體效果，火燒、爆破等特效備受重視，原本的劍俠戲開始走向光怪陸離。真五洲金光布袋戲有別於傳統布袋戲的演出，黃俊雄首創走出戲棚

〔註17〕 陳龍廷，《臺灣布袋戲發展史》，臺北：紅螞蟻圖書公司，2007年，頁207。
〔註18〕 詳見：2010年8月15日人間新聞臺新聞報導錄影內容。摘自：演師邱文建在宜蘭採訪內容。
〔註19〕 詳見2003年小西園「三盜九龍杯」許王前臺表演紀錄片。https://www.youtube.com/watch?v=rTelXmswFPY 2014／5／8 AM12：49影片資料。

外，真人口白演出的戲風；加上流行歌曲的大量採用，帶給國人深刻的視覺印象。黃文擇霹靂布袋戲雖少見《西遊記》劇目，但帶給國內外布袋戲新境界，造成一股霹靂布袋戲流行風。

一九五一年起，「真五洲掌中劇團」〔註20〕從南到北、從外台戲到內台戲，都受到莫大的歡迎。劇團表演以傳統北管戲曲為主，在形式上有仿自京戲出將、入相進出場的門簾位置；在音樂上以北管樂曲樂器伴奏，黃俊雄熟背的鑼鼓經是布袋戲師傅必備功課。一九五八年，由中央製片場出資，拍了全球第一部布袋戲電影「西遊記」，這部電影曾被在臺美國新聞處剪輯成三十分鐘短片，前往參加法國坎城影展。〔註21〕黃俊雄繼承黃海岱的文雅口白和詩詞入戲風格，經營真五洲掌中劇團。這個劇團首創表演者站立在前場表現口白，又有與真人同比例的裝扮人物出場插科打諢；更特殊的是，採用仙女棒火光、特殊的背景聲光打燈等效果塑造布袋戲的熱鬧擬真，成為金光戲一開始的特效技巧。為人稱道的〈雲州大儒俠──史豔文〉老少皆知，〈水噴噴孫悟空〉電視布袋戲主題曲傳唱許多年。電視金光布袋戲表演之後，真五洲掌中劇團便成為全國家喻戶曉的布袋戲劇團。

一九七一年，黃俊雄〈新西遊記〉布袋戲在臺灣電視臺播映，造成轟動；一九八三年，〈齊天大聖孫悟空〉播映，因為國語推行政策，表演旁白由閩南語改為國語；後來又因為收視率過高，引起政府干預，又停播了數年，藝術受到政治的影響十分深刻。〔註22〕

金光布袋戲裡的風敘事，結合雷射光、電動噴霧器、風扇以及懸吊木偶等檢場技巧，使得木偶表演更貼近自然力的感受。在製造風的具象表演上，以噴霧機先行製造雲霧來襲，表現滾滾風沙；再以懸吊方式移動樹枝、石瓦，塑造飛沙走石、快狂風速摧毀建築的危險情勢，加上以搖晃舞臺加強狂風造成的天搖地動，令人驚駭的場景也就令觀眾增加了許多臨場感。而孫悟空變

〔註20〕「五洲園」是黃海岱大師創園，寓意名揚五洲。「五洲園三團」由次子黃俊雄帶領，以「真五洲掌中劇團」為名。1990 年霹靂布袋戲是黃俊雄的次子黃文澤繼承，接續「新雲州大儒俠」，組成大霹靂節目錄製公司搶攻錄影帶市場；後來又在 1995 年成立霹靂衛星電視臺，聲勢極盛。

〔註21〕資料摘自「天地多媒體黃俊雄布袋戲網站」，http://bangbubu.com/about.asp。103 年 2 月 14 日 AM09：17 下載。

〔註22〕當時國民黨政府，除了以推行國語政策要求布袋戲改以國語配音之外，還藉口該節目「妨礙農工作息」為由下令停播。

化金箍棒,「迎風晃晃碗來粗細」,在頭手主演的黃俊雄手中,則轉化成金箍棒旋飛在天,不停地打擊妖魔,讓妖魔四處逃竄。

　　金光布袋戲採用了許多道具、聲光和技術特效,具體表現了風敘事的威力和表演藝術的具象形式。章回小說《西遊記》裡的風敘事,成了布袋戲劇裡最具生動和趣味的表演特效。

四、王文生、臺北木偶劇團等的《西遊記》風敘事

(一)王文生布袋戲及其風敘事

　　王文生是極少數集演、唱、後場配樂及刻偶的全才型布袋戲藝師。他早年跟隨兄長王金匙的木偶劇團(臺中聲五洲掌中劇團),在中部一帶廣受好評。

　　王師傅十五歲起,自學二胡、吉他、三弦琴,以期保存珍貴的古典音樂;又自行研究製造刀劍、頭盔、服飾等木偶道具;1983 年著手嘗試自己雕刻戲偶,自創「一刀流」雕刻;1978 年,王文生 23 歲,軍中退伍後擔任「聲五洲第三團」團長。隨著戲路的日益廣大,自編自導諸多戲碼,有了多才藝人的封號。2000 年他應邀前往美國洛杉磯公演造成轟動;2002 年由文建會指派前往法、比、盧等國,在「臺灣偶戲國寶」文化盛會中演出,讓歐洲人見識到臺灣精緻的偶戲表演。他所雕刻的戲偶,也被視爲是難得的藝術作品,經常應邀在各地展出;2004 年將聲五洲第三掌中劇團更改爲「磐宇聲五洲掌中劇團」,再造創新之風。

　　王文生堅持布袋戲的古風,自行刻製戲偶、演奏和錄製口白配樂,他強調布袋戲的古典傳統,表演木偶吞雲吐霧的技巧極其生動有趣。〔註 23〕劇團的戲棚採用立體印刷的繪畫布棚,廟庭前的野臺表演上,人物承受強風襲擊的仿真動作趣味橫生,風敘事的具象表演落實在人偶的每個動作之中;而煙霧機放送煙霧、戲棚受到主演者跺腳震動是風敘事的機關運用,讓風的感受性更形強烈;加上野臺戲棚承受現場自然的陣風吹來,讓原本立體繪圖的戲棚布幕隨風搖晃;屢屢人物出場、相互之間的打鬥與追逐等武戲表演臺上,

---

〔註 23〕 2011 年 7 月 20 日,王文生接受中視新聞採訪。提及他對金光戲的大型木偶失去傳統古味的看法,對傳統木偶的憧憬,讓他開始以尖尾刀一刀到底的雕刻工夫,自製靈活靈現的各種造型獨特的傳統木偶人物,對於這種藝術堅持的精神十分難能可貴。

又引入緊湊的對白、口技、錄音音效，讓劇場的熱鬧、生動氣氛一次次引人入勝，更加激盪觀眾欣賞的目光和快意情緒。

（二）臺北木偶劇團的《西遊記》風敘事

2010 年，啟蒙自李天錄保存傳統藝術的用心，以延續傳統布袋戲，承襲傳統，創新精緻藝術為宗旨，成立臺北木偶劇團。在不拘泥於傳統木偶劇的創作形式下，這個劇團以多元多變的木偶劇場藝術特色，創作出更細膩、精緻的表演方式，吸引更多觀眾走進劇場，感受不同以往的布袋戲戲曲饗宴。

劇團成立之後，致力於觀眾結構的改變和鼓勵，採現代劇場表演與親子共賞的售票演出形式，辦理多項布袋戲展演活動。關於《西遊記》的偶戲親子劇場演出就包括：《消失的金箍棒》（2011 年）、《天篷元帥‧豬八戒》（2011年）、《齊天大聖決戰火雲洞》（2011 年）、《西遊記》（2011 年）、《孫悟空大戰火燄山》（2012 年）、《仙拚仙，拼死猴齊天》以及《西遊記之大鬧水晶宮》（2012年）、《孫悟空大戰盤絲洞》（2013 年）等等。團長林永志與前場主演黃僑偉都是李天錄的傳藝藝生，繼承亦宛然劇團的風格，創新傳統布袋戲的表演內涵。使布袋戲的傳統戲曲走進現代親子藝文場域之中。

在《孫悟空大戰火燄山》劇目中，孫悟空錯借假芭蕉扇的情節最是生動，這一段搧火反被火勢燒灼的情節十分有趣。孫悟空和不信邪的豬八戒，分別遭到火燄山的大火灼傷。《西遊記》裡的三借芭蕉扇，風與火的敘事已經是文字意象裡生動的描述：

> 行者果舉扇，徑至火邊，盡力一扇，那山上火光烘烘騰起，再一扇，更著百倍，又一扇，那火足有千丈之高，漸漸燒著身體。行者急回，已將兩股毫毛燒淨，⋯⋯行者道：「我將扇子扇了一下，火光烘烘；第二扇，火氣愈盛；第三扇，火頭飛有千丈之高。若是跑得不快，把毫毛都燒盡矣！」八戒笑道：「你常說雷打不傷，火燒不損，如今何又怕火？」行者道：「你這呆子，全不知事！那時節用心防備，故此不傷；今日只為扇息火光，不曾捻避火訣，又未使護身法，所以把兩股毫毛燒了。」〔註24〕

這段敘事表現在臺北木偶劇團的編導及頭手精湛的掌上技術，加重了孫悟空一搧、二搧、三搧的表演動作，再以紅色長布條快速飛搖，表現了風與火的

〔註24〕《西遊記》第五十九回，頁 747。

猛烈洶勢。孫悟空逃之不及,遭火灼傷後,敗興而返。而豬八戒堅不信邪,親自取扇前往搧火,再次表現三次搧火,遭遇凶猛火勢追逐的場景,顯得趣味橫生,讓臺下觀賞的家長和孩子哄堂大笑。

在戲臺上,表演者以紅色長布條做大幅度的搖動,表現出風的溫度,帶著火勢的風,襲向孫悟空和豬八戒,讓二人先後狼狽地落荒而逃。風敘事帶著火勢的威猛,追逐狼狽逃跑的人物動作表現,成了全場笑料的製造元素,惹得在場觀賞的大人小孩都大笑不已。隨後,又配合金光戲的採光技巧,將人物打鬥與搧熄火燄山的場景和氣氛烘托起來,配合雷射光、煙霧與燈光效果,形塑許多熄火、伏妖的祥和氣氛。傳統與現代的融合演出,促使風的表現結合了光、影、色彩和各種道具等元素,博得許多讚賞。

第三節　臺灣《西遊記》版畫、繪圖、雕刻的「風」貌

《西遊記》小說採以文字敘事形式作為主要的表現形式,但在迎合讀者大眾的需求歷程中,出現繪圖、雕塑等藝術接受情形,是通俗化的必然趨勢。本節試從臺灣《西遊記》的版畫插圖、溥儒西遊記畫冊、和臺灣雕塑等各藝術作品中,瞭解其風敘事表現形式和接受情形。

一、臺灣《西遊記》的版印、畫及其風敘事

（一）章回小說《西遊記》裡的版印畫及其風敘事

在中國明代已有大量的《西遊記》版印作品出現,在臺灣所見的章回本《西遊記》裡,相關的版印資料多承襲當時作品的影像翻印,散見於各出版公司出版的《西遊記》章回小說本內容。

本論採用的《西遊記》版本內,有明代刊版四張版印作品,包括:法性西來逢女國、真行者落伽山訴苦、濯垢泉八戒忘形、功成行滿見真如。這四張版印作品,線條細膩,人物形象生動,藉由圖像來吸引讀者,繼續深入文字描寫的故事情節,有其實際的效益;而以圖像讓讀者回溯故事的來龍去脈和啟示,也是版印圖像作品的另一種想像效益。

法性西來逢女國版畫作品,取自小說第五十四回的情節,圖畫中的唐僧師徒四人,來到西梁女國,三藏下馬拱手作揖,三個徒弟隨侍在後。孫悟空

拿著師傅的法杖，回望沙悟淨；豬八戒一手拉緊褲腰帶，身軀前傾跟在唐僧身後，而沙悟淨肩挑行李，一手牽著白馬，十分辛苦跟隨在最後；西梁女國的女官裙袍低垂曲身、雙手自然下垂，立在門口，迎接唐僧師徒。迎陽驛臺階綠草沿邊滋長，門口柳枝低垂，驛站宅院內松柏蒼翠高過屋簷，作外探式的枝葉延伸。從人物、枝葉、宅院整體版畫表現，是平靜無風的狀態。表達了小說自此開始，有一段心性與姻緣的對話場域即將展開序幕，而此刻只是醞釀敘事能量的「無風」階段。

　　眞行者落伽山訴苦版畫，取自第五十七回的小說情節。故事說到孫悟空殺了山賊數人，割了楊老兒的獨子首級，遭唐僧痛斥行者兇殘，一心默唸緊箍咒，要趕走孫悟空。悟空千般無奈，前往落伽山觀音菩薩處訴苦。這個版畫作品裡，孫悟空跪在光明圓滿的觀音菩薩面前，仰頭哭訴冤屈，而菩薩垂目俯身傾聽，慈悲充滿地看著悟空。崖邊流水潺潺，以滾捲線條表現流水湍急；天上捲雲飄移，版畫上下表現出行雲流水的風升景象，風與雲自右向左流動，崖下流水則自左蜿蜒向右。竹林枝葉扶疏，立在雲霧飄移間，採以竹葉不同的角度表現風動枝葉搖動的景象。版畫整體上下流動，中間則以人物的靜止表現動中靜的含意。

　　濯垢泉八戒忘形，取自《西遊記》第七十二回。濯垢泉畫在圍牆之內，有遮蔽的寓意，而豬八戒褪衣準備入水戲耍女妖。版畫裡牆邊枝葉低垂，是無風狀態；但濯垢泉的池水波浪滾翻，表現出女妖們的躁動和緊張。女妖遮掩躲避，而豬八戒躍躍欲試的模樣，凸顯心性修持（池）裡，聖與妖之間，誰人能把持？以及是否能把持得住慾望？二者才是心性修行判準的依據。

　　功成行滿見眞如版畫，來自第九十八回的敘事情節。唐僧師徒於釋迦佛祖面前虔誠跪首，諸菩薩眾分立佛祖兩旁。祥雲瑞氣蒸騰中，佛光圓照在佛菩薩頂緣。在風敘事的表現上，版畫裡的蒸騰雲霧，採用彎弧曲線鉤畫出圓弧狀的線條，表現微風吹拂、雲霧飄升的現象，十分生動。風的微動表現祥和寧靜的情境，是版畫中所要展現的功德圓滿意象。

　　這四張版畫拓印，對於風、水、雲、霧等流動意象的表現，都是以簡約的線條刻板技巧表現各種動態形式，從中也可以約略窺見風敘事在雕版工藝上的具象表現。若是缺少這種風的動態線條表現，版畫作品也就呆滯粗糙，大減其藝術價值了。

（二）臺灣民間傳統版畫裡的風敍事

臺灣地區的傳統版畫早見於明鄭時期，傳統的木版水印《大統曆》版印作品和烏心石雕書板鑴刻佛祖圖像等葉文，是較早的傳統版畫發軔。臺南松雲軒許多善書刻印作品，偶見版畫創作。

臺灣民間的版印發展裡，也有與《西遊記》故事有關的作品出現，相關人物版畫造像如城隍、地府閻羅、門神秦叔寶及尉遲恭、金剛經韋陀護法、哪吒三太子等較多見，表現人物風格和威風的風敍事也有些趣味。

清道光三十年臺南松雲軒出版《金剛經註講》，內有韋陀尊者圓光罩頂、雙手合掌、將軍盔甲披身，衣服隨風飄動，腳上飛雲捲動的版畫造像，十分傳神〔註25〕；〈說法圖〉的祥雲飄動，更是生動莊嚴〔註26〕；學甲慈濟宮太子爺神禡〔註27〕的版畫腳踩燃火的烽火輪、衣帶飄飛的飛揚神彩，有特殊威儀〔註28〕；門神秦瓊、尉遲恭二位將軍衣裝張揚，威武氣勢顯赫。〔註29〕

松雲軒各書刊印製的版畫中，還有許多涉及《西遊記》的神明造像。如：《羅漢籤解》的「彌勒佛」、《玉曆鈔傳警世》的「送子觀音」、《金剛寶卷》的「持國天王」、等等。〔註30〕其中，《戒殺放生圖說》裡的雷公和電母造像頗有敍事性。雷公目光向下俯視悖逆人倫的不孝人子，電母雙手持陰陽銅鏡高舉過肩，準備電擊造孽惡人。天上烏雲密集，樹木遭強烈風襲禿枝無葉，而惡人則跪伏地面，難以起身，雪雨粒粒擊下，恐怖的天懲景象紛呈在版畫之中。

觀察這些臺灣傳統版印畫，多具有特殊的宗教神秘性或神性人物的寫實，版畫作品的藝術表現強調其簡潔概括、形式感和符號性。對於材料的把握，透過風敍事的體會，將畫面的張力突顯出來，深具各自的獨到見解，這些早期的版畫創作者，或許並未真正完全出自《西遊記》的閱讀接受，但可能早已內化了小說懲惡揚善的正義感以宗教教化為目的，藉助文學故事作底蘊，常能創作出具有新意的作品。

〔註25〕詳見：王行恭著，《臺灣傳統版印》，臺北：漢光文化公司，1999年，頁57。
〔註26〕參見：楊永智著，《版畫臺灣》，臺中：晨星出版公司，2004年，頁46。
〔註27〕同前註，頁48。楊永智認為，「神禡」是紙馬，也喚作「佛馬」。採用鑴鏤神明造型，選用色紙印刷，在祭神儀式完成後予以焚化。畫面上神明都有奔馬構圖，被視為神明坐騎上天之用。
〔註28〕詳見：《臺灣傳統版印》，頁78。
〔註29〕同前註，頁81。
〔註30〕《版畫臺灣》，頁134～142。

二、淺析溥心畬〈西遊記冊〉的風敘事

溥儒，字心畬，號西山逸士，是清朝恭親王奕訢之孫，他的作品常鈐「舊王孫」印，與張大千並稱「南張北溥」。一九四九年遷至臺灣，任教於師範學院，他的書畫詩文一直廣為世人所推崇。

溥心畬學習書畫，揣摩自家中的豐富收藏，繪畫師法南宋馬遠、夏珪、元代王蒙、明代王諤、唐寅、文徵明等人，融合各家特色。他的皇室身分，加上經史文學家的性格，作品多傾向隱逸離世、秀逸淡雅、溫潤清麗。十二開〈西遊記冊〉是溥儒對《西遊記》章回小說的接受美學表現，他以最單純的構圖和生動的筆調，表現章回小說《西遊記》的人物和情節，隨性重組腦海裡的閱讀印象。〔註31〕

「鷹愁澗八戒施威」，小說並無此一情節，是作者的印象組合；十二開〈西遊記冊〉，也沒有按照章回小說的順序，如實地加以傳寫。如他落款的第十二開「三藏求經度雲山」本是小說的開始。溥氏創作全隨其個人印象融會腦海裡的《西遊記》故事片段，隨性組合而成。

溥氏刻畫此小說人物寓含故事的活力，也有些許風敘事的表現。如絹本第一開描繪「唐三藏萬里求經」圖，玄奘騎在白馬背上，崖壁上的松柏長向、玄奘的纓帶、和地上的草都採以風襲的微傾和搖動的具象樣貌呈現。顯示貼近山崖的快風吹襲的生動樣態，讓畫面產生微動的視覺感受。

「火燄山三盜芭蕉扇」圖描繪的是孫悟空誤以為借得真芭蕉扇，奮力向火焰搧火，不料火勢隨著搧風反而燒向悟空自己。烈火併著迎面襲來的熱風，讓孫悟空手持假芭蕉扇無法遮擋，溥氏又將行者遭焰風吹襲的衣擺畫得生動，行者的表情出奇地納悶和意外，顯得生動有趣。是很成功的風敘事描繪。

此外，「幻風沙魔扇敗心猿」繪圖，表現出由下向上扇飛孫行者。這段情節似乎雜揉途經黃風嶺遇黃風怪阻攔，以及鐵扇公主搧飛孫悟空的情節。小說裡的孫悟空遭芭蕉扇搧飛萬里，直到小須彌山才停止。在天空飄蕩翻飛的孫悟空，如「旋風翻敗葉，流水淌殘花，滾了一夜」，溥心畬將這個意象表現在繪畫上，就成了孫悟空捲屈著身子，四腳朝天翻滾的樣貌，十分寫實。

「通天河八戒問渡」、「鷹愁澗八戒施威」、「西天路萬里渡流沙」以及「普

〔註31〕資料參考：林綠編，《溥心畬書畫全集：第二冊人物篇》，臺北：乾隆圖書公司，1978 年。

陀巖天龍朝大士」等畫作，都將風吹行雲和淙淙流水等流動意象以許多清晰的曲線描繪拖曳手法表現其動感，讓畫面更顯動態感和趣境。

而第十一開「二郎神奉敕降魔」，內容描述齊天大聖孫悟空大鬧蟠桃會，致使天庭動員天兵天將，協力擒拿悟空的情節。進入溥心畬的印象筆底，顯得更加淋漓盡致。通幅僅見二郎神天空駕風雲，踩著祥雲，匆匆趕赴花果山，神行急速，身披戰袍的衣角仍略帶表現風速，襯托二郎神焦急的神情，預備要和齊天大聖放手一搏。

第四開「悟空求藥遊仙島」，敘述孫悟空、豬八戒、沙悟淨師兄弟三人，在五莊觀偷吃人參果，結果卻誤將參樹打倒；悟空欲覓得活樹良方，乃四處尋訪靈丹妙藥……。溥心畬所畫，當是行者登臨蓬萊仙島，預備造訪福、祿、壽三星的一段。孫悟空的造型，同樣與《西遊記》裡的形容相去不遠。

溥心畬別本的〈西遊記冊〉中，還有「妖魔當道戰心猿」、「八戒托缽走荒山」、「雲棧洞木母遇心猿」、「試戒力菩薩化嬌姝」、「孫行者降怪顯神通」等故事情節。這些以「西遊記」為題的小品冊頁，都有一項共通點，亦即創作者秀逸的筆法，有別於尋常習見的小說插畫。溥心畬營造畫面的手法，不受限於章回小說的繁縟細節，純然是出自畫家對《西遊記》的獨特感受，表現在風敘事上，別有一番趣味。在他的這些作品上，我們可以藉由創作者對於風的動態表現來窺見溥氏體會小說的深層感動。

三、台灣《西遊記》的民間雕刻塑像及其風敘事——以張振宏及吳榮賜作品為例

（一）以風敘事評析「竹根雕刻孫悟空」作品

臺灣歷史博物館收藏有「竹根雕刻孫悟空」的作品，這項雕刻作品採用台灣在地麻竹樹頭刻鏤，孫行者頭戴僧帽，一手持短棒作打擊姿勢，騎在怪物身上，另一手揪住河怪〔註32〕的犄角，只有短短衣角外掀。孫行者的瞠目作勢打擊妖怪的造型，表情生動，舉手投足深具打鬥氣勢，但作品在表現的神韻上，並沒有將風敘事融入，孫行者振臂打擊的動作，穿戴衣物全無張揚情狀，從作品整體來看，也就略顯呆滯。

想像創作者的雕刻藝術創作歷程，其實並未考量風的元素。也由於這種

〔註32〕估計這個怪物的形體和姿勢，頗類似通天河靈感大王的樣貌。

動態元素的缺乏，讓雕刻作品的「活化」程度顯得低落了些。研究小說《西遊記》的風，理解風的動態內涵和各種語意，對於雕刻藝術的創作與欣賞，將有助於創作者與閱聽人的藝術創作與鑑賞力的提升。

（二）佛山軒張振宏作品舉偶及其風敘事

佛山軒佛俱張振宏雕刻師傅作品豐富，他所雕刻的齊天大聖孫悟空（大聖爺）的雕刻尊像〔註33〕，全像表現出鬥戰勝佛的威儀，特別呈現孫悟空的火眼金睛和毛髮張揚的神態。戰袍衣袖隨風飛揚的氣勢，更顯威儀莊嚴。這項作品，引「鬥戰勝佛」的稱號來表現其雕塑作品樣貌，展現大聖爺不畏妖魔的精神，但也因此少了石猴的頑性。

張振宏的另一個作品刷毛飛天虎雕塑，展現添翼猛虎振翅衝飛的威猛氣勢，有如《西遊記》裡的駕旋風攝走唐僧的虎先鋒。虎威之風表現在飛天、降地、攝物等姿態上，十分生動；而笑口常開的彌勒佛像，表現衣袍風飛的生動相貌，這尊佛像雕刻，有著光滑亮眼的額頭和凸肚，右手持寶珠象徵著時來運轉，左手背著如意象徵著榮華富貴，是《西遊記》第六十六回彌勒收服黃眉妖王，並結合民間喜氣的綜合造型，極富趣味。

正如本論前述，風敘事還蘊含著聖、儒、道、禪、醫等諸子思想。佛山軒的造像雕塑作品已具有些許風敘事的影子，在諸子思想的文化底蘊上，創作者有其個人的文化精神及意涵體會，孫悟空的道術和猴性風格、虎爺的風威、彌樂佛與達摩的禪悟之風；在店內還有觀音立雲、柳枝寶瓶滋潤眾生與尋聲救苦的莊嚴風範等，各雕塑作品各有其神韻上的文化體驗和意涵表現。

（三）雕刻大師吳榮賜的《西遊記》人物作品與風敘事

吳榮賜出身南投名間，成長於鄉野，觀察自然事物入木三分。他掌握各種形象的大小、姿態、色澤、線條，十分敏銳精準，而且含意深遠。他除了多次舉辦過精彩的木雕展之外，各種作品更受到法國、比利時等國博物館青睞和好評，是國內不可多得的雕刻大師。

吳榮賜有關《西遊記》的作品不少，孫悟空人物雕像氣韻殊異。行者扭

〔註33〕佛山軒佛俱雕刻師張振宏係臺北市佛俱公會第十屆及第十一屆理事長，親自雕刻作品無數，深受好評，他的刻工純熟，深受各界肯定。103 年 6 月 19 日，筆者親訪張振宏本人，據張師傅所言，此尊像作品共計六件，悉數賣出，最後三件買主爲馬來西亞華僑。孫悟空的造型頗多，有時會依買主的要求來創作作品。

曲右臂，作遮光遠觀的姿態，左手臂貼身挾握著金箍棒，身子直挺眺望，衣角隨著微風揚起，生動萬分。2012 年吳氏在佛光山佛陀紀念館展出〈中國四大名著經典人物——吳榮賜雕刻世界巡迴展〉八十二尊人物像，採用大斧劈的刀法展現人物氣勢。擺手舉腳、靈活靈現的孫悟空是其中一件作品；豬八戒與沙悟淨蓄勢待發的樣貌，以微風吹動的衣角和衣服折痕紋路，表現得栩栩如生；唐三藏的寧靜莊嚴，展現虔誠志堅的表情；豬八戒瞇眼貪愛，嘴角微張，口水欲滴，一手持釘耙，另一手緊抓快要掉落的褲腰帶，將人物貪欲性格活現眼前。

此外，振翅沖天的雷公造像〔註 34〕也就更形威武傳神了。大師刀下的雷公造像，右手執雷斧，左手緊握雷針。人面鳥喙的傳統雷公神像，在大師的刻刀下，展現了特殊的神韻。雷公仰天凝視，象徵以天命唯聽，若是俯瞰下界人間，則是怒目凝神，即將懲罰罪孽，這個「仰視」的藝術表現，或許意在暗示創作者「聽天命」的虔誠意象；從雕刻的琢磨中，可見雷公清晰健壯的體態肌理，展現特殊的西方力與美表現。祂的雙翅張揚，羽毛紋路表現得細膩而且清晰可數，衝飛升天佈雷的姿態，更顯得富有極度神秘的神性特徵。吳榮賜師傅的雷公以雙環結緊綁褲腰帶，長褲帶自然下垂，顯示這時的雷公處在瞬間的無風狀態，正等待天庭的另一個旨意到來。他左腳弓起，右腳直立，展現蓄勢待發的神態，頗為生動。《西遊記》裡的雷神雖然對孫悟空唯命是從，但佈雷放電，神威依然顯赫。大師的雕工融入風敘事的文化意涵和形式精華，巧妙生動地表現出人物風格，令人激賞。

2014 年 5 月，吳氏在臺北松山文創園區展示部分作品，雷母造像巧妙生動，是吳師傅 2011 年的創作成果，他採用牛樟木材質，創作出近一百三十公分高的雕刻作品。樸實淳厚的吳師傅刻刀下，對於傳統母性印象有很深的眷顧。鑑賞他老人家的雷母雕刻造像，就可以在許多細節裡，看到大師的細膩情愫。

雷母，《西遊記》裡稱為電母。以雷公、電母同行，加上風神與佈雲童子，風雲驟變，雷光閃爍，巨響出雷電交擊，天威由是顯赫。師傅的細膩刻刀下，雷母雙手各持陰陽銅鏡一面，右上高舉、左下作勢，等待擊電的亭立姿勢，母性威儀下，陰陽擊雷的動作顯得躊躇保留。

〔註34〕這是吳榮賜師傅於 2010 年的作品，以牛樟木的木紋材質為基礎，細膩的雕刻工夫創作出 60.5×101×23cm 的精緻作品。

　　佇立於雲端意象的雷母造像，表情溫雅有如慈母，端莊的眉目神情，以及仿宋明二代的女性衣裝，束帶低垂，呈現無風無雨的雲端世界中，又以原樟樹木質紋路及橫刻刀的細紋，來表現雷母在覆雲上端靜立的莊嚴儀態。祂清晰柔和的容顏裡，看似正在瞇眼靜觀下界眾生的一切。在《西遊記》的故事裡，電母出現二次，第九回龍王與命相卜師袁守誠賭鬥一事：

> 點札風伯、雷公、雲童、電母，直至長安城九霄空上。他挨到那巳
> 時方布雲，午時發雷，未時落雨，申時雨止，卻只得三尺零四十點，
> 改了他一個時辰，扣了他三寸八點，雨後發放眾將班師。〔註35〕

電母授命於天庭，也聽命於其他眾神、符令。在吳榮賜雕刻師傅的刀下，對於電母又有另一番接受與詮釋，擴大了《西遊記》裡的電母內涵。

　　除此之外，吳老師傅還創作風調雨順四大金剛雕像、也十分生動。在《西遊記》裡，風調雨順的用詞至少使用了六次之多，調和這四位護法神與風調雨順意象，創作者有他獨到的見地。南方增長天王持劍向下喻爲「風」；東方持國天王環抱琵琶喻「調」；北方多聞天王執傘喻爲雨；西方廣目天王持蛇，喻爲「順」。是結合佛教與東方民間信仰所形成的護法神祇，相傳各自據守《西遊記》裡所稱的南贍部洲、東勝神洲、北俱蘆洲、和西牛賀洲四大部洲；而眾所悉知的觀音像，在老師傅膽大心細的精雕細琢下，觀音立像靜謐莊嚴，手握垂下淨瓶，象徵甘霖普渡；袒露胸前的仿唐雕刻，採以上揚的披衣和擺動裙尾的長袍，表現風雲滾升中的觀世音菩薩，佇立於天雲之上的想像。祂的目光憐垂下看眾生，表現出《西遊記》裡尋聲救苦、得能運轉神通，觀看過去未來劫數，及時解救取經人的災難。

　　在風敘事的表現上，吳榮賜雕刻師的作品隱含著傳統文化的深厚意涵，目前臺灣宗教雕刻較顯普及，對於文學意象的雕刻創作，吳榮賜堪稱國內翹楚。他的作品曠達中保留了些許細膩，對於文學裡的人物風格和風動意象具有特殊的文化內涵與感悟，流露在每個刀法之中。

第四節　臺灣《西遊記》繪本裡的風意象

一、臺灣《西遊記》的繪本

　　「繪本」一詞尚未有統一的定義，在圖畫書、故事書與兒童繪本等各種

〔註35〕《西遊記》第九回，頁115～116。

類似名詞中，人們最常用圖畫書（picture books），日本稱為「繪本」。〔註 36〕繪本是以圖畫來闡述故事的兒童圖畫書，強調視覺傳達效果，著重版面造形、色彩運用與素材變化等技巧，能增強主題內容的表現。〔註 37〕好的繪本應具有簡潔篇幅、主題明確、淺白趣味、兼顧文學與藝術等特性。

　　兒童需要書中有圖，是因為兒童對於具象圖畫較抽象文字易於理解，對兒童來說，圖畫遠比文字更容易吸引兒童的注意，引導兒童走進故事世界，並激發兒童的興趣。繪本能廣受小讀者們的歡迎，其來有自。要引領兒童走進古典文學的世界裡，改寫傳統章回小說成為兒童繪本，是很重要的文化與語文教育工作。

　　國內兒童繪本作家不少，也有很多兒童文學創作者或教育工作者投身古典小說改寫成童話故事、圖書、繪本、漫畫等創作。在臺灣，章回小說《西遊記》的改寫其實已經有許多作品正在被閱讀著，各地兒童圖書館館藏西遊記故事繪本也為數不少，版本也很多。但是寫得生動逗趣，又能符合原著文意的則寥寥無幾。這些版本是否生動有趣，能吸引小讀者的目光，讓他們輕易進入故事場域裡，其實可以從這些改寫創作者對《西遊記》的風有何接受情形看出端倪。

　　查詢臺灣書目整合系統，關於《西遊記》的印刷出版品就超過三千餘筆。這些出版品中，屬於臺灣本土編者或改寫者，超過六十人，足見章回小說《西遊記》的受眾之多。這些受眾是實際表現其接受性的顯性讀者，如果再以田野調查，或許還能更深入發現臺灣閱讀章回本《西遊記》和閱讀改寫本《西遊記》的更多受眾。隨著閱讀人口的增加，小說《西遊記》在臺灣的讀者群日漸增多，《西遊記》的流傳也就更加廣遠。

二、臺灣兒童繪本《西遊記》裡的風敘事——以二本繪本為例

　　在有限的兒童繪本閱讀裡發現，改寫《西遊記》的兒童繪本內容，顯然預設了不同的閱讀年齡。預設的受眾年齡層愈低，改寫的繪本內容也會相對傾向圖比字多，甚至純粹以圖畫來闡述故事；也有編者為了讓正在學習閱讀

〔註 36〕鄭明進撰，〈漫談日本幼兒圖畫書〉，收錄於《幼教天地》第五期，1986 年，頁 51～68。

〔註 37〕方淑貞撰，《FUN 的教學——圖畫書與語文教學》，臺北：心理出版公司，2003 年，頁 5。

的孩子深化閱讀能力，在繪圖之外的少許敘述文字旁加入注音，方便兒童閱讀。隨著受眾的年齡增長，許多《西遊記》的兒童繪本改寫，開始「圖文並茂」。本論所著重的改寫繪本，正是這種繪圖與文字敘述兩者，各佔有接近頁數的繪本爲主。從這類兒童繪本裡與風敘事有關的改寫內容，我們可以一窺改寫者對《西遊記》的藝術接受情形。茲以《西遊記之降伏紅孩兒》〔註38〕及《西遊記之五聖成正果》〔註39〕二本繪本來分析。

（一）《西遊記之降伏紅孩兒》的改寫

《西遊記之降伏紅孩兒》一書是以《西遊記》原著裡唐僧師徒四眾遭遇金角與銀角二大王、火雲洞聖嬰大王、以及車遲國虎、鹿、羊三個妖仙的故事組合而成。黃雪姣改寫這三個故事情節，擇取其中精華部分，保留原作者豐富離奇的想像和靈活奔逸的筆調，文辭淺顯流暢，情節安排也十分緊湊明快，妙趣橫生。採納了許多風敘事較貼近原著，繪圖也極生動。

一段紅孩兒掀旋風攝走唐僧的敘事情節，這樣改寫：

> 他在半空中掀起一陣旋風——轉眼石走沙飛，黃塵滾滾，連山嶺的大樹也連根拔起……強風中，三藏扯著馬韁，搖搖欲墜；沙僧低頭掩面，不停的叫喚；而八戒則藏頭遮眼，只顧著四處躲閃。悟空見陡然風雲變色，知道是妖精在作怪，立刻急起追趕。沒料到，妖精已搶先一步將唐僧攝了去。〔註40〕

這段情節的原著有這樣的風敘事：

> 好怪物，就在半空裏弄了一陣旋風，呼的一聲響亮，走石揚沙，誠然凶狠。好風：淘淘怒捲水雲腥，黑氣騰騰閉日明。嶺樹連根通拔盡，野梅帶幹悉皆平。黃沙迷目人難走，怪石傷殘路怎平。滾滾團團平地暗，遍山禽獸發哮聲。刮得那三藏馬上難存，八戒不敢仰視，沙僧低頭掩面。孫大聖情知是怪物弄風，急縱步來趕時，那怪已騁風頭，將唐僧攝去了，無蹤無影，不知攝向何方，無處跟尋。〔註41〕

〔註38〕 黃雪姣編，《西遊記之降伏紅孩兒》，臺南：世一文化公司，2005年。
〔註39〕 同前註。另有史瓊文編，《西遊記之水濂洞稱王》，臺南：世一文化公司，2005年。三冊合輯。目前臺灣地區出版界對《西遊記》的改寫各有貢獻，以幼福、牛頓及世一出版公司著力最深。幼福出版公司著重年齡較低的幼童受眾；牛頓出版漫畫《西遊記》套書也有其特色和廣大的小讀者；而世一出版公司則以年齡稍大的青少年讀者爲主。後者是本論討論的主要對象。
〔註40〕 《西遊記之降伏紅孩兒》，頁92～93。
〔註41〕 《西遊記》第四十回，頁503。

對照著原著段落可見：「弄了一陣旋風」貼切地改寫成「掀起一陣旋風」，「掀」字用的靈活；但是省略了風的聲音描寫「呼的一聲響亮」，是不足之處；「走石揚沙」改寫成「石走沙飛」更迭了詞性；「悟空見陡然風雲變色」則忽略了孫大聖的神通預知力，相形遜色許多。而此繪本補充的繪圖，則採唐三藏曲身想避走不成，被旋風包圍，飄飛到空中。遺憾的是，「旋」的意象並未在圖畫裡做合理呈現，衣物冠纓的飄飛方向與旋風襲捲的動線並不相符。但全圖已經表現唐僧陷入旋風之中，因此尚且保留了風敘事的動態趣味。

（二）《西遊記之五聖成正果》的改寫

《西遊記之五聖成正果》一書融合火燄山三借芭蕉扇、小雷音寺逢厄、獅駝嶺逢三魔、無底洞妊女求陽等故事。在火燄山芭蕉扇的情節裡，以孫悟空與羅刹女打鬥，遭芭蕉扇搧飛萬里的風敘事最爲生動。此書改寫成：

> 羅刹女畢竟是女流之輩，漸漸感到疲憊，料想自己無法取勝，便趁悟空不注意，取出扇來，朝悟空一搧。頓時，陰風大作，飛沙滾滾。悟空便如落花在急湍漂流，又像敗葉隨旋風翻飛，身不由主的在陰風中翻滾了一夜，好不容易才抱住一塊峰石，落到一座山頭上。
> 〔註42〕

原著的風敘事內容是：

> 一扇揮動鬼神愁！那羅刹女與行者相持到晚，見行者棒重，卻又解數周密，料鬥他不過，即便取出芭蕉扇，幌一幌，一扇陰風，把行者搧得無影無形，莫想收留得住。這羅刹得勝回歸。那大聖飄飄蕩蕩，左沉不能落地，右墜不得存身，就如旋風翻敗葉，流水淌殘花，滾了一夜，直至天明，方才落在一座山上，雙手抱住一塊峰石。定性良久。〔註43〕

前段改寫的羅刹女看似心計頗多，「趁悟空不注意」這種理解並不正確；而「陰風大作，飛沙滾滾」的使用並未明白解讀「陰風」的濕冷陰寒意象，這個芭蕉扇的搧動意象，應是羅刹女將正要由上向下棒擊的孫悟空，向天空搧去。「飛沙滾滾」似乎是一種謬解；此外，「落花在急湍漂流，又像敗葉隨旋風翻飛」只是「旋風翻敗葉，流水淌殘花」的白話翻譯，可惜了孫悟空在空中無可奈何地飄、翻、滾、搖、……等被吹飛的意象。繪本裡所畫的圖案是，孫悟空

〔註42〕《西遊記之五聖成正果》，頁 26～27。
〔註43〕《西遊記》第五十九回，頁 743。

雙手攀吊在小須彌山的一個懸崖岩石邊，省略了孫大聖空中翻飛的情形。顯示改寫者對於這段風敘事，還沒有很深入的體會。

在改寫繪本藝術的創作上，作者顯然與原著的創作用意上有些落差。這似乎隱含著改寫者對《西遊記》的接受偏向遊戲論，與其他的《西遊記》的接受者的心性觀有所不同。

三、海峽兩岸《西遊記》繪本版本之比較與評析

文化環境的發展差異，個人的秉氣資賦也各有不同，章回小說《西遊記》的受眾自然也有不一樣的接受情形。從黃雪姣和魯冰二人改寫的繪本中，除了風格互異之外，我們還可以看出二人對於相同的情節產生迥異的感受和想法，極其有趣。筆者採用風敘事的視角來探析《西遊記》改寫的差異，還顧念著兩岸的文化分隔將近五十年，雖然同樣浸淫在古典小說《西遊記》的奇幻與神秘之美，但是否有「共看明月」的相似的閱讀心情、體會和感慨，則有待考慮。

正如《西遊記》羅剎女用芭蕉扇搧飛孫悟空到小須彌山的搧風情節，魯冰則有不同的體會，轉化成這樣的改寫：

> 鐵扇公主說著，用芭蕉扇一搧，颳起一陣狂風，把孫悟空吹到天上去了。孫悟空像斷了線的風箏，在天空飄飄蕩蕩，第二天早晨才落在一座山上。他仔細一看，認得這是小須彌山，有位靈吉菩薩住在這裡。〔註44〕

魯冰將描寫的重點先放在鐵扇公主與孫悟空邊打鬥邊爭執的對話，再引入芭蕉扇的恐怖風威。魯氏則以正確的視角，描寫芭蕉扇朝上搧動的方向。孫悟空被吹向天際，不談原典借用流水花漂、旋風翻葉的意象，直接說：「像斷了線的風箏，在天空飄飄蕩蕩」簡潔有力，也避免爭議。風敘事在魯冰這位改寫作者的心裡，應有導入重要情節的轉化功能，採用極簡潔的方式，藉風引領新的情節進入敘事空間。在有限的篇幅和特定的讀者群等考量下，文字創作者採用簡短的敘述文字表達事情的經過，其餘則由精彩的插畫繪圖者做進一步的詮釋。

對於《西遊記》的想像、趣味和寓意，每個接受者都有各自不同的體會。

〔註44〕吳承恩著，魯冰改寫，朱延齡插圖，《西遊記》，臺北：聯經出版公司，2001年，頁166。

這個取經故事的描述主體十分龐大,對兒童而言文字略顯艱難。如何擷取精華,讓讀本簡易淺顯,而且保留原著的喜感,凸顯原典表達的道理,魯冰的改寫手法自有其優點。最值稱道的則是繪本裡活潑討喜,耐人尋味的各插圖。芭蕉扇這一段敘事,繪者朱延齡先以山巔和無際的藍天下手,然後在次頁上端畫出孫悟空四腳朝天翻飛的姿態。又將孫大聖納悶、一臉無奈的表情,刻畫的栩栩如生。改寫的作者兼顧了兒童的理解,將字句情節變成簡潔而淺白的敘述,合理的刪省成了必然;而插圖繪者則以更生動有趣的畫筆,彩繪出孫悟空遭搧飛的有趣樣貌。整部《繪本西遊記》的文字改寫極其成功,而繪圖成了趣味的擴寫,頗得小讀者的青睞。〔註 45〕

〔註 45〕 筆者曾洽詢魯冰改寫的這本《繪本西遊記》,詢問何以該書破損嚴重?據桃園文化局圖書管理員轉述,該書自 2003 年購入迄今,借閱人數逾一千三百多人次,絕版後並未再發行新版本,無法再予以更新。受眾之多,可見一斑。

第陸章　結　論

一、研究結果

　　這篇論文源自於個人閱讀《西遊記》的心得，《西遊記》的風則是對此書的研究發現。為了深入理解這部小說的經營手法，在瀏覽過去的文獻後，獲得研究的方向和重點，對於《西遊記》的風也有了學術研究概況的初步瞭解，決定以《西遊記》的風研究為題持續探究。

　　本論採用文本細讀、分類統計與理論分析批判等方法，深究風敘事在小說裡的風化敘事、風的自然力學敘事手法、及其文化意涵等議題，進而以風敘事的觀點，梳理《西遊記》在臺灣地區的藝術接受情形。

　　從各章節的探討中，得到幾個結論：

　　首章擬列《西遊記》風敘事的研究動機、目的、方法、範圍與限制。並從文獻探討中，初步瞭解過去相關研究的累積成果。發現浩瀚的《西遊記》研究中，風敘事尚未被深掘；也在文獻閱讀中，對於風敘事的內涵、風化、力學敘事和在臺灣的藝術接受情形等議題，有深刻的啟發，確立本研究主題與方針。

　　第貳章風化敘事研究發現，《西遊記》多次演繹「風動蟲生」，藉著風敘事教化心性修持的道理；以風敘事手法進行敘事空間轉化；還讓人物形式隨風捻咒，變化多端。「風動蟲生」是《西遊記》人物化育生成的表現手法，「因見風」的「風來怪生」是人物最生動的入場；「風去怪離」則形成驚悚的離散情緒；「以風化數」的分身則是《西遊記》風化生成的另一個精彩描寫，帶有群體相剋應的死傷戰鬥寫實。風寓含諷喻教化，以神諭的飄飛簡帖來警惕修

行人；以冤魂地獄的陰風，表現黑色喜劇式的恐怖戲謔，讓冤魂尋得再次得到伸張正義的發言新場域。風在幾何佈局的敘事空間中穿梭，西天取經的線穿結構中，各敘事空間以分枝開葉、線性仿射、或繡線形式呈現各大敘事架構，由各種不同的視角呈現每個敘事空間裡，各自存在的妖精場域，串連成物物相剋的鎖鍊。在人物變化方面，形式的變化都具有特殊的隱喻，孫悟空變化多端，蟲魚鳥獸、種類和數量最豐富，意在讓讀者增廣許多見識；妖精變形隱含有貶抑女性的敘事內涵；不論形體如何改變，其實「妖精、菩薩」卻只是一念之間。

　　第參章研究發現，《西遊記》採擷大自然界的風象，寫入小說故事情節之中。以風的流動空間表現小說的大敘事空間；以風阻意象，巧妙寫入屏風的空間阻隔技巧；更以風的位移和速度，形塑各種隱喻。整部《西遊記》的故事情節，都在風的流動空間裡發生。猴王渡海修成孫悟空、江流和尚領命成為唐三藏、豬剛鬣皈依為豬八戒；捲簾將軍被點化為沙悟淨，各因緣聚成西天取經的路線上。屏風區隔並陳二元敘事空間，以風阻凸顯映襯；平行季風，擴展小說的大敘事空間；對流的風是貪欲躁火與「頓悟」的風交會而成。香腥冷熱等風，巧妙代表人物神邪，風格互異；而屏風前後，對比心思與外在的差別；風的順逆各有表徵，順風意指樂意、隨風快行的意象，但也很快引來樂極生悲的情節；而逆風帶來悖天殘虐，悟空驚呼為「大造化」，也意味著阻斷糾纏、迎接戰鬥的意象；旋風攝人則造成滯留、返回與懸念的情節。故事也採用風升為動，風落則止的自然意象塑造故事開始和結束。風的順、逆、旋、升、落等位移表現風的力學敘事和意象。隨著人物行止和意向的順風敘事，展現威風儀態、快速帶動過場情節；順風之後的得意忘形，往往逆轉成警惕樂極生悲的敘事。此外，《西遊記》的順風敘事又有空相對話的隱喻，一念之間的善惡諦義潛藏其間。而逆風則不只是阻撓，《西遊記》的逆風敘事有悖逆天理的殘殺意象，警惕缺少心性修持的神通力禍害無窮；逆風還被用來當作阻斷糾纏的工具，隱喻斷除迷信與崇拜的重要。時常出現的旋風攝走唐僧情節，讓師徒等人物出現離散敘事，故事情節因此滯留；旋風有時會將故事拉回某個過去，讓情節產生折返。最後，風的升起，象徵情節進入緊張情境，風落則代表另一個較鬆弛、寧靜與平衡的敘事情節的開啟。而無風醞釀敘事能量，微風存在動靜交替之間、快風疾行帶過敘事情節，直到狂毀之風大作，離散與戰鬥便相繼出現，各有其速度感、節奏和毀滅性。

　　第肆章探討《西遊記》的天聖升降敘事結構。故事藉風擴展平面敘事空間，聖名從孤懸神格降為人間虛名，在取經劫難後得到歷劫與歸位；儒家的信與禮成了統治人民的約束力；「孝道無親」掩蓋過女性貞操，卻未適用於妖魔世界；「善言相應」只是天人感應的說法。《西遊記》裡的儒家思想有著明顯的通俗化理解與改變特徵。在《西遊記》裡的道教，符籙祈禳帶有神秘和袪解作用；以祈禳召喚風神讓史實和小說產生虛實對位。全真食餌養生傳神，由蟠桃、人參果、金丹、仙酒引出食人肝腦的貪欲和迷信，小說藉風敘事打破這些迷思；禪宗公案與《壇經》的引用，在《西遊記》裡隱有刻意模糊佛道界線的寫作意圖。作者以傳法典故夾雜金丹大道的修行要訣；以當頭棒喝的意象破除六根六塵的障礙；乃至於直接以《心經》全文徵引來提醒「悟空」的修行要旨，在在透露小說對於禪宗的心性修行的推崇。而師徒別離的情節更揭露《壇經》與《西遊記》對於師徒情誼的另解。此外，《皇帝內經》、《脈經》與《難經》等醫書的醫療知識，在《西遊記》裡與道教食餌煉養有逐步謀合的現象。《西遊記》的風具有自然與人體相應的天人合一思想。自然的風寫成文學裡的正義神力，能拯救無辜百姓於無形；作者反覆責難「食人」煉養惡行，還深入闡釋心性頓悟比延壽想法重要。風病觀彰顯順應自然的道理，也屢屢透露心性修行才是生命究竟的觀點。自此體現《西遊記》小說裡的風具有傳統思想的各種文化意涵，以這些文化元素體會《西遊記》的風，有助於瞭解《西遊記》的心性修持的意涵。

　　第伍章則從《西遊記》的風敘事視角，觀看臺灣《西遊記》在京劇、歌仔戲、布袋戲、版畫、繪圖、雕刻等藝術表現上的現代與本土接受情形。在戲曲方面，劇通與檢場是風敘事的機關配置者。配合演出情境和場景、道具的需要，提供陣風雲霧，火光走石；配合鼓、鈸、鑼、嗩吶等後場樂器，共同展現風敘事的視聽具象美學。臺灣現代京劇《西遊記》為因應觀眾結構的變化，將傳統京劇的武場、各種虛擬的象徵身段及道具表現，融入現代舞蹈、戲劇等本土元素，讓京劇走進現代劇場和年輕觀眾。而歌仔戲《西遊記》更具吸引力。明華園、秀琴等歌劇團，採用噴霧機噴霧、雷射燈光與現代流行歌曲，吸納現代與本土元素的強韌活力，充分展現這個劇種的通俗趣味。將自然颶風、科技聲光效果，結合戲曲中各種虛擬和象徵肢體動作，讓風敘事生動地呈現在觀眾眼前，博得許多喝采。臺灣布袋戲也有許多風敘事的接受情形，亦宛然劇團以人物受風的動作和揮動藍白長布展現風威；小西園彩樓

戲棚、文言口白、仿眞的操偶技巧都十分逗趣；眞五洲黃俊雄的金光布袋戲結合聲光科技、用流行歌曲配樂、加上表演者站在戲臺前現場口白，布袋戲金光閃閃的武場表演創新了布袋戲演出形式，風靡一時；王文生全才型布袋戲表演、臺北木偶劇團領著傳統布袋戲戲曲風走向親子劇場表演形式，結合雷射、煙霧、和傳統後場配樂，更令人激賞。對應《西遊記》的小說和戲曲表現風，有助於鑑賞《西遊記》各情節的趣境。

在《西遊記》的版畫裡，無風的低垂柳枝、快風行雲流水和祥雲瑞靄、風吹水皺的波紋都有風敘事的動態線條表現；臺灣民間城隍、閻羅、門神、韋陀護法、哪吒三太子、雷公電母等版畫作品各自展現神彩飛揚、陰冷飄霧、或狂毀的天懲風勢等具象藝術，深具宗教信仰的教化寓意和神秘性。溥儒的〈西遊記畫冊〉是臺灣《西遊記》繪畫名作，從文學到繪畫，表現風搖人傾、火逞風勢和搧風飄盪等寫實。畫家以個人獨特的閱讀感受，生動地繪出風敘事的動態美感線條。這種風格表現在雕刻作品上，可看到戰鬥勝佛的威風、吳榮賜雕刻氣韻生動的孫悟空、「聽天命」的雷公造像、雲端的雷母、觀音立像，以精熟的刀工流露出雕刻師傅對文學人物風姿的感悟。而臺灣《西遊記》改寫的兒童繪本頗多，改寫者對風敘事的體悟直接影響創作繪本的圖文生動趣味與否。在圖文等量的繪本中，《西遊記》的改寫是否符合原創本意和相似的趣境，端賴改寫者能否正確理解風敘事的溫度、風向和強度。

二、未來展望

本論在深究《西遊記》的風之後，對於《西遊記》的風的豐富意涵和小說敘事手法有初步瞭解，但對於風敘事進入各種文藝的研究，尚未深鑿。文學風敘事及其應用須留待後續研究。

對於風敘事在京劇、歌仔戲和布袋戲的運用，可窺見各藝術創作者的接受概況，但並未如實地採取民俗誌田野調查，進一步採訪編劇改寫歷程，再深入瞭解各創作者和參演者對於《西遊記》的風有何相關看法，也未能全面參與前後場演出，對此議題必然尚有疏漏待補充。因此僅就創作成果回溯其接受性，暫且作拋磚引玉，留供本論「再接受」者繼續這份學術因緣。

參考書目

一、西遊記文本

1. 明・吳承恩，《西遊記》上、下冊（臺北：桂冠圖書公司，1991 年）。
2. 明・吳承恩，徐少知校，周中明、朱彤注，《西遊記校注》全三冊（臺北：里仁書局，1996 年）。
3. 明・吳承恩，明・李卓吾評點，杜京主編，《品讀西游——李卓吾評西游記》上、中、下冊（北京：光明日報出版社，2007 年）。
4. 明・吳承恩，潘建國評註，《西游記》（上、下卷）（北京：北京大學出版社，2011 年）。
5. 明・吳承恩，《西遊記》（全三冊）（香港：中華書局公司，2012 年）。底本爲清・黃周星改編，黃永年、黃壽成校勘《西遊證道書》。
6. 明・吳承恩著，魯冰改寫，朱延齡插圖，《西遊記》（臺北：聯經出版公司，2001 年）。
7. 黃雪姣編，《西遊記之降伏紅孩兒》（臺南：世一文化公司，2005 年）。
8. 黃雪姣編，《西遊記之五聖成正果》（臺南：世一文化公司，2005 年）。

二、西遊記研究專著（依姓氏筆劃排序）

1. 王晨宇，《樂知學苑：西遊記》（臺北：宏典文化出版公司，2011 年）。
2. 史瓊文編，《西遊記之水濂洞稱王》（臺南：世一文化公司，2005 年）。
3. 朱一玄、劉毓忱編，《西遊記資料彙編》（天津：南開大學出版社，2002 年）。
4. 李時人，《西游記考論》（杭州：浙江古籍出版社，1991 年）。

5. 余國藩著，李奭學譯，《余國藩西遊記論集》（臺北：聯經出版公司，1989年）。

6. 吳聖昔，《西游新解》（北京：中國文聯出版公司，1989年）。

7. 何錫章，《解讀西遊記》（臺北：雲龍出版社，1999年）。

8. 胡光舟，《吳承恩和西遊記》（臺北：萬卷樓圖書公司，1993年）。

9. 胡適，《西遊記考證》，收在《胡適文存》第二集第四卷（臺北：遠流出版公司，1986年）。

10. 唐遨，《西遊話古今》（臺北：遠流出版公司，1992年）。

11. 孫寶義，《讀西遊記話人才》（臺北：方智出版社，1997年）。

12. 陳士斌批點，《西遊真詮》、劉一明評點，《西遊原旨》合刊（臺北：老古文化事業公司，1983年）。

13. 張書紳評點，《新說西遊記》（上海：上海古籍版社，古本小說集成據上海古籍出版社藏本影印，1993年）。

14. 張靜二，《西遊記人物研究》（臺北：臺灣學生書局，1984年）。

15. 梅新林、崔小敬編，《20世紀《西游記》研究》（北京：文化藝術出版社，2008年）。

16. 趙天池，《西遊記探微》（臺北：巨流圖書公司，1983年）。

17. 劉勇強，《西遊記論要》（臺北：文津出版社，1991年）。

18. 鄭明娳，《西遊記探源》全一冊（臺北：里仁書局，2003年）。

19. 薩孟武，《西遊記與中國古代政治》（臺北：三民書局，三民文庫，1969年）。

三、古籍（依時代先後排序）

1. 周・韓非撰、元何犿註，《韓非子》。收錄於清・永瑢、紀昀等纂修，《景印文淵閣四庫全書》《四庫全書》「子部三五　法家類」第729冊（臺北：臺灣商務印書館，1986年）。

2. 周・墨翟，《墨子》。收錄於清・永瑢、紀昀等纂修，《景印文淵閣四庫全書》「子部一五四　雜家類」第848冊（臺北：臺灣商務印書館，1986年）。

3. 周・秦越人撰，明・王九思等集注《難經集注》（臺北：臺灣中華書局，1966年）。（與《本草經》合訂一冊）。

4. 魏・王弼，晉・韓康伯注，唐・孔穎達疏，《周易集註》，收錄於清・永瑢、紀昀等纂修，《景印文淵閣四庫全書》「經部易類」第7冊（臺北：臺灣商務印書館，1986年）。

5. 魏・何晏集解，宋・邢昺疏，《論語注疏》〈陽貨第十七〉。收錄於《四庫家藏「經部二七」（濟南：山東畫報，2004年）。

6. 魏‧吳晉等述，清‧孫星衍等輯，《神農本草經》（臺北：臺灣中華書局，1966 年）。

7. 漢‧司馬遷著，宋‧裴駰集解，唐‧司馬貞索隱，唐‧張守節正義，《史記》。收錄於首都師範大學文獻研究所編著，《四庫家藏》「史部三五」（濟南：山東畫報，2004 年）。

8. 漢‧孔安國傳，《古文孝經孔氏傳》，收錄於清‧永瑢、紀昀等纂修，《景印文淵閣四庫全書》「經部一七六 孝經類‧五經總義類」第 182 冊（臺北：臺灣商務印書館，1986 年）。

9. 漢‧班固撰，《漢武帝內傳》。收錄於清‧永瑢、紀昀等纂修，《景印文淵閣四庫全書》「子部三四八 道家類」第 1042 冊（臺北：臺灣商務印書館，1986 年）。

10. 東漢‧許慎著，清‧段玉裁注《說文解字注 附段注補正》（臺北：蘭臺書局，1983 年）。

11. 後蜀‧彭曉撰，《周易參同契通眞義》，收錄於清‧永瑢、紀昀等纂修，《景印文淵閣四庫全書》「子部三六四 道家類」第 1058 冊（臺北：臺灣商務印書館，1986 年）。

12. 唐‧牛僧孺，《幽怪錄四卷》。收錄於〔北京圖書館藏明書林陳應翔刻本〕《四庫全書存目叢書》編纂委員會編纂，《四庫全書存目叢書》「子部二四五 小說家類」，（永康：莊嚴文化事業，1995 年）。

13. 唐‧李延壽撰，《北史》，收錄於清‧永瑢、紀昀等纂修，《景印文淵閣四庫全書》「史部二四 正史類」第 266 冊（臺北：臺灣商務印書館，1981 年）。

14. 唐‧孟安排撰，《道教義樞》十卷之二，收錄於《續修四庫全書》編纂委員會編，《續修四庫全書》「子部 宗教類」第 1293 冊（上海：上海古籍出版社，2003 年）。

15. 唐‧釋道世撰，《法苑珠林》。收錄於清‧永瑢、紀昀等纂修，《景印文淵閣四庫全書》「子部三五五 釋家類」第 1049 冊（臺北：臺灣商務印書館，1986 年）。

16. 梁‧任昉，《述異記》。收錄於《百子全書》（永和：古今文化出版社，1969 年）。

17. 晉‧郭象注，《莊子注》。收錄於清‧永瑢、紀昀等纂修，《景印文淵閣四庫全書》「子部三六二 道家類」第 1056 冊（臺北：臺灣商務印書館，1986 年）。

18. 晉‧葛洪撰，《抱朴子》。收錄於清‧永瑢、紀昀等纂修，《景印文淵閣四庫全書》「子部三六五 道家類」第 1059 冊（臺北：臺灣商務印書館，1986 年）。

19. 晉‧郭璞傳，棲霞郝懿行箋疏，《山海經箋疏》第十七〈大荒北經〉（臺北：臺灣中華書局，1966 年）。

20. 宋‧朱熹集註《四書章句集注》。收錄於清‧永瑢、紀昀等纂修，《景印文淵閣四庫全書》「經部一九一 四書類」第 197 冊（臺北：臺灣商務印書館，1986 年）。

21. 宋‧沈括撰，《夢溪筆談》。收錄於《四庫家藏》「子部九六」（濟南：山東畫報，2004 年）。

22. 宋‧邵雍撰，《皇極經世書》（臺北：台灣中華書局，1982 年）。

23. 宋‧歐陽修著，《歐陽修全集》，（臺北：河洛圖書出版社，1975 年）。

24. 元‧脫脫：《宋史》（臺北：臺灣中華書局，1971 年）。

25. 明‧施耐庵原著，盛巽昌補證，《水滸傳補證本》（上海：上海人民出版社，2010 年）。

26. 明‧笑笑生，《金瓶梅》（臺北：三民書局公司，1980 年）

27. 明‧許仲琳，《封神演義》（臺北：桂冠圖書公司，1984 年）。

28. 明‧馮夢龍，《平妖傳》（臺北：文化圖書公司，1978 年）。

29. 明‧羅貫中，《三國演義》（臺北：聯經出版公司，2007 年）。

30. 清‧西周生，《醒世姻緣傳》（臺北：聯經出版事業公司，1986 年）。

31. 清‧紀昀著，嚴文儒譯注，《閱微草堂筆記》，（臺北：三民書局公司，2006 年）。

32. 清‧馬驌，《繹史》。收錄於清‧永瑢、紀昀等纂修，《景印文淵閣四庫全書》「史部一二三 紀事本末體」第 365 冊（臺北：臺灣商務印書館，1986 年）。

33. 清‧清聖祖御定《全唐詩》（臺北：文史哲出版社）。藝文印書館編輯，《二十五史》〈明史卷一百十六‧列傳十〉（臺北：藝文印書館，2005 年）。

四、近代專著（依姓氏筆劃排序）

1. 丁平，《中國文學史》（臺北：黎明文化公司，1984 年）。

2. 王一川，《文學理論》（北京：北京大學出版社，2011 年）。

3. 王行恭，《臺灣傳統版印》（臺北：漢光文化公司，1999 年）。

4. 王孝廉，《神話與小說》（臺北：時報文化出版企業有限公司，1986 年）。

5. 王靖宇，《中國早期敘事文論集》（臺北：中央研究院中國文哲研究所，1999 年）。

6. 王夢鷗等，《中國文學的發展概述》（臺北：中華文化復興運動推行委員會，1982 年）。

7. 王德威,《後遺民寫作》(臺北:麥田出版社,2007 年)。

8. 申丹,《敘述學與小說文體學研究》(北京:北京大學出版社,1998 年)。

9. 申丹,《敘事、文體與潛文本——重讀英美經典短篇小說》(北京:北京大學出版社,2009 年 9 月)。

10. 申丹、王麗亞著,《西方敘事學:經典與後經典》(北京:北京大學出版社,2010 年 3 月)。

11. 孔另境,《中國小說史料》(臺北:中華書局,1957 年)。

12. 羊春秋注譯,《新譯孔子家語》(臺北:三民書局公司,1998 年)。

13. 朱任飛,《《莊子》神話的破譯與解析》(長春:東北師範大學出版社,1999 年)。

14. 江味農居士校正,《金剛經校正本》(臺中:青蓮出版社,2001 年)。

15. 李有成,《他者》(臺北:允晨文化實業有限公司,2012 年)。

16. 李辰冬,《三國水滸與西遊》(臺北:水牛出版社,1944 年)。

17. 李悔吾著,《中國小說史》(臺北:洪業文化公司,1995 年)。

18. 吳子林,《經典再生產——金聖嘆小說評點的文化透視》(北京市:北京大學出版社,2009 年 9 月)。

19. 吳雙翼,《明清小說講話》(臺北:木鐸出版社,1983 年)。

20. 東方佛教學院編註,《六祖壇經註釋》(高雄:佛光書局,1993 年)。

21. 林明德編,《晚清小說研究》(臺北:聯經出版事業公司,1988 年)。

22. 林綠編,《溥心畬書畫全集:第二冊人物篇》(臺北:乾隆圖書公司,1978 年)。

23. 周中明、吳家榮,《小說史話》(臺北:國家出版社,2004 年):另有簡體版本:(北京:社會科學文獻出版社,2012 年),內容一致。

24. 胡亞敏,《敘事學》(武漢:華中師範大學出版社,2004 年)。

25. 孫楷第,《日本東京所見中國小說書目》(臺北:鳳凰出版社,1974 年)。

26. 徐桂峰主編,《藝術大辭典》,臺北:華視出版社,1984 年。

27. 袁行霈,《中國文學史》(臺北:五南圖書公司,2003 年)。

28. 陳又新,《傳統小說與小說傳統》,(武昌:武漢大學出版社,2005 年)。

29. 陳平原,《中國散文小說史》(北京:北京大學出版社,2010 年)。

30. 陳平原,《中國小說敘事模式的轉變》(北京:北京大學出版社,2010 年)。

31. 陳平原,《中國現代小說的起點——清末民初小說研究》(北京:北京大學出版社,2010 年)。

32. 陳芳主編,《臺灣傳統戲曲》,(臺北:臺灣學生書店,2004 年)。

33. 陳傳習著,《中國繪畫理論史》,(臺北:三民書局,2013 年)。

34. 陳龍廷，《臺灣布袋戲發展史》（臺北：紅螞蟻圖書公司，2007 年）。

35. 張世居，《明清小說評點敘事概念研究》（北京：中國社會科學出版社，2007 年）。

36. 康來新，《晚清小說理論研究》（臺北：大安出版社，1999 年）。

37. 郭建勳注譯，《新譯易經讀本》，（臺北：三民書局公司，1996 年）。

38. 程士德編，《內經》（臺北：知音出版社，1999 年）。

39. 曾永義撰，《臺灣歌仔戲的發展與變遷》（臺北市：聯經出版公司，1988 年）。

40. 彭兆榮，《文學與儀式：文學人類學的一個文化視野——酒神及其祭祀儀式的發生學原理》（北京：北京大學出版社，2004 年）

41. 傅述先，《中國古典小說研究》（臺北：中華文化復興月刊社，1977 年）。

42. 傅勤家著，《中國道教史》（北京：商務印書館，2011 年）。

43. 楊永智著，《版畫臺灣》（臺中：晨星出版公司，2004 年）。

44. 楊柳橋撰，《莊子譯詁》（臺北：書林出版公司，1995 年）。

45. 楊義，《中國古典小說十二講》（香港：三聯書店（香港）有限公司，2006 年）。

46. 趙聰，《中國五大小說之研究》（臺北：時報文化出版企業有限公司，1980 年）。

47. 趙憲章、包兆會，《文學變體與形式》（南京：南京大學出版社，2010 年）。

48. 趙毅衡，《符號學》（臺北：秀威資訊科技股份有限公司，2012 年）。

49. 樊克政著，《中國書院史》（臺北：文津出版社，1995 年）。

50. 魯迅，《小說舊聞鈔》，見《魯迅全集》第四卷（臺北：唐山出版社，1989 年）。

51. 魯迅著，周錫山評註，《中國小說史略》，（臺北：五南圖書公司，2009 年）。

52. 蔡忠道主編，《中國小說戲曲國際學術研討會論文集》（臺北：里仁書局，2008 年）。

53. 劉康著，《對話的喧聲——巴赫金的文化轉型理論》（北京：北京大學出版社，2011 年）。

54. 蔣瑞藻編輯，《小說考證》（臺北：萬年青書店，1971 年）。

55. 錢念孫，《中國文學史演義增訂版（參）元明清篇》，（新北：正中書局，2007 年）。

56. 聶振斌，《中國藝術精神的現代轉化》（北京：北京大學出版社，2013 年）。

57. 羅中峰，《中國傳統文人審美方式之研究》（臺北：洪葉文化出版社，2001 年）。

五、外文譯書（依作者字母先後排序）

1. 〔以〕愛米婭・利布理奇（Amia Liblich）、里弗卡・圖沃－馬沙奇（Rivka Tuval-Mashiach）、塔瑪・奇爾波（Tamar Zilber），王紅豔譯《敘事研究：閱讀、分析和詮釋》（重慶：重慶大學出版社，2008 年）。

2. 〔瑞士〕卡爾・古斯塔夫・榮格（Carl Gustav Jung）著，孫明麗、石小竹譯，《轉化的象徵——精神分裂症的前兆分析》（北京：國際文化出版公司，2011 年）。

3. 〔美〕佛斯特（Edward Morgan Forster）著，李文彬譯，《小說面面觀》（臺北：志文出版社，1995 年），修訂版。

4. 〔德〕黑格爾（Ernst Haeckel）著，靳希平、孫周興、張燈、柯小剛譯，《時間現象學的基本概念》（上海：上海世紀出版股份有限公司，2009 年）。

5. 〔法〕加斯東・巴舍拉（Gason Bachelard）著，龔卓軍、王靜慧譯，《空間詩學》（臺北：張老師出版社，2011 年）。

6. 〔美〕珍・德布里歐（Jan DeBlieu）著，呂文慧譯，《風——改造大地、生命與歷史的空氣流動》（Wind：How the Flow of Air Has Shaped Life, Myth, and the Land），臺北：商業周刊出版公司，2000 年。

7. 〔法〕讓・米特里（Jean Mitry）著，方爾平譯《電影符號學質疑：語言與電影》（北京：吉林出版集團有限責任公司，2012 年）。

8. 〔美〕史蒂文・科恩（Steven Cohan）、琳達・夏爾（Linda M. Shires）著，張方譯，《講故事——對敘事虛構作品的理論分析》（臺北：駱駝出版社，1997 年）。

9. 〔美〕沃格勒（Vogler，C.）、麥肯納（Mckenna，D.），焦志倩譯，《編劇備忘錄：故事結構和角色的秘密》（北京：電子工業出版社，2013 年）。

10. 〔韓〕宋貞和，《《西游記》與東亞大眾文化：以中國、韓國、日本爲中心》（南京：鳳凰出版社，2011 年）。

六、期刊論文（依出版時間先後排序）

1. 張漢良，〈「楊林」故事系列的原型結構〉，《中外文學》3 卷 11 期，1975 年 4 月，頁 166～179。

2. 張漢良，〈唐傳奇「南陽士人」的結構分析〉，《中外文學》7 卷 6 期，1978 年 11 月。

3. 張靜二，〈論西遊記的結構與主題〉，《中華文化復興月刊》13 卷 3 期，1980 年 3 月。

4. 張靜二，〈論《心經》與西遊故事〉，《國立政治大學學報》第 51 期，1985 年 5 月，頁 247～265。

5. 李建國，〈《西遊記》藝術形象的多重組合〉，《明清小說研究》（南京：江蘇省社會科學院文學研究所）第二期，1991 年，頁 21～34。

6. 張靜二，〈《西遊記》中的力與術〉，《漢學研究》第 11 卷第二期，1993 年 12 月，頁 217～235。

7. 徐傳武，〈《西遊記》中的五行思想〉，《歷史月刊》103 卷，1996 年 8 月，頁 40～45。

8. 徐曉望，〈探索孫悟空故事起源之謎〉，《歷史月刊》103 卷，1996 年 8 月，頁 46～52。

9. 李福清，〈《西遊記》與民間傳說〉，《歷史月刊》103 卷，1996 年 8 月，頁 53～60。

10. 趙相元，〈淺說西遊記與天路歷程〉，《高雄師院學報》6 期，1997 年 11 月。

11. 鄭明進撰，〈漫談日本幼兒圖畫書〉，《幼教天地》第五期，1986 年，頁 51～68。

12. 謝明勳，〈百回本「西遊記」之「敘事矛盾」──孫悟空到底贏了誰的「瞌睡蟲」〉，《東華人文學報》，2000 年 7 月，頁 69～82。

13. 許麗芳，〈命定與超越：《西遊記》與《紅樓夢》中歷劫意識之異同〉，《漢學研究》，2005 年，頁 231～256。

14. 謝明勳，〈《西遊記》修心歷程詮釋：以孫悟空為中心的考察〉，《東華漢學》第八期，2008 年 12 月，頁 37～62。

15. 許家瑋，〈《西遊記》中的秩序問題──以取經路上五聖與遭逢群體互動關係為切入點〉，《中國文學研究》第二十五期，2008 年 1 月，頁 115～146。

16. 王櫻芬，〈踏在西天之路──《西遊記》女妖研究〉，《高雄師大學報》，2009 年第 26 期，頁 81～98。

17. 李詩瑩，〈近三十年《西遊記》人物研究概況〉，收錄於《問學集》（年刊）第十七期，（臺北：淡江大學中國文學研究所，2010 年），頁 15～38。

18. 吳冬梅，〈風與逍遙、困頓──莊子對風的研究及其對風之意象的應用〉《社會科學戰線》2010 年第 10 期，佛道研究，頁 42～44。

19. 楊晉龍，〈經學對通俗文學的滲透──論《西遊記》的「引經據典」〉，《漢學研究》第 28 卷第 3 期，2010 年 9 月，頁 63～97。

20. 張介凡，〈高臺多悲風──論曹植詩歌風意象的內涵〉，《時代文學》，2010 年第 11 期。（摘自 http://d.g.wanfangdata.com.cn/Periodical_shidwx201011 039.aspx 2013／5／17 AM 08：26）。

21. 榮小措，〈建安三曹的風意象考述〉《蘭臺世界》，2011 年 9 月，頁 75～76。

22. 張瓊霙,〈色戒——《西遊記》之唐僧〉,《虎尾科技大學學報》第三十一卷第一期,2012 年 9 月版,頁 99。

七、學位論文（依發表時間先後排序）

【博士論文】

1. 李濟雨,《晚明小品之文藝理論及其藝術表現》（臺北：臺灣師範學院國文研究所博士論文,1991 年）。

2. 呂素端,《《西遊記》敘事研究》（臺北：臺灣大學中國文學系博士論文,2002 年）。

3. 王櫻芬,《「身體場域」的「大地行旅」——以《西遊記》「西天之路」作探討》（嘉義：中正大學中國文學系博士論文,2012 年）。

【碩士論文】

1. 周芬伶,〈西遊記與鏡花緣之比較研究——兩本神怪小說的心理分析〉（臺中：東海大學中文研究所碩士論文,1980 年 4 月）。

2. 徐貞姬,〈西遊記八十一難研究〉（新北：輔仁大學中文研究所碩士論文,1980 年 5 月）。

3. 吳璧雍,〈西遊記研究〉（臺北：臺灣師範大學國文研究所碩士論文,1980 年 6 月）。

4. 李準根,〈晚明小品文研究〉（新北：輔仁大學中文所碩士論文,1982 年 5 月）。

5. 梁屏仙,〈西遊記——自我修養的教義〉（臺北：臺灣師範大學英文研究所碩士論文,1983 年 6 月）。

6. 彭錦華,《《西遊記》人物的文字與繡像造形〉（新北：輔仁大學中文系碩士論文,1992 年 5 月）。

7. 許麗芳,〈西遊記中韻文的運用〉（臺北：臺灣大學中文系碩士論文,1993 年 5 月）。

8. 謝玉冰,《西遊記在泰國的研究〉（臺北：中國文化大學中文研究所碩士論文,1995 年 12 月）。

9. 楊憶慈,《《西遊記》詞彙研究：論擬聲詞、重疊詞和派生詞〉（臺南：成功大學中文研究所碩士論文,1996 年 9 月）。

10. 葉立萱,〈西遊記與哈克歷險記中人與自然的關係〉（嘉義：中正大學外語研所碩士論文,1999 年）。

11. 林景隆,〈西遊記續書審美敘事藝術研究〉（高雄：國立中山大學中國語文學研究所碩士論文,2000 年 8 月）。

12. 林淑英,《東坡詞「風意象」研究》,（彰化：彰化師範大學國文學系碩士論文,2005年）。

13. 許家俐,〈李白詩「風」意象之研究〉,（彰化：彰化師範大學國文學系碩士論文,2009年）。

14. 陳宥任,《《西遊記》敘事的「遊觀」探究——以《大唐三藏取經詩話》、《西遊記雜劇》、《西遊記》爲主》》,（臺北：政治大學國文教學碩士在職專班碩士論文,2013年）。

15. 呂靜宜,〈《西遊記》人物在情意教學的應用——以「人與己」、「人與人」爲探討主題〉（臺南：臺南大學國語文學研究所,2010年）。

16. 韋淑婷,〈《西遊記》的神話元素研究〉（苗栗：玄奘大學宗教學系碩士論文,2010年）。

17. 沈幸宜,〈《西遊記》女性書寫研究〉（苗栗：玄奘大學中國語文學系碩士論文,2011年）。

18. 袁子喬,〈《西遊記》與《魔戒》之比較研究〉（臺北：世新大學中國文學研究所碩士論文,2011年）。

19. 吳晉安,〈英雄歷劫：《西遊記》「火劫故事」寓意研究〉（彰化：明道大學中國文學系研究所碩士論文,2012年）。